형상과 교술 사이

형상과 교술사이

지은이 _ 신재기

초판 발행 _ 2015년 2월 25일

펴낸곳 _ 수필미학사
펴낸이 _ 신중현

등록번호 _ 제25100-2013-000025호
등록일자 _ 2013. 9. 2.

대구광역시 달서구 문화회관11안길 22-1(장동)
전화 _ (053) 554-3431, 3432 팩시밀리 _ (053) 554-3433
홈페이지 _ http://www.학이사.kr
이메일 _ hes3431@naver.com

ISBN _ 979-11-85616-20-9 93810

※ 이 책은 2013년 경일대학교 '교원연구년제'의 지원을 받아 발간되었음.

형상과 교술 사이

수필미학사

수필의 이론과 비평과 공부

　수필을 창작하는 대부분이 수필에 관한 이론을 등한시한다. 좋은 작품을 쓰면 그만이지 이론이 뭔 소용이냐는 태도다. 이론이 창작에 별 도움을 주지 않는다는 것이다. 여기에는 창작과 이론은 서로 별개라는 생각이 전제되어 있다. 어쩌면 이론이 창작에 영향을 크게 미치지 못하는지도 모른다. 그렇다 하더라도 현재 우리 수필문학에서 가장 필요한 것이 수필 이론이다. 필요한 이유는 여러 가지다. 현재로서는 수필에 관한 이론적 토대가 너무 약하다. 그동안 작품 창작에만 집중하고 이론 생산에는 무심했기 때문이다. 우리의 수필을 제대로 이해하고 앞으로 방향성을 제시하려면 다양한 이론적 탐색이 절실하다고 본다.

　이론과 비평은 같은 범주에 속하고 상호 보완적이다. 작품을 바르게 해석하고 평가하려면, 이론적인 바탕이 필수적이다. 비평가의 평가가 다른 사람들의 지지를 얻으려면, 탄탄한 논리가 필요하다. 이론은 비평의 논리를 제공해 주는 원천이라 할 수 있다. 다른 문학 장르와 비교하여 현재 우리의 수필 비평은 빈약하면서도 그 수준 또한 부끄럽기 짝이 없다. 전문성을 갖춘 수필 비평가가 그리 많지 않다. 많은 수필 비평가가 문학에 대한 공부가 일천하여 작품의 꽁무니만 따라다니고 있는 형편이다. 쏟아지는 수필작품을 관심 있게 읽어주고 정성을 쏟아 평가해 주는 비평가가 많이 나타나야 한다. 우리 수필계의 가장 시급한 과제가 이러한 비평의 전문성 확보일 것이다.

수필 공부를 하는 사람이 많아졌다. 수필을 써보겠다는 사람이 그만큼 늘어났다는 말이다. 어쨌든 이는 개인적으로나 사회적으로 바람직한 현상이다. 수필 쓰기는 자기 성찰과 윤리의식에서 출발하므로 그것이 확대될수록 그만큼 정신적인 정화를 이룰 수 있기 때문이다. 문제는 가르치는 사람에게 있다. 수필 가르치기와 공부의 중심은 창작의 방법이나 문장 쓰기 기법이 아니다. 인간과 세계를 이해할 수 있는 지적 훈련뿐만 아니라 타자를 포용할 수 있는 연민의 품을 키우는 공부가 되어야 한다. 그런데 우리 수필계에서 이루어지는 수필 공부가 대체로 글쓰기에만 매달리고 있는 것 같다. 지금까지와는 다른 새로운 수필 공부 프로그램이 다양하게 시도되어야 할 것이다.

그간 발표한 비평을 한데 모아 한 권의 비평집으로 엮게 되었다. 수필에 쏟은 애정의 결실이라 할 수 있다. 이 책에 수록된 많은 글이 2013년 연구년 동안에 쓰였다. 글을 쓸 좋은 기회를 준 경일대학교 학교 당국에 감사드린다.

2015년 2월

신 재 기

■ 차례

서문 _ 4

제1부 _ 수필 이론

수필 창작의 변증법 _ 10
우리가 살아온 나날 _ 31
'어름문학'으로서 수필 _ 47
자서전과 수필 _ 59
가벼워지는 문학을 바라보며 _ 69
전자문화 시대의 책과 독서 _ 83

제2부 _ 수필 비평

기록과 허구 사이 _ 104
해석적 글쓰기로서 수필 _ 115
의미기억으로서 수필 _ 125
2014 젊은 수필가론 _ 135

작품의 특수성 찾기 _ 164

형상과 교술 사이 _ 179

함축적인 언어 사용 _ 186

유연한 글쓰기로서 수필 _ 191

자기만의 스타일 _ 196

제3부 _ 수필 공부

수필의 질적 수준 _ 202

창작과 비평의 열린 만남 _ 210

수필 이론과 비평의 필요성 _ 220

세월호 참사 이후 우리의 수필문학 _ 225

수필 공부 _ 230

수필가 _ 239

수필의 '문학주의'를 경계한다 _ 248

제1부
수필 이론

수필 창작의 변증법

1. 수필 창작

2000년대에 들어와 수필은 대중적인 문학 장르로 자리 잡았다. 앨빈 케넌이 선언한 '문학의 죽음'이 곳곳에서 감지되는 현재의 사회 문화적인 여건에도, 수필은 양적으로나 질적으로 상승 곡선을 멈추지 않고 있다. 그래서 수필만을 두고 보면 케넌의 '문학의 죽음'이란 진단은 오류임이 틀림없다. 오늘날의 디지털 문화 혹은 영상 매체는 문학의 전반적인 위축을 가져왔으나, 수필은 오히려 물 만난 고기처럼 넘치는 활력을 발휘하고 있기 때문이다. 1980년대 본격적인 산업사회로 접어들면서 우리는 높은 경제성장을 이루었고, 국민 개인의 소득 수준도 향상되었다. 이에 따른 문화 향유 욕구도 한층 높아졌다. 이러한 사회 문화적인 발전은 개인에게 자신을 드러내고자 하는 욕망을 부추겼고, 삶의 질적인 측면에 눈 돌리게 했다. 오늘날 수필의 확대는 이 같은 사회 변화와 무관하지 않다. 지금의 사회 문화적인 환경은 수필이란 장르가 활성화할 수 있는 가장 적합한 서식지가 되고 있다. 그러나 모두 잘 되어가는 것은 아니다. 따르는 문제도 적잖다. 그 중심에 놓인 문제가 아마도 창작방법의 고정성과 단조로움이 아닐까 싶다. 이는 외적 환경 변화를 수용할 수 있는 내부적 토대가 마련되지 못한 데에서 기인하는 것 같다. 즉, 내부적으로 창작방법에 대한 논의가 부족하다는 말이다. 새로운 전환점을 맞이한 오늘날, 수필문학의 중심 과제는 창작방법의 고정성과 단조로움을 극복하는 일이다.

문학의 창작방법은 작품을 창조하는 기술적인 기교가 아니라, 문학의 원리와 이념에 대한 인식 태도다. 더 넓게는 작가의 세계관이 곧 창작방법이라고도 할 수 있다. 그것은 작품을 어떻게 창작할 것인가의 실제 기술적인 방법보다는 수필문학을 인식하는 관점이라는 뜻이다.

그런데 변증법이란 무엇인가? 세상을 바라보는 관점을 세계관이라고 한다면, 세계관은 크게 대립하는 두 가지로 구분해 볼 수 있다. 세상을 고정 불변하는 틀로 보는 것이 그 하나고, 변화하고 발전하는 것으로 보는 것이 다른 하나다. 전자를 형이상학적 세계관이라고 한다면, 후자는 변증법적 세계관이다. 변증법적 세계관은 내부적 모순이 세계의 변화와 발전의 원동력이라고 파악한다.

변증법적 세계관은 사물과 현상을 전반적인 상호 연관 속에서, 그리고 변화 발전하는 과정으로 파악하는 세계관입니다. 반면에 형이상학적 세계관은 사물과 현상을 일반적으로 서로 고립된 것으로, 그리고 고정불변하는 것으로 파악하는 세계관입니다.[1]

한 편의 수필이 창작되는 과정에는 수필가의 수필관이 은연중에 반영될 수밖에 없다. 물론 작품을 만드는 직접적인 요소는 대상으로서 화제의 외형과 성격, 그 화제를 해석하는 주체로서 수필가의 의식과 세계관일 것이다. 그런데 이 과정에서 간과하기 쉬운 것이 수필가의 수필관이다. 수필 창작에 대한 자의식으로서 창작방법이 그것이다. 한 작가의 뚜렷한 수필관은 작품 창작의 출발점이고 진행 방향이다. 작품 전체가 통일성과 고유성을 확보할 수 있는 것도 바로 이 같은 분명한 수필관, 즉 창작방법이 전제되었기 때문에 가능하다. 따라서 수필가는 자기 나름의 분명한 창작방법을 정립하는 것은 매우 중요하다. 그런데 그 '분명하고 뚜렷한' 방법이 고정되었거나 다른 사람과의 차별성을 보이지 못한다면 좋은 작품을 낳기가 어렵다. 무엇보다 위험한 것은 '수필'이란 문학 장르를 어떤 고정된 틀을 가진 형식으로 전제하는 것이다. 수필 자체가 지니고 있는 다양하고 모순되는 내부적 성격을 인식하지 못해 생긴 결과다. 여기서 필요한 것이 바로 변증법적 사고다. 즉, 수필이 어떤 틀에 고정된 것이

---

1) 임승수, 『원숭이도 이해하는 마르크스 철학』(시대의창, 2010), 59쪽.

아니라, 그 안에 다양하고 상호 모순되는 성격을 동시에 지니는 다성적인 복합체임을 인식할 필요가 있다.

2. 변증법적 창작방법

형상과 교술

예술의 순수함은 '현상학적 판단 유보'에서 출발한다. 예술적 표현이나 문학적 언술은 어떤 대상에 대한 주체의 명확한 판단보다는 대상 자체를 구체적으로 보여주는 것을 본질로 삼는다. 발신자로서 작가가 어떤 메시지를 직접 전달하려고 하지 않는다는 말이다. 주체의 주관적인 판단이 유보된 상태에서 대상은 객관적으로 제시될 수밖에 없고, 그것의 의미는 밖으로 드러나기보다는 함축적으로 암시된다. 과학이나 철학의 언술이 정확한 정보전달을 위해 소음을 최소화하는 데 반해, 문학적 언술은 다양한 소리의 공존을 지향한다. 문학 텍스트에서는 명백한 의미는 숨겨지고, 주체에 의해 재단되지 않은 싱싱한 기호의 육체가 서로 두런거리는 모습을 확인할 수 있다. 의미는 오직 수신자의 해석으로 확정된다. 이런 점에서 모든 예술과 문학 텍스트는 해석의 대상이다. 시공간을 막론하고 다양한 해석의 여지를 내포하는 작품이 좋은 작품이다. 예술과 문학이 본질적으로 지향하는, 이 같은 순수함을 드러내는 일반적인 전략이 바로 '형상화'의 방법이다. 형상화는 예술과 문학의 순수하고 본질적인 특성을 확립해 주는 기본 방식이라 할 수 있다.

예술적 형상화의 방법은 미적 표현 대상의 구체화다. 현실에 실재하는 구체적인 실물과 사건 등과 같이 감각적으로 인지할 수 있는 것으로 재현하는 방법을 형상화라고 말한다. 즉, 형상화는 어떤 것을 구체적인 사물로 '재현'하는 것이다. 형상화에 의한 결과로서 형상은 "물질적 형태 혹은 대상의 모습을 말하는 것이며, 우리가 '실재'한 것으로 받아들이는 소유물이다." 그런데 조각이나 회화와 같은 조형예술에서는 예술가가 만들어낸 형상을 물질적인 형태로 확인할 수 있으나, 음악에서는 전혀 그렇지 못하다. 문학은 어떤가? 문학적 형상화도 완전하게 물질적 형태로서의 형상을 만들어 내는 것은 아니다. 상상으로 추상적인 것에 관여하는 비물질적 형태도 문학적 형상화에서 피할 수 없다. 가령 서정시에 나타나는 시인의 개성적인 정감은 물질적인 형태로 드러나지 않는다. 이렇게 볼 때, '재현'이라는 의미에서 문학적 형상화는 반드시 물질적인 형태화를 뜻하는 것은 아니다. 문학에서 형상화는 작가가 작품 속에서 개성적인 것으로, 즉 타자와의 차별성을 드러내는, 새롭게 창조하는 것으로 이해할 수 있다.

문학적 형상화를 현실과 대상을 새롭게 창조하는 방식으로 넓게 받아들일 수 있으나, 좁은 의미에서 그 방법은 대상을 물질적인 것으로 구체화하는 것이다. 시각적인 형태로 드러내 보인다는 측면에서 형상을 말한다면, 문학의 형상화는 회화와 음악의 중간쯤에 위치한다고 하겠다. 하지만 추상적인 개념을 배제하고 감각적인 구체화라는 측면에서 형상화를 이야기하면 문학은 반예술적이다. 언어 예술로서 문학은 완전하게 구체적인 감각으로만 존재할 수 없기 때문이다. 문학적 언술은 많은 부분 개념이나 사상을 구체화하지 않고 논리적으로 직설한다. 그리고 장르별로 문학적 형상화의 특징이나 농도도 차이를 보인다. 시가 구체적인 심상을, 소설이 사건과 인물을, 수필이 작가의 개인적인 체험을 통해 문학적 형상화를 달성한다. 그런데 언술의 성격상 수필의 문학적 형상화는 다른 문학 장르와 차이를 크게 드러낸다. 그것이 바로 수필이 지니는 교술적인 측면이다.

수필을 교술문학으로 규정하는 사람이 적지 않다. 이런 분류의 타당성에 대해서는 논의가 더 깊이 이루어져야겠지만, 수필이 교술의 특징을 띤다는 점은 부인할 수 없다. 그렇다면 '교술 敎述'은 어떤 개념인가. 학계에서 통용되는 관점에 따르면, '교 敎'는 정보를 알리거나 주장한다는 의미이고, '술述'은 사실이나 경험을 서술한다는 뜻이다. 실제 존재하는 사실에 충실하고, 될 수 있으면 그 사실을 다른 층위로 전환하지 않고 서술하는 방식이 바로 교술이다. 실제 사실을 서술한다는 점은 기록성에 바탕을 둔다는 말이다. 그런데 문학 창작은 사실의 기록이 아니라, 사실이나 현실에 의미를 부여하는 해석 행위이다. 수필을 교술로만 규정한다면, 수필은 비문학이 되고 만다. 수필도 문학이다. 따라서 교술이란 개념으로는 수필 전체를 말할 수 없다. 하지만 수필이 교술적인 성격을 부분적으로 가지고 있다는 점은 인정해야 한다. 수필이 가지는 이러한 교술적인 속성은 문학적 형상화를 약화하는 요소로 작용한다. 수필 창작이 완전한 문학적 형상화를 이루어내기가 어려운 이유가 여기에 있다. 그러다 보니 수필은 더러 소설의 서사나 묘사를 빌리기도 하고, 시의 함축적인 문장 표현을 가져오기도 한다. 그렇지만 수필은 소설이나 시가 될 수 없다. 수필은 태생적으로 형상화라는 측면에서 보면 반문학적이다. 이것이 수필을 수필답게 하는 핵심 요소다. 형상화를 문학의 본질적인 속성으로 전제하고, 모든 수필을 '수필은 문학이다'라는 카테고리 속으로 편입시키려는 논리는 그저 논리에 지나지 않을 뿐이다. 수필 안에는 형상화를 거부하는 힘이 언제나 작동한다는 점을 인식할 필요가 있다.

구체적인 형상화가 잘 이루어진 작품만을 수필로 간주하는 것은 수필의 범위를 축소하는 것이다. 일부 수필 이론가는 구체적인 형상화가 이루진 것만을 '순수 혹은 창작 수필'이라고 주장한다. 이는 억지고, 문학에 대한 이해가 부족한 탓이다. 문학이나 예술의 '형상화'는 순도 백퍼센트가 아니라, 그것을 지향한다는 말이다. 한 편의 독립된 글에 투여된 언술 전부가 구체적인 형상화만으로 이루어질 수 없다. 문학작품이나 예술작품 안에는 형상과 비형상이 공존한다. 예술의 인식작용이 형상을 통해 이루어진다고 하지만, 오랜 예술사를 통해 볼 때 문학과 예술이 개념적 인식을 완전히 도외시한 것이 아니었음을 알 수 있다. 특히 장르에 따라 그 농도의 차이는 현저하다. 수필이 형상화라는 문학의 기본 모습을 보여주기 위해 노력하는 것도 중요하지만, 비형상의 측면도 포함하는 것이 수필의 고유 영역이다. 이것은 수필의 융통성이고 가능성이다. 어쨌든 수필도 교술의 비율을 줄이고, 주제의 구체적인 형상화를 제대로 이루어내야 하는 것은 당연하다. 하지만 필요한 것은 작가의 교술과 구체적인 형상화 사이의 적절한 조화라고 할 수 있다.

수필도 하나의 문학이라고 전제한다면 문학적 형상화는 필수적이다. 그런데 수필을 문학의 3대 장르에 하나 더해 '교술 장르'라고 분류하는 것은 허구적인 세계에 바탕을 두고 있는 다른 문학 장르와는 달리, '세계나 사실을 있는 그대로 드러내고 설명'한다는 점을 전제했기 때문이다. 수필은 사실과 허구, 기록과 문학 사이에 놓이는 셈이다. 그러니 주제를 형상화하여 암시하는 경우와 메시지를 날것으로 진술하는 경우의 두 극점 사이에서 고민할 수밖에 없다. 모호성과 선명성, 엔트로피와 네그엔트로피, 어느 쪽에 무게를 둘 것인가가 문제다.

내용과 형식 : 주제와 구성

수필을 '붓 가는 대로' 쓰는 '무형식'의 문학이라고 생각하는 사람은 이제 그리 많지 않다. 특정한 형식에 구애받지 않고 자유롭게 풀어내는 글쓰기가 수필이라는 생각이 무의식적으로는 작용할는지 모르지만, 수필 문단에 발붙이고 있는 사람이면 대부분 공개적으로는 그렇게 말하지는 않는다. 그만큼 형식의 중요성에 대한 인식이 각인되었다는 증거다. 이는 수필에 대한 이론적 논의가 줄기차게 이를 비판, 교정해왔기 때문이다. 수필이 붓 가는 대로 자유롭게 쓰는 무형식의 글이 아니라는 주장은 어디에 근거하는가. 논리대로라면 생각과 정서를 물 흐르듯 흘려보내는 것이 아니라, 건축물을 축조하듯이 잘 짜인 설계도에 따라 작품을 창작한다는 의미다. 무형식이 아니라는 것은 말 그대로 수필에도 형식이 있고, 그 형식이 아주 중요한 역할을 한다는 뜻이다. 창작 과정에서 형식에 대한 고려 없이는 좋은 작품을 얻기 어렵다는 의미로 받아들일 수 있다. 수필의 중핵은 '주제'나 '사상'이라는 생각에 반대하면서, 수필의 '구성'이나 '형식'의 중요성을 새롭게 인식하는 태도다. 이는 문학의 심미성이 '무엇을 말하는가'보다는 '어떻게 말하는가'에 달렸다는 생각과 맥락을 같이한다.

미국 신비평가인 클리엔스 브룩스Cleanth Brooks의 저서 『잘 빚은 항아리』(The Well Wrought Urn)를 기억한다. 널리 알려진 영시를 텍스트 자체에 밀착해 치밀하게 분석한 실제비평서다. 브룩스는 "시가 어떤 진리를 제공하는가, 그리고 시가 어떤 명제를 예시하는가에 관한 진술들을, 시 자체의 본질적 핵심으로 여기"는 것을 부정한다. 예술이나 시에서 내용과 형식, 혹은 내용과 매체는 분리된 것이 아니라고 주장한다. 어떤 대상을 직관하고 나서 그것을 매체로 표현하는 것이 아니라, 매체로 표현하는 가운데서 그 대상에 대한 직관이 이루어진다는 것이다. 작품은 만들어지기 전에 존재하는 어떤 것을 언어 매체로 표현한 것이라고 보는 발생론적 환원주의 오류에 대한 비판이다. 이러한 생각은 문학작품 창작 과정에서 표현 언어, 구성, 형식의 역동적인 역할에 대한 재인식이라고 할 수 있다. 형식이 작품의 총체적인 의미를 구성하는 데 핵심적인 역할을 한다는 주장이다.

이러한 뉴크리티시즘의 관점은 지금까지 드러낸 장단이나 허실과는 관계없이, 오늘의 우리 수필 창작에 본보기가 될 방법을 암시해 준다. '잘 빚은 항아리'라는 말이 비유하는 바가 그것이다. '빚다'는 말은 재료를 활용하여 무엇을 만든다는 말이다. '붓 가는 대로' 쓰는 것과는 정반대다. '붓 가는 대로'라는 말은 다양한 인생 체험과 심오한 사상이 출구만 열리면 제약 없이 쏟아져 나와 작품이 된다는 뜻을 내포한다. 작가는 언어를 동원하여 그것을 담아내면 그만이다. 여기서 문제는 어떻게 표현하고 만들 것인가가 아니라, 이미 고정된 기이한 체험이나 특정한 사상이다. 이는 창조적인 예술 행위로 보기 어렵다. 체험을 기록하거나 이야깃거리를 정리하는 수준에 불과하다. 오늘날 문단에서 활동하는 수필가 대부분은 창작 기초 공부를 거쳤기 때문에 이 정도는 충분히 인식하고 있으리라 믿는다. 수필이 '붓 가는 대로' 저절로 써질 수 없다는 것을, 공들여 잘 만들고 다듬어야 좋은 작품을 수확할 수 있다는 것을 모르는 바 아닐진대, 수필 전문지에서 만나는 많은 작품이 어찌 '붓 가는 대로' 방치되었을까?

　게오르그 루카치는 "형식은 하나의 세계관이고 하나의 입장이다. 또 형식은 그것이 생겨나는 바의 삶에 대해 갖는 일종의 태도표명이다. 그리고 형식은 삶 자체를 다시 만들어내는 하나의 가능성이기도 하다."[2]라고 했다. 전후 문맥이 생략된 인용이라서 액면 그대로 받아들이기는 곤란하지만, 우리에게 암시하는 바가 가볍지 않다. 형식은 내용을 담아내는 그릇이라는 생각, 형식과 내용은 분리되어 있다는 견해에 제동을 걸어온다. 형식은 이미 고정된 틀로 내용을 담는 그릇에 불과하다는 일반적인 견해가 오해임을 확인시켜 주기도 한다. 루카치는 형식이 세계관에 닿아 있다고 본다. 세계관이 형식을 창조한다는 말이다. 이는 모든 작품에는 작가의 세계관을 구현하는 최적의 형식이 있다는 의미와 다르지 않다. 형식은 모든 감정과 체험이 압축되어 만들어지는 것으로서 삶에 대한 물음을 제기하는 그 작가만의 고유한 방식이라고 하겠다. 문학작품의 구성은 단순히 형식적인 틀이라기보다는 인식의 내용이고 방법이다. 형식이 자유롭다는 수필의 기본적인 성격을 염두에 두는 것과 수필의 문학적 성취는 구성 문제에 밀착되어 있다는 두 가지 측면은 대립적인 것이 아니라, 변증법적 지양의 문제임을 새삼 되새겨 본다.

---

2) 게오르그 루카치, 반성완·심희섭 역, 「에세이의 본질과 형식」, 『영혼과 형식』(심설당, 1988), 17쪽.

일상의 구체성과 삶의 보편성

좋은 수필은 당연히 깊이와 넓이가 조화롭게 균형을 이루는 작품일 것이다. 이는 양자의 적절한 비율이나 관계보다는 넓이와 깊이 중 어느 한쪽을 선택한 것이 적절한 조화를 이루어 내었느냐의 문제다. 넓이를 가진 글은 넓이를 가진 채로, 깊이를 가진 글은 깊이를 가진 채로 자신의 존재적 가치를 지니기 때문이다.

수필에서 넓이와 깊이란 과연 무엇인가? 여러 가지 생각이 가능하다. 우선 넓이는 수필가 내면과 외면의 적절한 조화라고 할 수 있을 것이다. 대체로 수필은 작가 자신의 내면으로 파고드는 경우가 많다. 자기 반성적이고 자기 고백적인 것이 수필의 일반적인 성격이기 때문이다. 그러다 보니 글감이나 수필가의 관심이 개인의 신변과 일상의 테두리에 갇히는 경우가 대부분이다. 이런 경우는 넓이를 확보하지 못했다고 할 수 있다. 사회적인 관심으로 확대가 필요하다. 깊이는 제재를 해석하는 통찰력이다. 작은 것 혹은 변두리의 것도 전체를 아우르는 법칙과 구조의 실마리가 될 수 있다는 관점이다. 드러나는 겉면에만 집중하는 투박한 관찰력으로는 사건과 대상 너머의 의미를 찾아내기 어렵다. 존재하는 모든 대상은 제 나름의 의미를 간직하고 있다. 얼마나 깊이 있는 통찰력으로 그 잠재하는 의미를 찾아내느냐가 문제다. 의미를 찾아낸다는 것은 개별성에 머물지 않고 보편적인 것으로 나아간다는 말이다. 보편적인 의미를 구축하는 것이 바로 글쓰기의 깊이다. 어쨌든 넓이와 깊이를 함께 갖추거나 둘 중 하나의 선택이 적절하게 이루어질 가능성은 그리 높지 않다. 좋은 작품 쓰기가 그만큼 어렵다는 말이다.

수필은 인생살이의 구체적인 경험을 담아낸다. 수필이 담아내는 이러한 인생살이라는 것이 종종 소소한 일상이나 신변잡기의 수준을 넘어서지 못할 때가 잦다. 물론 이 소소한 일상이 우리 삶의 대부분을 차지하고 소중한 것이긴 하지만, 그것이 개인의 차원에 머물고서는 문학으로서 감동을 주기 어렵다. 독자와의 공감대를 얻으려면 그것이 인간 삶의 보편적인 차원으로 나아가야 한다.

그런데 인간의 운명만큼 삶의 가장 보편적인 것은 아마도 없을 것이다. 누구에게나 주어지는 공통된 운명, 즉 늙어 병들고 죽는다는 것은 부인하거나 피할 수 없는 사실이다. 인생살이에서 죽는다는 것만큼 확실한 것은 없다. 그것은 모든 사람에게 공통으로 주어지는 것인 만큼 가장 보편적이고 순수한 사건이라 할 수 있다. 하지만 수필은 인간의 죽음과 운명을 순수한 보편적인 사건으로만 전제하고 접근하기 어렵다. 이렇게 하는 것은 수필 쓰기가 아니라 철학하기에 속한다. 수필을 포함하는 문학이 인간의 보편적인 문제를 사유함으로써 철학적인 면을 드러내기도 하지만, 문학은 언제나 구체적인 삶의 형상화를 통해서 그곳에 도달한다. 따라서 문학이 다루는 운명과 죽음은 보편적인 차원의 것이 아니라, 개인적이고 인칭적인 사건이다. 수필가는 작품에서 자기의 운명이나 죽음과 관련된 구체적인 경험을 이야기한다. 이러한 개인적인 차원에서 출발하는 운명과 죽음에 대한 사유 과정에서 얼마만큼 깊이를 얻느냐가 작품의 성패를 좌우한다. 그 깊이가 주는 무게가 개인적인 경험을 보편적인 의미로 상승시키는 요인이기 때문이다. 운명과 죽음의 문제로 귀결되는 인생살이에 관해 보편적인 의미와 개인의 구체적인 사건 사이의 균형과 긴장이야말로 수필을 수필답게 하는 중핵일 것이다.

수필은 일상을 먹고 사는 일상의 자식이다. 일상을 글감으로 취하여 해석하는 것이 수필이다. 그런데 수필은 일상에 깊이 뿌리내리고 있으면서도 기회가 되면 그것으로부터 이탈하려고 한다. 즉, 일상에 귀착하려는 구심력과 그곳에서부터 탈주하려는 원심력이 팽팽하게 맞서는 시·공간이 수필의 장이다. 수필가가 취하는 다양한 글감과 상상력의 출발지는 일상이지만, 수필은 일상의 다양한 글감을 그대로 담아내는 것이 아니라 재구성하고 해석한다. 해석하는 과정은 일상을 충실하게 추종하기보다는 그 속으로 파고들어가 숨은 의미와 가치를 찾으려고 한다. 여기에는 일상의 질서에 대한 부정과 해체가 따르기 마련이다. 미숙한 작품일수록 일상을 변형시키지 않고 그대로 담아내는 데 힘을 소비한다. 수필은 일상이 해체되고 재해석되면서 하나의 작품으로 탄생하고, 문학적 가치도 확보한다. 일상의 해석

능력은 좋은 수필에 이르는 가장 빠른 지름길이라 할 수 있다.

　수필가의 주관적 정서가 보편적인 의미로 상승하지 못하고 날것으로 작품에 넘쳐나는 경우가 많은데, 이는 서정성을 수필의 핵심 요소로 착각하는 데에서 기인한다. 수필의 화법은 자기 자신을 이야기하고 표현하는 방식이다. 작품 속 화자는 실재하는 수필가이고, '나'라는 일인칭 화자가 자신에 관해 말하기 때문에 '나'의 주관적인 개성이 두드러질 수밖에 없다. 그런데 수필이 공감을 불러오고 감동을 주려면 이야기의 정점이 '나'의 내면에 있어서는 안 된다. 내면에서 출발한 이야기와 정서가 밖으로 구체화될 때 타자와의 공유점을 확보할 수 있다. 서정성을 수필의 핵심에 두게 되면, 생각과 느낌이 '나'의 주위에 머물고 밖으로 확산할 힘을 상실하고 만다. 이것이 우리 수필문학이 극복해야 할 오래된 과제다.

　수필의 서정성 지향은 일인칭 서술과 깊은 관계가 있다. 일인칭 서술에서는 화자가 표면에 존재한다. 독자 앞에 모습을 드러내고 자신의 이야기를 하는 방식이다. 그것이 자신의 내면을 향하면 구체적인 상관물이 부재하여 정서가 관념으로 흐를 가능성이 크고, 밖으로 향하더라도 화자가 보는 것만 이야기해야 하므로 그 시야가 협소해진다. 평평한 벌판 가운데 서서 주위를 둘러보는 격이다. '나' 가까이에 있는 것만 볼 수 있다. 시야가 미치지 못하는 지평선 너머는 캄캄한 암흑이다. 높이가 같은 평면 위에 서 있기 때문에 보이는 대상을 입체적으로 구성하기도 어렵다. 많은 수필이 작가의 신변이나 일상에 갇혀, 독자와의 공감대를 구축하지 못하는 이유가 여기에 있다.

수필의 진원지는 개인의 잔잔한 일상일 뿐만 아니라, 그 목소리도 내면성을 지닌다. 수필을 자기 고백적인 문학이라고 규정하는 까닭도 여기에 있다. 그런데 이러한 잔잔한 일상과 내면의 목소리가 개인적인 영역에서 벗어나지 못한다면, 그것은 문학 작품이 될 수 없다. 개인의 단편적인 일상이 외부 사물이나 타인의 삶과 만나 다채로운 무늬로 퍼져갈 때, 그것은 개별성에서 전체로 나아갈 수 있다. 즉, 구체적인 보편성을 획득하게 된다. 이러한 구체적 보편성의 원리는 모든 예술의 기본 속성이지만, 특히 수필 장르의 특성을 가장 잘 말해 주는 요소다.

여기서 문제는 개인의 일상과 내면성이 어떻게 외부와 관계를 맺고 확대되어 갈 수 있는가이다. 문제 해결을 위해서는 우선 수필의 언어가 해석적으로 사용될 필요가 있다. 체험을 기록하는 수준에서 탈피하여 해석하는 차원으로 나아가야 한다는 말이다. 해석한다는 뜻은 작가의 시선이 현실과 대상의 현상에 머무는 것이 아니라 현상 너머에 숨은 진실을 발견하는 일이기도 하다. 그래서 문학은 창조적인 행위이다. 언어를 통해 현실을 재배치하고 재발견하는 것이 문학 창작이다. 수필이 현실의 비전환적 표현이고 산문적 진술로서 언어를 사용하지만, 그 언어를 과학적 언어처럼 건조하게 사용하지 않는다. 지시 대상의 개념 전달을 뛰어넘어 대상과 지각의 시선이 만나는 지점에서 발산되는 빛을 포착한다.

미메시스와 상상

수필 쓰기는 역사와 문학 사이에서 이루어진다. 수필이 작가의 실제적인 체험에서 출발한다는 점은 불문율처럼 통용된다. 허구를 용납하지 않고, 있었던 사실에 근거한다는 점에서 수필은 역사와 동류항이다. 이때 수필의 가장 중요한 특징은 '사실 기록'이다. 물론 그 기록이 역사와 같이 정확성을 요구하지는 않지만, 기본적으로 역사의 방법과 크게 다를 바 없다. 역사가 단지 사실을 있었던 것 그대로 기록하는 것이 아니라, 역사가에 의해 해석되고 구성된 것이라고 본다면, 사실에 충실해지려는/충실해야 한다는 수필 쓰기의 방법과 다를 바 무엇이겠는가? 다만, 수필은 주체의 주관적인 해석과 정서의 개입이 역사보다 더 두드러질 뿐이다. 이런 측면에서 수필은 역사 옆에 위치한다.

하지만 한편으로 수필은 역사의 건너편으로 뛰어넘어 문학이고자 하는 욕망을 가지고 있다. 역사 건너편에 있는 문학의 위치는 가능성의 세계다. 가능성의 세계는 실제가 아닌, 허구와 상상의 세계다. 수필이 문학이고자 할 때 '허구'와 '상상'의 문제에 직면하게 된다. 문학이 되려면 수필이 꼭 허구를 선택해야 한다는 말은 아니다. 문제는 실재의 '아날로곤analogon'을 무화하여 어떻게 상상의 세계로 향하는가이다. 수필이 사실의 정확한 기록에 머물고서는 문학이고자 하는 욕망을 성취하기는 어

럽다. 사실의 '아날로곤'을 어떻게 지워나가느냐는 수필가 개인
이 선택하고 지향하는 방법의 문제일 것이다.

3. 수필 장르의 새로운 패러다임

인류 역사의 전개 과정에서 자기를 표현하고 소통하기 위한
언어 테크놀로지, 즉 매체(media)는 크게 4단계로 전환되어 왔다.
"음성언어 → 문자언어 → 활자언어 → 디지털 언어"가 그것이
다. 여기서 중요한 것은 새로운 매체가 등장해도 앞 매체는 사
라지지 않는다는 점이다. 구매체를 일거에 폐기하고 신매체가
그 자리를 차지하는 것이 아니라는 말이다. 첨단의 디지털 매체
가 주류를 이루는 오늘날에도 가장 오래된 매체인 음성언어가
절실히 소용될 때가 있지 않는가. 이렇게 볼 때 신·구 매체는 교
체되는 것이 아니라, 공생의 원리를 바탕으로 각자의 존재 가치
와 이유를 정립하면서 역동적인 관계를 유지한다.

그런데 구매체가 신매체의 등장으로 사라지지는 않지만, 예
전 모습 그대로 지속하는 것은 아니다. 신매체 탄생과 함께 구
매체는 변화한 새로운 여건에 적응하고자 자신을 변형시키고
강화한다. 디지털 매체의 등장으로 기존의 활자 매체는 과거와
는 다른 새로운 방향을 모색한다는 것이다. 언어를 활용하는 모
든 행위도 이러한 언어 매체의 원리에 따를 수밖에 없다. 문학

도 마찬가지다. 활자언어가 주류였던 때의 문학과 디지털 언어가 새로 등장한 현 단계의 문학은 질적으로 차이가 있기 마련이다. 그 질적 차이는 여러 측면에서 감지된다. 다만, 분명하게 인식되지 않을 따름이다. 활자 매체가 첫 단계에서 필사본을 모방하려고 애썼던 것과 마찬가지로 지금의 디지털 매체는 은연중에 활자 매체와의 차이가 줄 수 있는 충격을 줄이려고 하는지도 모른다. 우리가 그 한복판에 있기 때문에 변화를 뚜렷하게 인식하지 못할 수도 있다. 완전한 변별력을 드러내는 데는 긴 시간이 걸린다고 하지 않는가. 어쨌든 디지털 매체의 부각으로 기존의 문학은 어떤 모습으로든 자기 자신의 모습을 갱신해 갈 것이다.

문학으로서 수필도 마찬가지다. 활자 매체 단계에 정립되었던 수필의 원리와 가치는 디지털 시대를 맞아 자신의 모습을 바꾸지 않을 수 없다. 디지털 시대의 수필은 과거와는 다른 환경에 적응해가면서 다른 모습으로 나아갈 것이다. 그런데 이 같은 패러다임의 변화를 인식하지 못하고 오늘의 수필문학이 과거의 것에서 벗어났다고 비난하고, 활자 매체 환경의 수필로 되돌아가야 한다고 주장하는 것이 문제다. 오늘의 수필은 과거와 다른 새 국면에 진입했음을 인정해야 한다. 물론 패러다임이 바뀌었다고 해서 '문학 본연의 가치와 역할'까지 변질한 것은 아니다. 구매체가 일거에 사라지지 않듯이 오랫동안 전통으로 내려온 수필문학의 기본 문법은 변하지 않고 이어지겠지만, 그 가운데에서 한편으로 자신을 변혁시켜 나갈 것이다. 어쨌든 사이버 문화의 다양한 특징이 수필 쓰기에 깊이 스며들고 있다는 점은 부인할 수 없다.

수필이 사이버 문화 환경에서 벗어날 수 없다는 것은 누구나 인정한다. 수필 창작이나 읽기가 가상공간에서 이뤄지는 때가 잦다. 그렇다고 해서 수필이 특별하게 달라진다고 볼 수 있는가? 오늘날 수필가 대부분은 컴퓨터 화면에서 작품을 창작한다. 이때 컴퓨터나 부수하는 디지털 테크놀로지는 활자를 조합하고 저장하고 배송하는 데 물리적 편의를 주는 도구에 지나지 않을 수도 있다. 종이에 친필로 글을 써서 컴퓨터 자판에서 타자하여 이메일로 잡지사에 원고를 보내는 과정에서 편리한 도구로서 컴퓨터를 활용하는 수도 있기 때문이다. 디지털 매체의 등장 초기에는 그랬었다. 그런데 이제 컴퓨터와 인터넷은 글쓰기의 전적인 공간으로 바뀌었다. 한 편의 글이 생산되자마자 컴퓨터 기기를 떠나는 경우, 얼마 동안 머무는 경우, 아예 그곳에서 끝까지 소비되는 경우로 구분해 볼 수 있는데 갈수록 후자 쪽으로 무게가 실릴 것이다. 컴퓨터나 인터넷은 단지 도구의 차원이 아니다. 글의 생산과 소비가 이루어지는 환경으로서 디지털 공간은 글의 내용과 그것을 구성하는 방법에까지 영향을 미친다.

많은 사람이 종이 위 글쓰기와 컴퓨터 글쓰기를 인수분해하면 글(형식 혹은 메시지)은 불변의 인수로 남는다는 생각을 지우지 못하고 있다. 컴퓨터가 단순한 디지털 기기에서 가상공간이라는 새로운 글쓰기 장으로 탄생한 이상, 우리가 쓰는 글은 형식이나 내용에서 사이버 문화의 영향을 받아 변화된 모습으로 드러날 수밖에 없다. 기존의 활자 기술에 의해 굳어진 좋은 글쓰기, 이것에 대한 세심한 독서의 가치가 위협받고 있다. 활자 텍스트의 유구한 전통에서 존중되었던 가치, 즉 활자로 고정된 데에서 오는 안정성, 유일무이한 창조물이라는 점에서의 기념비성, 위대한 작가의 창작물이라는 점에서의 작가의 권위와 같은 전통적인 가치는 이제 보장되기 어려운 실정이다. 디지털 환경에 의해 글 쓰는 표면, 독자가 글을 읽는 리듬, 글쓰기 형식 등에서 일어나는 큰 변화를 목격한다. "디지털 글쓰기의 개념적 공간은 저자와 독자의 사이 유동성과 상호작용적 관계에 의해서 특징지어진다. 이 같은 서로 다른 개념적 공간은 글쓰기의 상이한 스타일과 장르들, 문학의 상이한 이론들을 형성한다."[3] 지금으로써는 "디지털 언어는 전대미문의 새로움과 전통성 모두를 유지한다."[4]는 판단이 적절할 것 같다.

---

3) 김성도, 『디지털 언어와 인문학의 변형』(경성대학교 출판부, 2003), 58쪽.
4) 같은 책, 49쪽.

우리가 살아온 나날
─ 생애사 쓰기

1. 인간 존재의 완성

우리 모두는 지금까지 살아왔고, 현재 살고 있으며, 앞으로 살아가야 한다. 그러므로 현재 우리에게 주어진 과제는 내 앞에 놓인 삶을 어떻게 살 것인가, 하는 것이다. 아름다운 내 삶을 위해 나는 무엇을 해야 하는가는 우리 모두에게 주어진 고민이고 숙제다.

> 가장 아름다운 바다는
> 아직 건너지 않았다.
> 가장 아름다운 아이는
> 아직 태어나지 않았다.
> 우리의 가장 아름다운 날들은
> 아직 살아보지 못한 날들이다.

그리고 당신에게 해보고 싶은 가장 아름다운 말은
아직 내가 하지 못한 말이다.[5)]

　나짐 히크메트의 시다. 그는 오랫동안 감옥에 갇혀 있었다. 몸은 컴퍼스의 한끝처럼 감옥에 고정되어 있었으나 다른 한끝은 감옥에서 벗어나 내일의 씨앗을 위해 과일을 키웠다. 그는 아직 펼쳐보지 못한 수많은 자아의 능력, 힘, 모습을 새롭게 시도해가는 희망의 원리 위에 자신의 삶이 놓여 있다고 생각했다. 아름다운 날과 말은 현재 나에게 저절로 주어지지 않는다. 자기 자신이 변하지 않고서는 아름다운 날은 오지 않는다. 내가 변할 때 세상도 아름답고 새롭게 바뀐다. 내일의 아름다운 삶을 설계하는 일은 꿈과 희망의 불씨를 간직하고 살아간다는 말과 같다.
　우리는 누구나 행복하고 가치 있는 삶을 갈망한다. 과연 어떤 삶이 행복하고 가치 있는가? 인생의 행복은 주관적인 만족이다. 나물 먹고 물마시고 누옥에 살아도 자기 자신이 만족하면 그것은 행복한 삶이 될 수 있다. 어떤 객관적인 기준이나 조건과는 무관하게 자기 삶에 대해 주관적으로 만족하는 상태가 행복이다. 하지만 행복이 인생 전부일 수는 없다. 삶의 의미는 주관적인 행복 그 이상이다. 의미 있는 삶은 단지 행복만을 얻는 것이 아니라, 어떤 가치를 실현하는 것이다. 추구할 만한 가치를 설

---

5) 나짐 히크멧, 「파라예를 위한 저녁 9시에서 10시의 시 : 1945년 9월 24일」, 정해윤, 『사생활의 천재들』(봄아필, 2013), 11쪽에서 재인용.

정하고 그것을 지향하는 것이 삶의 의미다. 이를 객관적인 가치라고 할 수 있다. 물론 인간 삶에서 시공간을 초월하는 절대적인 가치가 이미 정해진 것은 아니다. 즉, 삶의 객관적인 가치는 외적 권위, 사회 제도와 관습에 의해 주어지지 않는다는 말이다. 인류가 역사와 문화를 통해 가꾸어온 보편적인 가치의 테두리 속에서 개인은 자아의 성장과 변화를 도모한다. 주관적이고 본능적인 만족 차원에 안주하지 않고 의식적인 실천을 통해서 자신이 추구하고자 하는 가치를 실현한다. 즉, 객관적인 가치를 생산하면서 더 큰 주관적인 만족을 이루는 것이 바로 인생의 의미이고 목표라고 할 수 있다. 자기 한계를 극복하고 주관적 만족보다 더 높은 차원으로 자기를 발전, 상승시켜 나아가는 것이 인생의 의미일 것이다.

에이브러햄 매슬로우Abraham H Maslow는 성장 동기의 개념을 적용하여 인간의 욕구를 5단계로 나누고, 마지막 최종의 단계를 '자기실현의 욕구'로 설정했다. 생리적 욕구, 안전의 욕구, 사회적 욕구, 존경의 욕구, 자아실현의 욕구가 바로 그것이다.

　　이제 객관적 가치와 주관적 만족의 의미 모델은, 더 큰 객관적 가치의 생산과 더 큰 주관적 만족이 교차 반복되면서 자기완성으로 이어지는 형태로 전환한다. 즉 삶의 의미는 객관적 가치와 주관적 만족의 '확대재생산'을 통한 자기완성으로 확장된다.[6]

---

6) 이윤, 『굿바이 카뮈』(필로소피, 2012), 116쪽.

개인이 삶의 과정에서 자신의 욕구를 성취하고 꿈을 실현하여 존재감을 확인하는 것이 자기실현이다. 그러나 이러한 차원의 자기실현은 주관적인 욕구 충족 혹은 그 결과로 주어지는 주관적 만족의 차원을 완전히 벗어났다고 보기 어렵다. 물론 자아의 범위는 넓다. 순간적인 자아뿐만 아니라 영원한 자아도 있다. 개인적인 자아에 갇혀 살 수도 있고, 반면에 사회적이고 역사적인 자아로 살 수도 있다. 모든 개인은 자신을 위한 개인으로서만 살아가는 것이 아니라, 공동체를 위한 자아로서 살 수도 있다는 뜻이다. 그러나 '자아실현'은 개인적인 범위 안에 한정되는 것으로 이해될 가능성이 크다. 자아실현이 개인적인 차원에서 범위를 넓혀 공동체적이고 보편적인 차원으로 확대될 때 '인간 존재의 완성'[7]을 이루어낼 수 있다.

---

7) 삶의 의미를 찾고 그것을 실현하려는 시도는 자신이 처한 개인적 삶의 한계를 초월하고자 한다. "삶의 의미는 나의 한계를 초월하는 곳에 있다. 예컨대 죽음이란 생명이 가진 시간적 한계이다. 인간은 죽음 뒤에도 이어지는 자취, 예컨대 자손, 업적, 작품, 명예 등을 남김으로써 그 수명의 한계를 넘어서려 한다. 우리의 몸은 생명이 가진 공간적 한계이며, 인간은 사랑, 유대, 제휴, 헌신, 신앙 등을 통해 자녀, 친구, 타인, 대의명분, 신과 같은 외부와 관계를 맺음으로써 자기의 범위를 확장하려 한다. 인생의 주요 의미로 꼽히는 것들은 모두 나의 존재를 넘어선 세계와의 '관계 맺기'라는 형태를 띤다. 그리고 이 관계를 바탕으로 객관적 가치(사랑, 진리, 선함, 아름다움, 성스러움 등)가 창조되고 교환되며, 이 객관적인 가치의 창조와 교환을 통해 주관적 만족과 성장이 이루어진다. 의미는 더 큰 객관적 가치의 생산을 통해 자기를 확대재생산 하는 자기초월적인 과정이다. 더 커다란 창조하기 위해 더 커다란 존재가 되는 것이 삶의 의미다."(이윤, 앞의 책, 162쪽.)

2. 인생의 의미와 일상

자아를 실현하고 인간 존재를 완성하는 것이 인간 삶의 궁극적인 의미라고 했다. 그렇다면 그 구체적인 방법은 무엇인가? 누구에게나 통용되는 객관적인 방법이나 매뉴얼이 따로 만들어져 있는 것은 아닐지라도 보편적인 방향은 제시되어야 할 것이다. '어떻게 살 것인가'라는 물음에 대한 철학적 대답은 모두 이 보편성 위에서 이루어진다고 하겠다.

첫째, 자아를 실현하고 인간 존재를 완성하는 일은 과거를 재발견하는 데에서 출발한다. '어떻게 살 것인가'라는 물음 자체는 전적으로 앞으로의 일이고 지난 과거와는 무관하다고 생각하기가 쉽다. 과거는 묻어둔 채 앞으로 어떻게 살 것인가가 중요할 뿐이라는 생각은 오류다. 미래를 설계하고 미래의 빛을 찾아가기 위해서는 위치하는 현재 나를 제대로 파악해야 한다. 그런데 현재 나는 과거의 마지막에 서 있는 나다. 살아온 과거를 재발견하지 않고는 나의 현재를 파악하기 어렵다는 말이다. 벤야민은 "예전이 지금과 충돌해 미래라는 별자리를 만든다."라고 했다. 미래 희망을 찾아가는 길에서 현재와 과거는 서로 출동하고, 거기서 과거는 끊임없이 재해석, 재생산된다. 물론 과거의 추억을 그리워하고, 그 안에 갇혀 사는 사람은 내일의 빛을 찾을 수 없다. 하지만 내일의 빛을 찾아가는 길은 내가 살아온 삶에 대한 성찰에서 찾을 수밖에 없다. 그 길이란 내 밖에서 주어지는 것이 아니라, 내 안에서 자발적으로 찾아야 하기 때문이다. 인생살이는 과거의 축적이다. 그것을 버리고 내일만을 기약한다는 것은 자기 인생을 모두 버리는 것과 다르지 않다. 과거는 내일 내 삶을 비추어 주는 전조등과 같은 것이다. 현재와 미래에 의해 과거가 끊임없이 재해석됨으로써 내 인생의 의미는 그만큼 풍부해지는 것이다. 과거의 시간 속에 묻힌 내 삶의 보물을 발견하고 그것을 초석으로 삼아 미래의 길을 찾아가는 것이다.

둘째, 인간 존재의 완성은 일상이란 작은 세계의 의미를 발견하는 데에서 출발한다. 일상이란 무엇인가? 인간 존재의 바탕이면서 삶이 전개되는 구체적인 시·공간이다. 많은 사람이 자신의 가치 있는 진짜 삶은 일상 너머 어디에 따로 있다고 생각한다. 일상은 자기 삶의 변두리 한 부분을 차지하는 무의미한 것으로 간주한다는 말이다. 삶의 진정한 가치와 행복은 자질구레한 일상을 벗어난 어디에 있다는 생각은 거의 무의식적으로 작동하는 듯하다. 대부분 일상은 사소한 생활의 파편이 무질서하게 분절된 채로 지나가는 것으로 인식한다. 하지만 인간 삶의 현주소는 무의미한 것으로 간주하는 일상이다. 일상은 우리 삶 자체이며 의미이다.

인생에는 현실 속에선 드러나지 않았던 수많은 중요한 가치들이 포함되어 있어. 그리고 또 다른 생각도 해 볼 수 있어. 카프카의 표현을 빌리자면 우리에게 있는 유일한 인생, 그것은 우리의 일상이야. 우린 세상이 어떻게 변하든 사랑을 나누고 슬픔을 달래고, 용기를 내고 친구를 만나 이야기를 하고 갈등을 풀고 용서를 구하고 용서를 할 줄 알아야 하고 어느 선에선가 타협을 하고 돈을 벌고 일을 하러 가야 하고 가족들을 먹여야 해. 현실주의자가 되어야 하는 거지. 단 희망을 이 사이에 깨문 현실주의자. - (중략) - 우리 인간은 수많은 하찮은 것을 만들어내지만 그 하찮은 것 속에서 수많은 숭고한 것을 만들어내는 존재야. 용기도, 사랑도 믿음도, 신도, 그러므로 사소하고 하찮은 것 속에서 어떤 것을 자기 중심점에 놓아야 할지를 잊지 말아야 해. 바로 그 자리에서 고유한 희망의 원리를 만들어내야 해.[8](밑줄 필자)

사소한 일들, 작은 세계를 건져 올려야 자신을 판단하고 성찰할 수 있다. 일상은 세계로 흘러드는 한 알의 작은 소금과 같기 때문이다. 우리의 인생은 정제할 수 있는 어떤 가치와 모습으로 존재하는 것이 아니라 지루하게 이어지는 잔잔한 일상 그 자체이다. 일상은 우리의 유일한 인생이다. 그런데 왜 우리는 일상의 진정한 의미를 인식하지 못하는가? 일상을 흐르는 시간의 강물에 흘려보내기 때문이다. 시간의 강물은 혼돈이고 무의미의 세계다. 혼돈 속에서 존재는 빛을 발할 수 없다. 그래서 무의미하다. 혼돈의 어둠 속에서 일상의 의미를 건져 올리는 그물이 필요하다. 즉, 일상을 발견하고 기록할 필요가 있다. 사생활의

---

8) 정해윤, 앞의 책, 31~32쪽.

기록, 나 자신의 작은 이야기를 잔잔하게 기록하는 것은 지금까지 살아보지 못한 가장 아름다운 날들을 찾아가는 희망의 날갯짓이기 때문이다.

셋째, 객관화하지 않고는 나를 제대로 파악하기 어렵다. 우리는 '자아발견' '자기성찰'이란 말을 자주 쓴다. 주체로서 자아가 마치 거울 속에 비친 객체로서 '나'를 파악하는 방식으로 우리는 자기 자신을 제대로 파악할 수 있다고 생각한다. 내가 자기 자신을 가장 잘 아는 존재이면서 가장 잘 모르는 존재일 수도 있다. 나를 되돌아볼 때마다 나의 진실과 정체성은 바뀐다. 내 몸을 비추어보고 내면을 파고들면 파고들수록 나의 참모습은 오리무중이다.

> 그 누구도 자신의 진실을 향해 '직지인심直指人心'할 수 없다. 나의 진실(혹은, 비밀)은 이미 타인들 속에서(심각하게 변형된 채) 유통되고 있는 법이며, 따라서 나는 오직 타인들의 세계를 힘들게 겪어내는 그 우회로의 끝에서야(한발 늦게) 나 자신의 진실을 되돌아보게 되는 법이다.[9]

'나'의 진실이나 '정체성'을 파악하려면 내 안에 나를 끌어내어 어느 정도 객관화할 필요가 있다. 나를 찾아가는 우회로의 하나가 나에 관한 이야기와 기록이다. 인간 존재의 완성이나 자아실현은 시간의 파도에 휩쓸려간 작은 일상에서 삶의 보석을

---

9) 김영민, 『세속의 어긋남과 어긋냄의 인문학』(글항아리, 2011), 91쪽.

찾아내는 일로부터 시작된다. 그것은 자기 삶을 이야기하고 기록함으로써 가능하다.

3. 이야기하기

언어 활용 영역을 크게 읽기, 듣기, 쓰기, 말하기 네 가지로 구분한다. 이 중 주체가 자기 사상과 느낌을 표현하는 것에는 '쓰기'와 '말하기'가 있다. 전자는 문자언어로 기록하는 서자書字 행위이고, 후자는 음성언어로 발음기관을 통해 말을 발화하는 행위이다. '말하기'는 '말하다'라는 행위로 구체화한다. '말하다'는 음성언어로 표현하는 모든 행위를 나타낸다. 그런데 '말하다'와 유사한 의미로 통용되는 것이 '이야기하다'이다. 둘은 거의 구분하지 않고 혼용할 때가 잦다. 그런데 좀 더 깊이 분석해 보면 둘 사이에 작은 차이를 발견할 수 있다. "네가 이 약속을 지킬 수 있는지 말해 봐라. / 이야기해 봐라."의 경우를 예로 들어보자. 일상에서 둘을 모두 사용할 수 있으나 전후 문맥으로 본다면 '말해 봐라'가 더 적절하다. "어제 너에게 어떤 일이 있었는지 말해 봐라. / 이야기해 봐라."에서는 어떠한가? '말하다'보다는 '이야기하다'가 더 적절하다. "그러므로 '말하다'에는 순간순간의 상황에 맞춰 단어나 문장을 적절히 변화시켜 적용할 수 있다는 의미가 강하다. 나쁘게 말하면 임기응변적으로 표현하고 있다고 할 수 있다. 그에 비해 '이야기하다'는 일정한 줄거리 또는 기승전결의 구성을 갖는 이야기를 서술한다는 느낌이 강하다."[10] 언어 행위 측면에서 보면, '말하다'와 '이야기하다'는 차이점보다는 공통점이 더 많다. 그러나 둘이 가지는 '발화 행위의 레벨 차이'는 작지만 유의미하다. 말하기 행위와 구분되는 이야기 행위는 어떤 특징을 보이는가?

> 과거의 경험은 항상 기억 속에 해석학적 경험으로 존재한다. 우리는 지나가버린 지각적 경험 그 자체를 이야기하는 것이 아니라, 상기된 해석학적 경험을 과거형이라는 언어형식을 통해서 이야기하는 것이다. '지각적 체험'을 '해석학적 경험'으로 변용시키는 이러한 해석학적 변형의 조작이야말로 '이야기하다'라는 원초적 언어행위, 즉 '이야기행위'를 성립시키는 기반인 것이다.[11]

> 이야기행위는 하나의 해석학적 행위이며, 과거의 사건을 재구성함으로써 현재의 자기 모습을 생각할 수 있게 해주는 기능을 갖는다. 이야기행위는 과거를 현재의 시점에서 재구성하며 구성된 과거에 의해 현재의 의미가 부여된다는 현재의 자기이해를 변용시키는 왕복운동을 작동시킨다는 점에서, 이중적인 의미에서 과거 구성적이라 할 수 있다.[12]

'이야기'는 과거의 일을 현재의 의미로 변용시키는 행위라고

---

10) 노에 게이츠, 『이야기 철학』(한국출판마케팅연구소, 2009), 94쪽.
11) 같은 책, 25쪽.
12) 같은 책, 101쪽.

주장한다. 과거 사건이나 행위를 구성적으로 관여하는 것이 이야기라고 한다. 이야기의 대상은 과거 일이다. 과거를 현재에서 재구성하는 것이 이야기이므로 이야기의 시간적인 벡터는 현재를 기점으로 이야기가 일어난 과거 어느 시점으로 향한다. 과거를 재구성한다는 것은 해석한다는 말이다. 이야기하는 것은 이야기 주체가 지각한 과거 체험을 현재 그대로 재현하는 것이 아니라, 과거 체험을 상기 작용을 통해 해석학적으로 변형하는 것이다. 객관적으로 실재했던 구체적인 체험이 주체의 상기 작용을 거쳐 의미 있는 경험으로 구성되는 것이 이야기다. 따라서 이야기하는 것은 과거 기록에서 출발하나 그 기록은 새로운 의미를 부여하는 반성적인 언어 행위라고 할 수 있다.

문학과 역사는 글쓰기에서 이야기 형식을 취한다. 문학에서는 소설과 수필이 이야기 형식을 취하는 대표적인 장르이다. 소설과 수필은 과거 일어났던, 혹은 일어났던 것으로 가정하는 일을 해석적으로 구성하는 글쓰기다. 그 한가운데에는 이야기가 자리 잡고 있다. 그런데 일반적으로 소설의 이야기는 허구의 꾸며낸 세계로, 수필의 이야기는 실제 현실에 있었던 세계로 각각 인식한다. 수필의 표현 방식은 자기 자신에 관해 이야기하기다. 이런 점에서 수필은 이야기 글이다. 수필의 이야기는 자기 자신에 관한 것이기 때문에 고백의 형식을 취하는 것은 당연하다.

원래 이야기는 입과 귀의 문학이다. 구비전승하던 이야기는 문자 보급과 인쇄술 발달로 새로운 국면을 맞이하면서 기록성을 확보한다. 이야기가 음성을 통해서만 표현되는 것이 아니라, 문자 기록을 통해 표현되면서부터 이야기 영역은 확장된다. 바로 개인의 내면을 담게 된 것이다. 물론 이는 문자와 활자 같은 매체의 발달로 가능했으나, 근대사회에 와서 이루어졌던 개인의 발견과 맞물리는 부분도 크다. 근대사회에 들어와 자기 자신을 이야기하는 방법을 터득한 것이다. 자기 내면으로 들어가 자신의 영혼이 경험한 역사를 이야기하는데, '나'만이 유일하게 그렇게 할 수 있음을 인식한다. 자신의 내면을 고백하는 글쓰기는 이처럼 근대에 와서 개인의 발견과 함께 시작되었다. 소설과 에세이가 그 대표 장르다. 그 중 에세이는 오늘에 이르기까지 '나'를 발화자로 하여 자신의 내면과 영혼의 세계를 이야기하는 대표적 장르로 성장해 왔다.

　　인간의 경험은 한편으로는 신체적인 습관이나 의식儀式으로 전승되며, 다른 한편으로는 '이야기'로 축적되어 전승된다. 인간이 이야기하는 동물이라는 것은 무자비한 시간의 흐름을 '이야기하는' 행위를 통해 멈춰 세우고, 축적된 기억과 역사(공동체의 기억)의 두께 속에서 자기확인을 거듭하며 살아가는 동물이라는 것을 의미한다. 우리가 다양한 경험을 기억으로 만들고 그 기억을 시간적·공간적으로 정리하고 배열해서 많은 이야기를 지어내는 것은 바로 덧없이 흘러가버리는 시간의 흐름 속에서 해체되어 가는 자기 자신에 대항하기 위해서이다.[13]

---

13) 같은 책, 25쪽.

시간은 강한 물살처럼 모든 존재를 흔들고 해체한다. 흐르는 시간을 멈추게 할 수 없는 것은 인간이 직면한 한계이고 숙명이다. '이야기'는 어쩌면 이 무자비하고 비극적인 시간의 흐름을 멈춰 세우는 일인지도 모른다. 시간 속에 묻혀가는 다양한 경험을 기억으로 저장하여, 그것을 시·공간 속에 배열함으로써 물살에 떠밀려 사라져가는 자신의 존재를 확인하는 것이 이야기하기다. 인간은 다양한 방식으로 이야기하기를 멈추지 않는다. 자기 생애 쓰기도 이야기하기의 한 방식이다.

4. 자기 생애 쓰기 / 자서전 쓰기

자서전은 자기 인생에 대한 이야기이고, 자서전 쓰기는 인생의 의미를 발견하는 작업이다. 시간 속으로 묻혀버리고 말 내 인생은 문자로 기록됨으로써 새로운 의미와 빛으로 드러난다. 막연한 얼마의 파편으로 산재하던 인생의 조각들이 하나의 통일된 줄기로 재탄생하는 것이다. 그래서 자서전 쓰기는 내 삶의 재창조이다. 나를 이 세상에 태어나게 하고 함께 삶을 영위했던 다양한 사람과 내 삶의 여정에서 명멸했던 무수한 사건에 대해 기록하는 것이 자서전 쓰기이다. 내가 사랑하고 미워했던 사람, 나를 기쁘게 하거나 슬프게 했던 모든 일을 담는다.

비록 삶의 모든 여정을 이야기하기에는 아직 충분히 나이 들지 않았을지라도 우리가 이런 이야기를 정리하고 기록하는 것은, 사람과 인생에 대해 반추해 보고 깊이 생각하며 살아간다는 의미이기도 하다. 시간을 두고 당신의 삶을 이야기해 보자. 자신의 이야기를 하면서 오늘과 내일 '함께' 한 모든 것에 감사하자. 인생에 관한 이야기는 값을 매길 수 없는 특별한 유산이다.[14]

자기 인생 경험을 이야기하고 글로 남기는 것은 과거를 말하는 행위이다. 그런데 지나간 과거를 지금에 와 들추어내는 일이 무슨 소용이 있는가? 우리에게 중요한 것은 앞으로 어떻게 살 것인가의 문제가 아닌가? 현실적인 문제를 해결하는 데 과거의 이야기가 어떤 직접적인 도움을 줄 수 있는가? 이야기의 효능 혹은 자신의 생애나 삶을 이야기하는 일에서 얻는 이득은 무엇인가? 여기에 대해 생각해 볼 필요가 있다.

나는 내 이야기를 함으로써 다른 사람의 관심을 원한다. 이야기를 통해 귀중한 정보를 주면 다른 사람은 나를 신뢰한다. 이러한 신뢰는 나의 사회적 지위 확보에도 영향을 미친다. 무엇보다 이야기는 구성원이 서로 협력할 수 있도록 도와주는 윤활유와 같은 역할을 한다.

이야기는 화자에게나 청자에게나 전략적이다. 때로는 비정할 만큼 이기적이기도 하고, 때로는 관대하고 친사회적이기도 하다.

---

14) 린다 스팬스, 황지현 역, 『내 인생의 자서전 쓰는 법』(고주원, 2008), 15쪽.

자연 선택은 다층적으로 일어나기 때문에 개체나 집단이 다른 개체나 집단과 경쟁할 때 다양한 측면에서 도움을 준다.[15]

이야기의 효용에 관한 이러한 주장은 사회적인 측면을 중시한다. 또한, 이야기하기는 화자의 심리적인 측면에서도 다양한 효력을 발휘한다. 자신의 삶에 대한 깊이 있는 성찰을 통해 자신의 삶을 풍성하게 할 것이고, 못다 한 말을 풀어놓음으로써 마음의 상처를 치유할 길도 열릴 것이다.

초등학교 5학년 때부터 대학교 일학년 때까지 목사인 친아버지한테 성폭력을 당했던 은수연이라는 저자는 자신의 이야기를 털어놓으면서 이렇게 말했다.

몇 년 뒤 '치유하는 글쓰기'에 참여해 내가 그동안 말해온 내용을 글로 쓰기 시작했다. 말하기는 다른 사람에게 나를 보여주는 과정이었다면 글쓰기는 나 자신에게 나를 보여주는 과정 같다. 글쓰기를 시작한 뒤로는 혼자 많이 울었고, 써놓은 글을 보고 다듬으며 내 경험에 관한 내 생각도 조금씩 다듬어졌다. 입에서 소리가 돼 공간 속으로 흩어지던 내 생각들이 활자가 돼 종이 위에 차곡차곡 정리됐다.[16]

상처는 건드리면 덧난다고 한다. 물론 그럴 수도 있다. 아물 때까지 건드리지 말고 그대로 두면 세월이 약이 되어 자연적으

---

15) 브라이언 보이드, 남경태 역, 『이야기의 기원』(휴머니스트, 2013), 252쪽.
16) 은수연, 『눈물도 빛을 만나면 반짝인다』(이매진, 2012), 189쪽.

로 치유될 수 있다는 말일 것이다. 그러나 반대일 수도 있다. "고통이란 무시한다고 해서 영원히 사라지는 게 아니라 오히려 더 악랄하게 뿌리를 내리며 인생의 최저점까지 우리를 끌어내리기도 한다."[17] 긍정적이고 희망적인 태도를 가지고 자신의 상처를 드러내고 적극 치유함으로써 고통의 시간을 줄이고, 상처를 딛고 일어서 새 출발을 할 수 있는 것이다.

우리는 알고 있는 이야기에 내 이야기를 덧붙여 지속해서 이야기를 만들면서 살아간다. 남의 이야기를 들으면서 자신을 바로잡고, 내 이야기를 풀어놓음으로 심리적 해방감도 느낀다. "우리는 우리에게 주어진 이야기의 틀을 참조하여 파편적으로 흩어져 있는 여러 일들을 일관성 있는 이야기로 만들고, 그 속에서 의미를 발견하고, 우리가 해야 할 일을 찾아낸다. 이야기와 삶은 서로에게 속해 있다. 이야기가 우리 삶의 일부이듯이 우리의 삶 역시 이야기의 일부이다."[18] 이야기를 통해 내 인생의 의미를 새롭게 성찰하고 더 아름답고 좋은 삶을 꿈꾼다.

내 인생 이야기를 진솔하게 글로 써보자. 그것은 내 삶의 의미를 정립하고 존재의 의미를 완성해 가는 출발점이다.

---

17) 새퍼드 코미니스, 『치유의 글쓰기』(홍익출판사, 2008), 104쪽.
18) 정영훈, 「스토리텔링의 유혹」, 서동욱 외, 『한평생의 지식』(민음사, 2012), 209쪽.

'어름문학'으로서 수필

1.

　'수필미학문학회'를 올 여름에 결성하고 곧이어 동인지 창간을 서둘렀다. 1년에 두 번 발간을 계획하고 그 편집과 내용은 어느 정도 방향을 잡았는데, 문제는 제호를 정하는 일이었다. 2000년대에 들어와 수필문학이 양적으로 팽창하면서 수필 전문지와 동인지가 세상에 쏟아졌고, 붙인 그 이름이 다양하고 듣기 좋았다. 괜찮은 이름을 달려고 얼마나 고민했겠는가. 그런데 그 이름이 겉보기에는 그럴듯해 보이지만, 자세히 들여다보면 조어 방법과 개념이 엇비슷하다. '수필'과 '에세이'라는 단어를 일차 어휘로 하고, 여기에 '문학, 공원, 수필가, 세계, 현대, 시대, 미학' 등의 2차 어휘를 조합하는 방법이 일반적이다. 그리고 '에세이포레', '에세이피아', '에세이스트'처럼 아예 우리말의 테두리를 벗어나 외국어 명찰을 단 전문지도 있다. 이들 이름은 그 집단이나 단체가 추구하는 가치나 출판물을 발간하는 특정한 방향과 아무런 관계가 없다. 있다 하더라도 너무나 미미하여 없는 것이나 마찬가지다. 그렇게 부르고자 했던 사람들의 자기만족이 있을 뿐이다. 이름 자체는 특정한 의미와 가치를 생성하지 못하고 있는 형편이다.

이미 많은 전문지나 동인지가 좋은 이름을 선점하고 있어 참신하고 새로운 이름을 찾기가 쉽지 않았다. 요리조리 어휘 조합을 해봤으나 그게 그거였다. 일부 회원이 '수필'을 비유적으로 혹은 상징적으로 드러내는 이름을 제안하기도 했는데, 그 말 자체만으로는 참신한 느낌을 주었지만 암시적이고 비유적이어서 '수필'이라는 원관념을 표상하는 힘이 부족했다. 이러던 차에 바람결처럼 스쳐간 것이 '어름문학'이란 말이었다.

2.

'어름문학'은 국문학자 김수업이 제안한 바 있는 순우리말 용어이다.[19] 그는 우리 겨레의 문학을 '배달문학'이라고 규정하고, 구비문학인 '입말문학'과 문자로 기록된 '글말문학'으로 크

---

19) 김수업, 『배달 문학의 갈래와 흐름』, 현암사, 1992.

게 나누었다. 그리고 예로부터 있어 온 전통적인 문학을 노래 문학(시), 이야기 문학(소설), 놀이 문학(희곡)으로 구분하고, 글 말 이래 생겨난 것으로 어름문학을 4갈래로 설정했다. 그는 "예 술과 실용, 문학과 비문학의 '어름'(中間)에 자리 잡고, 따라서 문 학과 비문학의 영역을 함께 아우르고 있어서 문학이 될 수도 있 고 문학이 되지 못할 수도 있는 성질의 것이므로 '어름문학'이 라고 이름 짓자는 것이다."[20]라고 했다. 여기서 볼 수 있듯이 '어름'은 '중간'이라는 뜻이니, 어름문학은 '중간문학'이라는 말 이 된다. '일기, 편지, 제문, 기행, 전기, 문학비평, 수필' 등 일곱 가지 하위 갈래가 이 어름문학에 속한다고 했다.

김수업 교수의 이러한 주장이 전적으로 타당하다고는 볼 수 없다. 쟁점의 여지가 크다. 우선 갈래 짓기, 즉 분류에서 분류된 각 항목은 상위 개념의 범위에서 벗어나서는 안 되고, 서로 동 격이어야 한다. 그의 설명에 따르면, 어름문학에는 비문학적인 요소가 포함되어 있다. 비문학적인 요소는 문학이 아니므로 어 름문학은 문학의 하위 갈래가 될 수 없다. 어름문학이라는 분류 가 논리적이려면 '문학, 중간문학, 비문학'이란 큰 틀을 전제하 고 문학을 '완전문학'(가칭)과 '중간문학'으로 분류해야 할 것이 다. 분류상 어름문학은 '완전문학'이란 개념과 동격을 이룰 수 있으나 시, 소설, 희곡과는 동격이 될 수 없다. 그리고 '노래하

---

20) 같은 책, 175쪽.

기, 이야기하기, 놀이하기'는 문학적인 언어 행위의 방법에 따른 분류라면, 어름문학은 문학적인 성격을 완전하게 갖추었느냐, 갖추지 못했느냐에 따른 분류이다. 어름문학은 그 안에 포함된 하위 장르의 문학적인 성격을 적절하게 드러내는 개념이긴 하지만, 문학의 갈래 이름으로서는 분류상 문제를 안고 있다.

이처럼 김수업은 문학적인 측면과 비문학적인 측면을 동시에 가지고 있다는 점에서 수필이나 비평 등의 장르를 중간문학이라는 개념을 끌어와 어름문학이라고 했다. 문학으로서 완전하지 못하다고 본 것이다. 이 같은 갈래 짓기의 타당성은 뒤로 하고, 여기서 '어름문학'이란 개념이 성립하려면 일차적으로 문학의 순수한 본질이나 개념이 전제되어야 한다는 점에 주목해 본다. 어떤 측면에서 수필은 완전한 문학이 될 수 없는가? 문학의 본질에 관한 김수업의 견해를 살펴보자.

> '예술인 것'과 '예술이 아닌 것' 사이에는 여러 가지 다양하고 복합적인 요소들이 실제로 끼어들어 있다고 생각한다. 그러나 나는 그 가운데에서도 가장 결정적인 것으로 '비유적 기능의 형식'이라는 것을 들어 풀이해 보고 싶다. 이것이야말로 '말을 자료로 하여 삶을 표현한 것'들 가운데서 예술과 비예술 곧 문학과 비문학을 가려내는 변별 자질로서 가장 본질적인 것이 아닌가 싶기 때문이다.[21]

---

21) 같은 책, 22쪽.

문학을 우선 '말을 자료로 하여 삶을 표현한 것'이라고 전제하고 있다. 그리고 문학과 비문학을 구분하는 요소에는 여러 가지가 있지만, 가장 본질적인 것이 '비유적 기능의 형식'이라고 주장한다. 여기서 김수업이 말하는 비유적 기능의 형식이란 어떤 것인가. 단지 문장 표현이나 수사로서 비유를 지칭하는 것은 아니다. 그는 "형식으로 존재하는 그것 스스로의 실체만이 아니라 그 존재로부터 옮겨 또 다른 의미를 드러내게 되는 것"이라고 했다. 그는 문학과 예술의 본질적인 표현 형식을 '비유'라고 보았다. 예술사에서 뛰어난 예술과 문학작품은 모두 이러한 신비스러운 비유의 기능을 발휘했다는 것이다. 삶의 다양한 경험이 가지는 일차적인 지시 의미를 실용적인 목적으로 기록하는 것에서 더 나아가 보다 섬세하고 아름답게 기록하려고 애쓰고, 새로운 제 삼의 의미를 드러내는 비유적 기능을 발휘할 때 비로소 문학과 예술이 될 수 있다는 주장이다. 경험과 사실을 지시적으로 기록했느냐, 비유적인 표현을 통해 제 삼의 의미를 창조했느냐에 따라 문학과 비문학을 구분한다. 즉, 사실 그대로를 기록했거나 실용적인 목적으로 쓰인 글은 문학이 아니라는 주장이다. 결국 김수업은 문학의 순수한 본질을 사실 및 기록성과 대립하는 비유적 기능으로 파악했다.

또한, 김수업은 '있을 수 있는 세계', 즉 상상의 세계를 허구적으로 창조해낸 것이 문학의 본질적인 것이라고 말한다.

어름문학은 다른 세 가지 갈래의 문학과는 달리 '있었던 세계'(일상의 세계)를 다룬다는 점에서 특이한 갈래의 문학이다. 앞의 세 갈래는 모두 '있을 수 있는 세계'(상상의 세계)를 허구적으로 창조해 낸다는 점에서 본원적인 문학임에 비하여 이 넷째 갈래의 어름문학은 대개 이미 있었던 사실로부터 경험한 세계를 다룬다는 점에서 비본원적인 문학이라고 할 수 있다. 그렇게 비본원적으로 이미 사실로 경험되었던 세계를 재창조하기 때문에 그것이 문학이 될 수도 있고 문학이 되지 못할 수도 있는 것이 아닌가 싶다.[22]

상상의 세계를 허구적으로 창조한 것이 문학의 본원이라고 전제하고, 사실로부터 경험한 세계를 다루는 것은 문학이 될 수 없다는 말이다. 다만, 사실과 경험을 그대로 재현하는 것이 아니라, 완결된 하나의 언어 구성물로 재구성한다는 점에서는 문학이 될 수도 있다고 본다. 어쨌든 경험적인 사실을 다룬다는 점에서 어름문학은 비문학적인 요소를 포함한다고 볼 수 있다.

김수업의 이러한 주장은 조동일이 수필 등의 4장르를 '교술'[23]로 규정하고 그 특징을 '비전환표현'이라고 설명한 것과 상통한다. 서정·서사·극 문학은 전환표현(픽션)이지만, 4장르인 수필은 '비전환표현'(논픽션)이라는 것이다.[24] 이는 김수업이 말하

---

22) 같은 책, 175쪽.
23) 조동일은 '교술'이란 용어의 개념을 "첫째 있었던 일을, 둘째 확정적 문체로 일회적으로, 평면적으로 서술해, 셋째 알려주어서 주장한다."라고 정의한 바 있다.(「가사의 장르규정」, 『어문학』 21집, 한국어문학회, 1969).
24) 조동일, 「18, 19세기 국문학의 장르체계」, 『고전문학연구』 1집(1971).

는 '비유적 기능의 형식'과 조동일의 '전환표현'의 개념은 완전히 일치하지는 않지만, 장르 규정이란 측면에서 맥락을 같이한다. 조동일은 문학을 허구적인 세계로서 픽션, 그리고 사실 기록에 무게를 두는 논픽션으로 구분하여, 문학을 서정·서사·극문학과 같은 창작 또는 상상문학으로만 좁게 한정하는 오류를 극복하고자 했다. 다양한 역사적 장르를 아우를 수 있는 이론적 장르를 사변적으로 설정한 것이 바로 '교술'이다. 전통적인 3분법 체계를 확대하여 '있었던 일'을 평면적으로 서술하고 알려주는 기록성의 글을 교술이란 4장르에 포함시켰던 것이다.

두 사람 모두 전통적인 3분법에서 제4의 장르를 추가하여 4분법 체계로 문학 장르를 인식하고자 한다. 조동일은 '교술문학'이라는 이론적 장르를 설정하여 경험의 일차적인 기록이나 사실 전달까지 문학으로 보았다. 이는 문학의 범위를 아주 넓게 잡은 것이다. 그래서 작가의 개인적인 경험을 담아내는 수필을 교술 속에 포함시키고 문학으로서 자격을 인정한다. '비유적 기능'에 방점을 찍고 있는 김수업은 4장르를 조동일과는 다른 각도에서 인식했다. 즉, "실용성을 발휘하면서 동시에 예술로서 비유적 기능을 발휘하여 문학이 되기도 하는 양면성"을 지니므로 4장르로 설정하고 어름문학이란 이름을 붙였다.

우리는 이 넷째 갈래 어름문학을 살피면서, 문학이란 본질적으로 비문학인 기록과 별개로 동떨어져 존재하는 것이 아님을 깨달게 된다. 거대한 언어의 세계 안에 함께 어우러져 있으면서 그 언어에 본원적으로 내재한 비유적 기능을 개발함으로써 문학이라는 예술을 향유하게 됨을 깨닫는다. 문학이란 일상적으로 쓰이는 언어를 자료삼아 만들어진 예술이기에 그 일상적 의미 전달의 기록들과 구별하기 어려운 접경 지대가 있을 수밖에 없다는 사실을 발견하게 된다는 말이다.[25]

    문학은 일상의 언어를 자료 삼아 만들어지는 것이기 때문에 정보전달이나 실용적인 목적과 확연하게 분리되어 존재하기 어렵다는 말이다. 시, 소설, 희곡도 의도되지 않았지만 인식적인 측면을 드러내는 때도 있다. 문학이 궁극적으로 지식과 배움의 기능을 완전히 떨치고 오로지 심미적인 기능만을 발휘하는 것은 아니다. 마찬가지로 실용성이나 사실 기록성에 뿌리를 두고 있는 글이 비유적인 기능과 심미성을 동시에 드러낼 수도 있다는 말이다. 문학적인 요소와 비문학적인 요소를 동시에 가지는 글들을 넓은 의미의 문학에 포함시켜 어름문학이라는 이름을 붙였던 것이다. 수필도 이 어름문학의 한 하위 장르로 인식했다.

    어름문학이라고 하든 비전환전 표현이이라고 하든 간에 수필의 장르적 성격을 규정하는 데 이러한 개념이 동원되었다는 것은 수필이 전통적인 3분법체계의 문학과는 다른 특성을 지니고

---

25) 김수업, 앞의 책, 177쪽.

있다는 점을 인정하는 것이다. 조동일이 비전환적 표현이라는 개념을 적용하여 수필은 넓은 의미의 문학 속에 완전히 귀속시 켰다면, 문학의 본질을 '비유 기능의 형식'으로 좁게 전제한 김 수업은 수필이 문학성과 비문학성을 동시에 지닌다는 측면에 초점을 맞추어 그것을 어름문학이라고 불렀다. 이들의 인식은 똑같이 수필이 '있었던 사실의 기록'이란 점을 고려한 결과라고 할 수 있다.

수필이 어떤 성격의 문학이냐의 문제가 결국 수필이 문학인 가 아닌가의 문제로 확대된 셈이다. 그런데 문학과 비문학의 경 계를 명확하게 구분하기란 불가능하다. 많은 사람이 문학을 자 기 나름대로 규정하지만, 적절성의 농도만 가질 뿐 그 어느 것 도 절대이지 못하다. 문학은 객관적으로 무엇이라고 기술할 수 없다. 문학의 정의는 어떤 경우이든 형식적인 것에 지나지 않는 다. 이 점과 관련하여 존 엘리스John M. Ellis의 주장은 매우 설득력 이 있다. 그는 '문학'이란 용어가 '잡초'라는 말과 비슷하다고 했 다. 잡초와 잡초가 아닌 것은 미리 정해진 것이 아니라, 정원사 가 정원을 가꾸면서 이런저런 이유에서 원하지 않는 식물은 모 두 잡초에 해당한다는 것이다. 잡초라는 개념은 "우리가 일상적 언어 속에 사용하는 대부분의 개념들처럼 물질적 속성들로서가 아니라, 식물의 집단에 대해 사회가 소유하는 사용으로서 정의 된다."라고 했다. 잡초는 "식물의 물질적 구조"가 아니라, "사회 가 식물을 바라보는 방법"에 의해 결정된다는 것이다.[26] 문학도

이 잡초의 경우와 마찬가지라는 말이다. 문학이나 잡초는 '존재론적' 용어라기보다는 '기능적인 용어'에 해당한다. 따라서 "일정한 공통적인 내재적 속성에 의해 판별되는, 확실하고 불변적인 가치를 지닌 일군의 작품들이라는 의미의 문학은 존재하지 않는 것이다."[27] 문학을 객관적이고 기술적인 범주로 고정시킬 수도 없지만, 개인의 주관적인 가치에 따라 그때마다 다르게 정해서도 안 된다. 다시 말해, 문학을 구성하는 가치 판단은 역사적으로 가변적이지만, 한편으로는 흔들리지 않는 신념과 구조에 뿌리를 두고 있다.

문학이 무엇인지 그 경계를 분명하게 확정지울 수 없다. 그러므로 특정한 내재적 속성에 초점을 맞추어 수필의 문학적 장르를 객관적으로 고정하는 것은 이론적으로만 가능할 뿐이다. 특히 문학도 시대의 흐름에 따라 변화한다. 오늘의 문학은 어제의 문학이 아니다. 수필도 마찬가지다. 수필을 고정불변의 개념으로 확정하려는 시도는 헛수고에 지나지 않는다. 수필은 자기 변신을 끊임없이 시도하고 있다. 수필에 관한 장르 인식이 좀 더 여유와 유연함을 지녀야 할 것이다.

---

26) J.M. 엘리스, 이승훈 역, 『문학의 이론』(대방출판사, 1982), 44쪽.
27) 테리 이글턴, 김명환 외 역, 『문학이론입문』(창작사, 1986), 26쪽.

3.

수필을 어름문학으로 부르는 것도 어쩌면 고정된 시각에서 출발된 것인지도 모른다. 이번에 수필미학문학회가 동인지를 창간하면서 '어름문학'이란 제호를 사용했는데, 여기에도 이러한 오해의 소지가 없지 않다. 하지만 '어름문학'이란 제호를 사용한 것은 수필의 장르적 위상에 관해 어떤 견해를 드러내려고 한 것이 아니다. 수필이 문학과 비문학의 양면성을 지니고 있다는 점을 주장하려는 것도 아니다. 오직 한 가지, 수필의 문학주의 미신을 경계하자는 뜻이다.

수필도 문학이다. 문학이라고 인정되는 수필을 힘주어 문학이라고 거듭 주장하는 것은 뭔가 문학으로서 석연찮은 점을 가지고 있음을 자인하는 것이 아니겠는가. 그렇다. 수필은 문학의 테두리 안에만 갇혀 있지 않고, 비문학적인 영역에도 걸쳐 있다. 이를 인정해야 한다. 인정할 때 수필의 본성을 제대로 파악할 수 있기 때문이다. 이 비문학적인 요소가 마치 수필의 자존심을 떨어뜨리는 것이라고 생각하고 수필의 문학적인 특성만을 부각시켜 수필의 영역을 제한하려는 입장을 경계해야 한다. 앞에서 보았듯이, 문학의 순수한 혈통은 고정되어 있지 않다. 경계지을 수 없는데도 마치 문학이라는 절대적인 영역이 있는 것처럼 착각하고, 수필이 그 안에 들어가야 한다고 열을 올린다. 이는 문학에 대한 미신이다. 이러한 수필의 문학주의 미신은 순수 및 순혈이라는 미명 아래 수필의 영역을 축소하고 창작방법을 기계화하는 결과를 낳는다. 수필은 다양한 영역에 걸친 혼종의 글쓰기다. 문학과 비문학의 경계 없이 존재와 가치에서 자신을 지속적으로 확장해 가는 것이 수필이다. 한곳에 머물지 않고 여러 영역을 섭렵하는 탄력성이 수필의 특성이고 장점이다. 수필은 문학이 아님으로써 더 많을 것을 얻을 수 있고, 자신의 영역을 넓게 확장할 수 있으며, 독자에게 더 큰 감동을 줄 수도 있다. 이처럼 '어름문학'이란 용어를 통해 수필의 고유하면서도 역동적인 특징을 인식할 필요가 있다. 그러지 않고는 문학을 향한 수필의 미신은 극복되기 어렵다.

이름을 처음 지을 때는 어떤 의도와 이념에 바탕을 두지만, 부르다 보면 익숙해지고 익숙해지면 처음의 이념은 사라지고 감각적인 이미지만 남는다. 어름문학이 중간문학이라는 뜻을 지닌다고 해서 수필을 문학 측에 끼지 못하는 어정쩡한 것이라고 생각하는 것은 일종의 자기 비하다. 어름문학이 수필 자체를 폄하하는 것으로 오인할 수도 있다. 그런데 '문학이 아니다'라는 말은 사실의 진술이지 가치의 개념이 아니다. 오히려 순수한 문학이 아니므로 문학일 때와는 다른 가치를 확보할 수도 있다. 문학이라는 구속에서 자유롭기 때문이다. 어름문학은 어떤 의견이나 주장을 내세우는 말이 아니라, 편하게 부르는 이름일 따름이다. 어름문학이란 말이 더 큰 의미로 결집되어 많은 사람의 뇌리에 새겨진다면, 이는 덤으로 오는 다행이라고 생각한다.

자서전과 수필

1. 자전적 글쓰기로서 수필

모든 글은 글쓴이의 생각과 정서를 표현한다. 이런 관계로 글쓴이의 자의식과 무관한 글은 없다. 직·간접적으로 혹은 적든 많든 간에 글에는 글쓴이의 생각과 느낌이 스며들기 마련이다. 비평가 롤랑 바르트는 일찍이 '작가의 죽음'을 선언했다. 수용미학자에 따르면, 작가의 손을 떠난 작품은 작가와 무관한 것으로서 전적으로 독자의 몫이다. 하지만 이는 문학을 바라보는 관점으로서 '작가'라는 요소의 무게를 상대적으로 가볍게 본다는 뜻이지, 작품에서 글쓴이의 자아를 완전히 배제할 수 있다는 단언은 아니다. 모든 글에는 기본적으로 자아 반영적이고 자전적인 요소가 녹아있다고 봐야 할 것이다. 그 강도에서는 비록 차이가 있다 하더라도 자아를 반영하지 않은 글은 없다. 특히, 오늘날과 같이 개인주의 의식이 범람하는 시대에서는 글쓰기 대부분이 극도의 내면성을 지향하고, 한편으로는 자전적인 요소가 특정 장르에 한정되지 않고 문학 전반에 걸쳐 나타나고 있음을 목격한다. 그렇다고 지금 이 시대의 모든 글쓰기를 '자아 반영적' 혹은 '자전적'인 것이라고 말할 수는 없다. 일반적인 차원을 떠나 자전적 특성이 두드러지는 특별한 장르에 한정하여 '자전적 글쓰기'라는 개념을 적용하는 것이 옳다고 생각한다.

한국 현대수필도 크게 자전적 글쓰기 범주에 속하는 대표적인 장르 중 하나다. 수필은 작가가 자신을 성찰하고 자기 삶을 되돌아보는 글쓰기다. 즉, 자기를 드러내고 찾으려는 문학이 바로 수필이다. 물론 모든 수필 작품이 전적으로 자아를 드러내는 것은 아니다. 수필의 장르 영역은 아주 넓다. 자아가 문면 뒤에 숨고 관찰 대상이 전면에 부각되는 작품도 적지 않다. 그렇지만 장르 보편성에서 보면, 수필에는 글 쓰는 주체로서 자아가 한복판에 있음을 알 수 있다.

첫째, 수필 창작은 수필가 개인의 일상 체험을 구성하는 일에서 출발한다. 타인의 이야기를 할 때도 있고, 주체 밖에 존재하는 사물이나 사건에 관해 말할 때도 있으나 수필 대부분은 작가 개인의 자질구레한 일상 체험을 글감으로 삼는다.

둘째, 수필은 작가의 체험을 문학적 언어 행위를 통해 독자에게 직접 전달하는 형식이다. 즉, 고백이 수필의 기본 형식이다. 시와 소설의 화자는 시인이나 소설가와 동일 인물이 아니지만,

수필의 화자 '나'는 바로 수필가다. 수필은 '비전환적 표현'을 근간으로 삼고 있다. 수필에서는 수필가 자신이 전면에 나서서 자기를 직접 이야기한다. 이렇게 볼 때, 수필은 자전적 글쓰기, 혹은 자아 반영적 성격을 지니는 글쓰기의 핵심 장르라고 할 수 있다.

2. 수필과 자서전의 차이

그렇다면 수필은 자전적인 글쓰기의 대표적인 장르인 자서전과는 어떤 차이를 보이는가? 프랑스 자서전 연구가인 필립 르죈 Philippe Lejeune은 자서전 문학의 기본 규약을 "한 실제 인물이 자기 자신의 존재를 소재로 하여 개인적인 삶, 특히 자신의 인성人性의 역사를 중점적으로 이야기한, 산문으로 쓰인 과거 형상형의 이야기"[28]라고 규정하고, 이러한 정의를 가능하도록 한 네 가지 요소를 제시한다.

    1. 언어의 형태
     a) 이야기 b) 산문으로 되어 있을 것
    2. 다루어진 주제 : 한 개인의 삶, 인성의 역사
    3. 작가의 상황 : 저자(그 이름이 실제 인물을 지칭함)와 화자의

---

28) 필립 르죈, 윤진 옮김, 『자서전의 규약』(문학과 지성사, 1998), 17쪽.

동일성
　4. 화자의 상황
　　a) 화자와 주인공의 동일성
　　b)이야기가 과거 회상형으로 씌었을 것

　자서전을 규정하는 기본 규약으로 '언어, 주제, 작가, 화자'라는 네 영역에서 여섯 가지 항목을 제시한다. 네 범주의 여섯 가지 요소를 모두 만족시키는 장르가 바로 '자서전'이라는 주장이다. 이 같은 이론에 따르면 자서전이 가장 완벽한 자전 문학의 요소를 두루 갖춘 셈이다. 그 다음으로 자서전과 인접한 장르로서 회고록, 전기, 사소설, 자전적 시, 일기, 자전 에세이 등이 위의 여섯 가지 요소 중 무엇을 결여했는지 제시한다. 이 가운데 '자기 묘사 이야기(autoportrait)' 혹은 '수필(essai)'은 "1의 a) 이야기"와 "4의 b) 이야기가 과거 회상형으로 씌었을 것"이라는 조건을 충족하지 못했다고 본다. 한 마디로 자전적 수필은 이야기 즉, 서사성이 부족하다는 뜻이다. 물론 르죈이 지칭하는 프랑스의 '자기 묘사 이야기'와 '에세이'가 우리의 '자전적 수필'과 일치하는 장르라고 말하기는 어렵다. 장르의 기본 속성상 둘은 인접해 있으나 지금의 우리 수필은 르죈이 제시한 자서전의 조건 중 '이야기', 이야기를 하는 방법으로서 '과거 회상'이라는 요소를 갖추지 않았다는 점에서 그 차이가 있다는 것이다.

　자서전의 기본 화법은 "저자와 화자 그리고 주인공간의 동일성(작가=화자=등장인물)"이라는 구조를 갖추어야 한다고 했을 때, 수필은 이 부분에서 자서전과 차이가 없다. 즉, 수필은 자서전과 동일한 내부 구조를 지니고 있는 셈이다. 즉, 작가와 화자가 일치하는 구조에서 출발한다는 말이다. 글 속의 일인칭 화자 '나'가 바로 '작가' 자신이다. 작가가 글에서 자기 자신에 관해 말하거나 이야기하는 형식이 수필이다. 작가와 화자가 동일하다는 것은 작가가 독자에게 자신의 이야기를 직접 전달한다는 뜻이다. 이는 작가와 다른 화자를 내세워 간접적으로 자신을 반영하는 허구적인 형식과는 구별된다. 따라서 자서전과 수필은 허구적인 요소를 배제하고 실제의 경험에 근거하여 구성한다는 점에서 역사 기록의 성격을 지닌다. 하지만 경험적 사실을 그대로 기록하는 것이 아니라, 현재의 관점에서 기억을 통해 재구성한다. 즉, 자서전이나 수필에서 작가는 과거의 경험을 해석하고 의미를 부여한다는 말이다. 이것이 자서전과 수필이 창조성을 지니는 문학의 한 장르로 간주될 수 있는 근거이다. 작가와 화자의 일치라는 기본 구조는 자서전과 수필이 동일한 위상의 자전문학임을 잘 말해주는 대목이다. 작가가 실제 경험을 재료로 삼아 자기 삶을 드러내는 문학이 자서전과 수필이다. 자전적 글쓰기 영역에 속하는 장르에는 여러 가지가 있으나 자서전과 수필만이 '작가=화자'의 등식을 완전하게 갖추었다고 할 수 있다.

이러한 기본 구조의 동일성에도 불구하고 자서전과 수필 사이에는 거리가 있다. 그 거리는 어디에서 생기는 것인가? 르죈의 제시한 자서전의 규약에 따르면, 수필은 자서전과 비교하여 언어의 형식에서 이야기 방식을 채택하지 않고, 화자의 이야기 방식에서도 '과거 회상형'을 취하지 않는다. 자서전을 기준으로 보았을 때, 수필은 전적으로 이야기성에 의존하지 않는다. 수필에는 자아의 과거 이야기를 담아내는 작품도 있지만, 그렇지 않은 작품도 많다. 현재 작가의 눈앞에 있는 사물이나 상황에 대해 말하는 수필은 이야기와 과거 회상 방식과는 무관하다. 이러한 성격의 수필 작품도 수없이 창작되고 있다. 이야기하기는 수필의 부분적인 것일 뿐, 장르 전체를 규정하는 본질적인 요소라고는 할 수 없다. 이처럼 수필은 자서전과 화법의 기본 구조에서는 일치하면서도 이야기성과 회상 방식이라는 구체적인 방법에서는 차이를 드러낸다.

3. 자화상으로서 수필 문학

자아의 생애를 담은 자전적 수필이 자서전과 다른 점은 이야기성의 부족이라고 했다. 즉, 자전적 수필은 이야기 요소를 부분적으로 채택할 따름이지 하나의 완결된 이야기(스토리)를 구성하기 어렵다는 말이다. 그 이유는 어디에 있는가?

우선 수필은 시간의 흐름 속에서 사건을 인과적으로 배열할 수 있는 언어의 연속적 공간이 짧다는 점이다. 일반적으로 이야기 행위는 어떤 사건이 특정한 문맥 위에서 시간적인 흐름을 따라 전개되는 것을 말한다. 특정 문맥을 가진 사건이 시간 계열로 구성되었을 때 이야기가 성립한다는 말이다. 사건, 배경, 시간이 이야기의 중심 요소다. '시간'의 요소가 이야기를 구축하는 핵심 요소다. 이야기는 시간의 흐름 위에서 구축된 세계다. 삽화들을 시간 순서에 따라 선조적으로 연결하든 주제 의식을 전제하고 형상화 차원에서 구성하든 간에 이야기는 시간의 연속 위에서 이루어진다. 시간 연속이 뚜렷하고, 그 연속이 처음과 중간과 끝이라는 완결된 구조를 지향할 때 이야기가 확립된다. 즉, "동시적으로 느껴지는 상황에 비해 시간 연속이 긴 스토리는 훨씬 더 서사적이다."[29] 수필의 형식으로는 이러한 이야기성/서사성을 확보하기에는 처음부터 한계를 지닌다. 시간의 연속을 따라 자아의 생애를 구성하기에는 수필의 서술 시간이 짧다는 뜻이다.

　짧은 길이의 수필에서 자아는 완결된 하나의 이야기보다는 조각난 삽화를 통해 형상화될 가능성이 크다. 자서전이 자아의 전체 생애를 시간의 연속성 위에서 구성한다면, 수필은 정지된 삽화를 통해 자아를 순간적으로 반영한다. 이런 점에서 자아 반영적 글쓰기로서 수필의 방식은 자서전과는 성격을 달리하는 '문학적 자화상'에 가깝다고 하겠다.

　필립 르죈은 자서전과 비교하여 '자화상'의 개념을 제시하면

---

29) 박진·김행숙, 『문학의 새로운 이해』(청동거울, 2004), 17쪽.

서 몽테뉴의 『수상록』을 자서전보다는 자화상에 가깝다고 했다. '자서전'의 일반적인 규약과 비교해 보았을 때, 몽테뉴의 『수상록』이 오늘의 우리 수필과 유사한 글쓰기임을 알 수 있다. 자화상은 시간의 흐름이나 시간적 계열을 중심으로 구성되는 자서전에 비해 시간이 정지된 현재 상황과 공간을 초점을 맞춘다는 점에서 수필과 다르지 않다. 자서전이나 자화상은 둘 다 자기 반영적 글쓰기로써 '나는 누구인가'라는 근본적인 물음에서 출발한다. 다만 자아를 발견하고 성찰하는 방법이 다를 뿐이다. 자서전은 자신의 인성의 역사를 이야기 형식으로 재구성함으로써 자아의 정체성과 고유성을 찾고자 한다. 반면에 자화상은 지금 거울 속에 비친 나의 모습을 통해 자아를 발견하고 성찰한다. 어떻게 살았기에 지금의 내가 되었는가를 추적하여 이야기하는 것이 자서전이라면, 나는 현재 누구인지를 말하는 것이 자화상의 방식이다. 자서전이 나의 생애를 이야기한다면, 자화상은 현재의 자아를 말하거나 설명한다.

자전적 글쓰기로서 수필은 자서전보다는 문학적 자화상에 더 가깝다면, 이러한 자화상으로서 수필의 특징은 어떻게 드러나는가? 자화상에는 자서전의 시간성 혹은 이야기성이 소멸하고 그 대신 공간성, 즉 장소가 부각된다. 장소는 자아를 의미화하는 맥락으로 작용한다. 물론 장소만 오직 의미의 문맥으로 작용하는 것은 아니다. 존재의 의미는 시간과 장소의 조합이 문맥으로 작동될 때 고유성을 확보할 수 있다. 하지만 시간이 소거된 자화상에서는 자아의 의미는 공간적인 요소로서 구체적인 '장소'의 기능에 의해 드러날 수밖에 없다는 것이다. 이는 화자가 의도한 주제가 장소와 관련된 이미지를 통해 구체화하였기 때문이다. 따라서 자화상으로서 수필은 '주제'와 '장소'라는 두 가지 특징을 지니는데, 이들은 상호보완적이라고 할 수 있다.

첫째, 주제의 전면화다. 자서전이 자아의 생애사를 이야기하는 방식을 취하는데, 이때의 이야기 방식은 형상화를 바탕으로 자기 삶의 역사를 구체적으로 보여준다. '보여주기'가 주축을 이루게 될 것이다. 물론 스토리를 벗어나 작가의 해석과 성찰이 더해지겠지만, 작가의 해석적 진술보다는 구체적인 이야기의 형상화가 그 중심에 놓일 것이다. 반면에 자화상의 방식으로서 수필은 말하기를 통해 자아를 성찰하고 재현한다. 이때 언어 운용은 구체적인 묘사나 스토리의 전개가 아니라, 어떤 대상을 인식하는 주체나 자아에 관해 말한다. 이때 '말한다'라는 의미는 '진술한다, 설명한다'라는 것에 가깝다. 화자가 무엇이 어떠하다고 설명하는 방식에서는 화자의 의도가 투명하게 노출된다. 따라서 수필은 화자가 전달하고자 하는 메시지를 직접 진술하는 문학 양식이다. 수필 한 편의 언어 전부가 주제를 행해 설명적 진술로 이어진다면, 그것은 문학이 아니라 설명이나 논설이다. 수필은 구체적인 경험을 제시하거나 형상화하지만, 그 초점은 주제 드러내기에 맞춰진다는 뜻이다. 수필을 주제의 문학, 혹은 교술문학이라고 하는 까닭도 여기에 있다.

둘째, 자화상으로서 수필의 특징은 상대적으로 시간성보다 공간적 특징이 강하게 드러난다는 점이다. 자화상은 자서전과 같이 긴 이야기를 통해 자아의 정체성을 탐구하지 않고, 시간이 정지된 어떤 상황에 부닥친 자아를 성찰한다. 수필은 짧은 길이의 산문이다. 긴 시간에 걸친 이야기를 담을 수도 없고 이야기를 서술하는 시간도 매우 짧다. 이야기를 담고자 하더라도 이야기하는 시간이 짧아서 이야기의 시간은 매우 짧은 삽화가 될 가능성이 짙다. 시간성이 무력화된 자화상으로서 수필은 공간적인 장소가 두드러지게 마련이다. 수필을 일상의 기록 혹은 일상에 대한 송찬이라고 말한다. 이러한 일상은 바로 공간적인 장소를 바탕으로 엮어지는 삶의 현실이다.

수필이 '주제의 전면화'와 '일상공간의 부각'이라는 특징으로 드러난다. 이는 자기 반영적 혹은 자서전적 글쓰기로서 수필이 '문학적 자화상'과 닿아 있음을 말해준다. 이는 수필의 고유한 특징이면서도 또한 극복해야 할 과제일 수도 있다. 시간성과 이야기로부터 멀어짐으로써 수필의 서정성이 주류를 이루게 되고 점점 개인적인 나르시시즘이 크게 부각하기 때문이다. 수필은 자서전의 범주에 들면서도 자서전과의 차별성을 분명히 드러낸다. 그것이 바로 자화상으로서 수필이다. 그런데 자화상으로서 수필의 본성은 수필의 고유한 문법이면서 현실적으로 수필을 위태롭게 하는 요소라는 점, 이것이 우리가 직면한 딜레마이다.

가벼워지는 문학을 바라보며

1.

문자제국은 무너지고 그 자리에 디지털 제국이 깃발을 꽂았다. 디지털 시대는 이제 본격적인 궤도에 올라 자기만의 특성을 점점 강하게 드러낸다. 600년 동안이나 지속해 오던 구텐베르크의 은하계로 대표되던 문자문명은 이제 중심 자리를 디지털 영상문화에 넘겨주고 조금씩 주변으로 밀려난다. 거시 문명사적인 측면에서 보면 현재 우리 사회는 활자문명에서 디지털 문명으로 전환하고 있다. 활자문명 시대에서 디지털 문명 시대로의 전환은 단순히 중심 매체가 바뀐 것 이상이다. 문명사적 대혁명이라 해도 과언이 아니다. 매체는 정보전달과 사회소통의 도구로 끝나는 것이 아니라, 인간 삶의 양식과 가치에까지 영향을 미치기 때문이다. 이러한 매체의 전환이 낳은 가장 큰 변화는 문자문화를 견인했던 종이책과 독서의 추락일 것이다. 이는 문학의 죽음이기도 하다.

책과 문학작품을 읽는다는 것은 자기 마음의 욕망을 비워 윤리적인 존재가 되기 위한 것이 아니다. 마음의 빈 곳을 보충하고 채우는 것이 읽기다. 깊이 읽음으로써 생각이 넓어지고 감각의 흐름에도 민감해진다. 니콜라스 카는 "인쇄된 책을 읽는 행위는 독자들이 저자의 글에서 지식을 얻기 때문만이 아니라 책 속의 글들이 독자의 사고 영역에서 동요를 일으키기 때문에 유익하다."30)라고 했다. 깊이 읽을수록 깊이 생각할 수 있다는 뜻이다. 책과 독서는 인류 정신사에서 인간의 사고력을 키워준 가장 중요한 기술이었다. 문자문명 시대에서 문학은 읽기 중 가장 차원 높은 장르였다. 이 시기에 인간의 뇌는 최고 단계인 문학적인 것으로 발달했다. 근대에 이르러 문학은 예술이라는 범주 안에서 정서적인 감동을 중시했으나, 그 이상으로 세계와 인간에 대한 인식 기능도 확대했다. 그러나 활자 시대 최고의 총아였던 문학은 몰락의 내리막길을 걷고 있다. 지금 그 징후가 곳곳에 나타나고 있다.

디지털 전자 시대의 들어와 문학의 영광과 위력은 많이 줄어들었지만, 그렇다고 문학이 완전히 사라져가는 것은 아니다. 큰 변화는 예전 모습 그대로 지속하지 않는다는 점이다. 헤게모니

---

30) 니콜라스 카, 최지향 옮김, 『생각하지 않는 사람들』(청림출판, 2012), 101쪽.

를 잃은 구매체는 새로운 여건에 적응하고자 자신을 변형시키고 강화한다. 디지털 매체의 등장으로 기존의 활자매체는 과거와는 다른 새로운 방향을 모색한다는 것이다. 문학도 마찬가지다. 활자언어가 주류였던 때의 문학과 디지털 언어가 새로 등장한 현 단계의 문학은 질적으로 차이가 있기 마련이다. 그 질적 차이는 여러 측면에서 감지된다. 다만, 분명하게 인식되지 않을 따름이다. 활자매체가 첫 단계에서 필사본을 모방하려고 애썼던 것과 마찬가지로 지금의 디지털 매체는 은연중에 활자매체와의 차이가 줄 충격을 줄이려고 하는지도 모른다. 어쨌든 디지털 매체의 부각으로 기존의 문학은 어떤 모습으로든 자신의 모습을 갱신해 갈 것이다.

오늘날 우리의 대부분 글쓰기는 컴퓨터를 통해 이루어진다. 글은 형식이나 내용에서 사이버 문화의 영향을 받게 되었다. 기존의 활자 기술에 의해 굳어진 좋은 글쓰기, 이것에 대한 세심한 독서의 가치가 위협받을 수밖에 없다. 활자 텍스트의 유구한 전통에서 존중되었던 가치, 즉 활자로 고정된 데에서 오는 안정성, 유일무이한 창조물이라는 점에서의 기념비성, 위대한 작가의 창작물이라는 점에서의 작가의 권위와 같은 전통적인 가치는 이제 보장받기가 어렵다. 디지털 환경에 의해 글 쓰는 표면, 독자가 글을 읽는 리듬, 글쓰기 형식 등에서 일어나는 큰 변화를 목격한다.

문학은 갈수록 디지털 환경의 영향을 더 크게 받고, 그에 따른 생존을 위한 자기 변환도 가속화될 것이다. 매체와 문화의 흐름은 대세이기에 그것을 가로막고 방향을 되돌릴 수 없다. 그러나 그 흐름의 한가운데 있는 문학은 변화해 가는 자기 모습을 반성적으로 성찰해 볼 필요는 있다. 이러한 자기 성찰 없이는 시대 여건에 맞는 문학의 위상을 확립하고 새로운 가치를 정립할 수 없기 때문이다. 이에 오늘날 우리의 문학이 어떻게 변화해가고 있는지 그 그늘진 곳을 찾아가 본다.

2.

문학을 포함한 예술은 오랫동안 인류 가까이에서 인간의 정신적 가치 영역을 확장하는 데 진지한 역할을 맡아왔다. "예술은 우리를 확장시키며 우리의 내적인 삶을 깊이 있게 하고 우리 자신과 세계 모두에 대한 통찰을 풍부하게 한다."[31] 예술이 부분적으로 인지적 미덕을 보이지만, 어떤 것의 진실을 우리에게 이해시키려는 것이 원래 목적은 아니다. 우리의 정신적 삶을 깊고 정제된 것으로 만들어주는 데 기여하는 것이 예술이다. 예술의 기능과 방법은 생각하는 사람에 따라 다른 관점을 보일 수 있지만, 인간 존재와 삶에 관한 진지한 통찰이라는 공통분모를

---

31) 매류 키이란, 이혜완 옮김, 『예술과 그 가치』(북코리아, 2010), 131쪽.

가진다. 인간과 삶을 진지한 것으로 바라보는 태도는 예술과 문학의 바탕이 되어 왔다.

사람은 대부분 관성적인 일상에 묻혀 자기 스스로 왜 사는지를 의식하지 못한 채 살아간다. 생계에 쫓기어 바쁜 일상을 보내는 현대인으로서는 자신의 삶을 반추하고 그 의미를 성찰하기란 쉽지 않다. 자기 인생의 의미를 새겨보는 자의식이 일순간 생겨나더라도 그것을 연속된 사유 체계로 통일하는 데 익숙하지 못하여 거의 그것을 무의식적으로 스쳐 보내고 만다. 누구나 자신의 삶에서 오는 허무함이나 행복함을 느낀다. 하지만 대부분 순간적이고 감정적인 것으로 끝낸다. 철학적 사유를 통해 뚜렷한 가치로 정식화하는 것은 쉬운 일이 아니다. 이처럼 우리 대부분은 일상에 함몰되어 자기 삶의 의미와 가치를 진지하게 성찰하는 데 익숙하지 못하다. 삶의 현실적인 논리에 휘말려 존재의 본질적인 의미를 캐는 데에는 그만큼 무디어 있다는 말이다. 이 무딘 사유의 날을 벼리어 주는 것이 문학과 예술의 중요한 역할이다.

시인이나 작가의 작품 창작은 개인적으로는 자기 삶에 대한 성찰이다. 그 성찰은 자기 삶의 의미를 확립하는 데 필요하다. 나아가서는 독자에게도 그러한 계기를 제공한다. 작품 창작을 통한 삶의 성찰이 작가 개인적인 차원에서 출발하였을지라도 그것이 작가 개인의 테두리를 뛰어넘어 일반적인 차원으로 확대되어야 한다는 말이다. 문학이 삶의 의미를 확립하는 일은 먼저 인간 삶의 의미와 가치를 축소하는 요소를 가려내어 그 부정적 실상을 밝히는 데에서 시작해야 할 것이다. 내부적이든 외부적이든 간에 인간 삶의 의미를 훼손하는 것에 대한 당당한 맞섬이 우선 전제되어야 한다는 말과 같다. 문학이 인생을 성찰하고 삶의 여건에 대해 진지한 비판의 시각을 놓치지 않는 까닭도 여기에 있다.

문학이 삶의 의미와 가치를 탐구한다는 것은 생활 속에 묻힌 의미를 찾아내는 것이기도 하지만, 한편으로는 적극 의미를 만들어 가는 행위이기도 하다. 누구나 자기 삶의 그릇이 있다. 그 그릇의 크기는 개인마다 다르다. 그런데 삶의 의미는 그릇 안에 충분히 담길 때는 생겨나지 않는다. 그릇보다 커서 넘쳐날 때 마침내 삶의 의미는 그 윤곽을 드러낸다. 넘쳐난다는 것은 한계를 가리킨다. 이런 점에서 삶의 의미를 찾고 만들어간다는 것은 자기 삶의 한계를 뛰어넘어 더 넓은 세계로 자기를 확대해가는 것이다. 문학이 본래 이념과 사상의 무거움을 삶의 구체성 속으로 가볍게 전환하는 것이기는 하나 그렇다고 근원적으로 그 무거움을 잃어서는 곤란하다. 오늘 우리 문학은 인간 삶의 근원적인 물음에서 멀어지고 가깝고 표피적인 일상의 가벼움에 함몰되어 있다. 삶의 탐구로서 문학 본연의 역할은 일상을 진지한 의미로 확대, 재생산하는 일이 아니겠는가.

3.

　문학은 인간 삶에 관해 이야기한다. 인간 존재의 본질을 탐구하고 삶의 진실을 캐묻는 작업이다. 즉, 인간 삶의 가치를 바로 세우는 것이 문학의 고민이고 책무다. 문학이 인간 존재의 한계와 결핍, 이 사회의 부조리와 모순, 비인간적인 정치와 제도를 외면하고서는 이러한 책무를 다 하기 어렵다. 물론 문학도 예술의 한 분야인 만큼 미적 지향은 인간탐구만큼이나 중요하다. 이는 근대에 들어와 '아름다움'의 개념이 정립되면서 더욱 강조되었다. 하지만 미적 순수주의는 문학을 현실 밖으로 밀어내는 데 앞장섰다. 현실을 벗어난 이상 세계를 꿈꾸는 것이 문학의 본령이라는 인식이 확대되었기 때문이다. 그 결과로 탈정치가 순수 문학이라는 등식이 기세를 떨치고 있다. 문학의 심미성 앞에서 역사, 사회현실, 이웃, 공동체 등은 괄호 안에 갇히고 만 것이다.

　1970년대와 1980년대, 사회적 상상력이 넘쳐났던 우리 문학을 기억한다. 남북분단과 냉전체제, 정치적 억압과 탄압, 자본주의와 산업사회의 비인간화, 도시 중심 문화의 급작스러운 등장과 전통 상실 등은 문학의 중요한 과제였다. 이때의 문학은 내가 행복하고 인간답게 살기 위해서는 사회 전체가 바로 서야 한다고 인식했다. 이웃과 공동체도 나에게 소중한 존재임을 깨우쳐 주었다. 나만이 편하고 행복하면 된다는 것이 아니라, 함께 잘살자는 윤리적 주체가 되고자 했다. 사회적 문제와 모순에 주목하고 비판과 저항정신을 잃지 않았다. 물론 폐단도 많았다. 문학을 정치와 이념의 도구로 추락시킨 극단적인 경우도 있었고, 문학의 다양성을 고려하지 못하고 획일화하는 경향을 드러내기도 했다. 즉, 광장의 이념만 내세운 탓에 밀실의 개인적 감성이 설 자리가 없었다. 문학의 한 방향만을 추종한 결과 다른 방향을 놓치고 말았던 것이다. 그 당시 정치 과잉이 오늘날 정치 외면에 구실을 제공했는지도 모른다.

1990년대에 들어오면서 우리 문학은 슬그머니 개인의 밀실로 잠입하고 말았다. 전 시대의 활기찬 광장의 목소리는 사라지고 개인의 내면 세계가 문학의 전역을 점령했다. 이는 컴퓨터 시대의 도래와 무관하지 않다. 인터넷이 일상에 자리 잡고 디지털 시대가 열리면서 문학의 개인성은 점점 굳어져 갔다. 디지털 영상문화 시대의 개막으로 문학이 현대문화의 중심에서 밀려나면서 자본도 문학을 떠나기 시작했다. 궁핍해진 문학이 어쩔 수 없이 자본에 순응하면서 그 본래의 현실 비판과 저항의 칼날이 무디어갔다. 자기 고백적이고 자아 중심적인 글쓰기인 수필이 2000년대 문학의 총아로 대중의 환호를 받고 있는 것도 이러한 시대 변화를 잘 말해 준다. 문학이 '나와 너의 관계'에서 벗어나 '나'에만 집중한 나머지 돈에 대한 욕망을 노골적으로 드러낸다. 돈방석과 상금을 겨냥한 문학 창작이 버젓이 좌판을 펴 놓고 있다. 개인적인 욕망에 갇힌 오늘의 문학이 다른 사람과 사회 현실에 눈 돌릴 여유가 있겠는가.

4.

디지털 전자문화의 환경 속에서 문학은 소수 전문인의 전유물에서 탈피하여 대중 속으로 확산하고 있다. 그런데 문학의 이러한 대중성 확보는 긍정적인 측면을 지니기도 하지만, 한편으로는 전체적으로 질적 수준 저하를 가져왔다. 오늘날 문학은 삶의 사회적 현실을 인식하고 어떻게 살 것인가를 고민하도록 하는 일과는 상관없다. 문학이 삶의 현실적인 문제 앞에 무엇을 할 수 있는가에 대한 고민은 처음부터 필요 없는 항목이 되었다. 사실 고민해 봐도 크게 달라질 것은 없다. 답은 이미 나와 있기 때문이다. '문학은 죽음'과 '문학의 종언'이라는 선언이 상당한 설득력을 얻는 현실만 확인할 뿐이다. 문학은 일상을 치장하고 위안하는 것 이상도 이하도 아니다. 문학 생산과 소비에 직접 참여함으로써 얻는 작은 차별성에 흡족해할 따름이다. 진지할 필요도 없다. 문학을 삶의 중요한 부분으로 생각하거나 그것을 두고 심각하게 고민하거나 진지해하는 것은 그만큼 감정의 낭비일 수 있다는 것이다. 오직 가벼운 것이 최상이다. 문학은 달콤하고 그럴듯한 멋을 지닌 키치의 흐름 속에 자신의 몸을 반쯤 담그고 있다. '진지함'을 내세우지만, 그것은 지극히 통속적이다.

문학의 진지함과 같은 가치가 사라진 것에는 1997년 아이엠에프 외환위기 이후 한국사회에 만연되기 시작한 신자유주의와 깊은 관계가 있다. 신자유주의는 "승자독식, 무한경쟁, 적자생존의 유사-자연적 정글로 변화한 사회에서 가장 절박한 관심은 '진정한 삶'이 아니라 '목숨 그 자체' 즉 '생존'의 문제로 집약"[32]되는 사회를 가져왔다. 이러한 신자유적인 경향은 일상적인 삶의 변화는 물론이고 사유체계와 미학적 취향조차 바꾸어 놓았다. 진정성이 와해한 뒷자리에서 문학은 철저하게 밀실로 파고들어 개인의 내면적인 쾌락에 안주하고, 전체적으로는 나르시시즘의 미학 구조를 드러낸다.

오랫동안 '진정성(眞正性, authenticity)'을 문학이나 예술의 중요한 가치 척도로 생각해 왔다. 진정성이란 윤리의식을 바탕으로 올바르고 가치 있는 삶을 영위하기 위해 참된 자아를 실현하려는 의식이나 태도를 가리킨다. 즉, 도덕적인 이상과 참된 자아를 실현하려는 진지한 삶의 자세가 진정성의 핵심이다. 그런데 "진정한 자아의 실현이 대개 사회적 모순, 억압, 문제 등에 의해 좌절되기 때문에 진정성의 추구에는 언제나 사회의 공적 문제에 대한 격렬한 항의, 비판, 참여가 동반된다."[33] 진정성은 주체가 자기 내면에 침잠하여 자신을 성찰하고 참된 자아를 실현하기 위해 고뇌하는 것에서부터 불발한다. 하지만 참된 자아실현은 주체의 개인적인 내면 공간에 갇혀서는 불가능하다. 내면에서 벗어나 외부의 타자와 공유하는 사회적인 삶으로 나아가야 가능

---

32) 김홍중, 『마음의 사회학』(문학동네, 2009), 20쪽.
33) 같은 책, 19쪽.

하다. 즉, 공적이고 역사적인 지평을 열어야 한다는 것이다.

2000년대에 들어와 우리의 문학 전체는 육화된 가벼움과 개인주의적인 폐쇄성에 경사됨으로써 공공의 주체를 설정하고 공동체의 감각을 개발하는 데에서 멀어졌다. 한 사회가 공유하는 사유와 감각을 발견하는 것은 그 시대 문학에 부과된 중요한 과제다. 문학이 개인의 내면에 침잠할수록 사회적인 공동 사고와 감각을 개발하는 능력은 점점 퇴화할 것이다. 디지털 전자 시대가 가져올 사이버리즘 문화, 신자유주의가 몰고 온 공동체주의 윤리의식의 퇴조는 이 시대 문학이 감당하기 어려운 거대한 흐름이다. 그것에 맞서는 것은 실효성을 거둘 수 없는 포즈에 지나지 않을 수도 있다. 그러나 우리는 앞으로 우리가 설정해야 할 문학의 방향을 과거의 자리로 되돌려 놓자는 것이 아니다. 디지털 문화 시대의 패러다임에 부응하면서 문학의 최소한의 고유성을 지키자는 것이다. 적응과 대항은 모순도 아니고 양자택일의 구조도 아니다. 문화의 큰 흐름에 적응하면서 자신을 새롭게 변화시키고 상처받은 부분을 치료하자는 것이다. 어쨌든 이 시대의 문학이 어떤 위치에 있는지에 대한 냉철한 판단이 요구된다. 그리고 이 시대 문학은 무엇이고 무엇을 할 수 있는지, 자의식의 고삐를 늦추어서는 안 될 것이다.

오늘날 우리의 문학은 개인적인 주체의 내면적인 목소리를 내는 데에 멈춘 듯하다. 개인적인 자아 성찰로 끝나는 문학으로는 충분하지 않다. 공공적인 윤리와 가치에 대한 고민을 통해 현실에 참여해야 한다. 대중화를 이룬 오늘의 문학이 통속성에 함몰되지 않고 제 역할을 다하려면 진정성을 드러내는 길을 모색해야 할 것이다.

5.

이 시대 문학은 모든 사람의 삶을 제도하고 구원하는 품목이 아니다. 문학을 좇아가는 것은 개인의 취미이지 삶의 어떤 당위성과는 무관하다. 문학을 멀리하거나 그것을 가볍게 취급한다고 해서 이를 비판할 근거는 없다는 뜻이다. 하지만 문학은 돈을 향하는 비루한 세상에서 자기 삶의 품격을 유지하도록 자극한다. 많은 사람이 문학에 대한 관심을 버리고 떠나가지만, 문학이 인간 삶에 보태는 정신적인 가치는 변하지 않는다. 이는 문학이 진중한 무게와 진정성에서 출발하기 때문일 것이다.

작품을 창작하는 작가나 그것을 수용하는 독자 모두는 문학을 매개로 하여 자기 성찰과 자기 반성을 지향한다. 일상은 반복의 관성에 의해 부지불식간에 흘러간다. 일상으로 점철되는 우리 삶도 그대로 두면 무의미하게, 관습대로, 타율적인 길을 따라갈 뿐이다. 이같이 일상의 묻혀 있는 소중한 의미에 관심을 쏟는 것이 문학이다. 이런 의미에서 문학은 삶의 긍정이다. 그 가운데 이루어지는 자기 성찰이야말로 문학의 본질이고 가치이다. 경험적인 현실에 직접 접촉하는 자아를 관찰하고 반성하는 것이 성찰이다. 이러한 성찰은 개인적인 존재에만 국한하지 않고 자아와 타자의 관계, 즉 사회적인 차원에서 나의 진정한 위치를 찾으려는 노력이다. 인간답게 살아야 한다는 모럴은 자기 성찰에서 비롯된다.

어느 사회학자는 '더 이상 자기 성찰을 하지 않는다.'는 점이 현대 우리 사회의 가장 큰 문제점이라고 지적했다. 언론 매체가 보도하는 뉴스를 보노라면 자기 성찰과 자기 반성이 실종된 사회임을 실감한다. 어느 한쪽도, 누구도 성찰의 목소리를 내지 않는다. 똑똑하고 잘나서 지금까지 반성문 한 번 써본 경험이 없는 모양이다. 그러나 문학은 언제나 자기 반성을 촉구한다. 그 반성이 실천으로 실행되거나 자기 자신을 바꾸는 데 이바지하는지는 알 수 없다. 그것이 비록 생활 실천이 아닌 예술적인 행위에 불과할지라도 문학을 통한 자기 성찰이 이루어지는 순간에는 순수하고 진지하다. 문학은 이것만으로도 충분하다. 자기 자신을 끊임없이 되돌아보고 반성하는 삶을 살아가도록 길잡이 역할을 한다. 이런 점에서 문학은 목적적이고 윤리적이다. 다시 말해 문학은 상당한 부분 정치적인 실천을 지향한다.

자기만의 개별성을 지우려는 노력을 부단히 하지 않는다면 읽을 만한 글을 절대 쓸 수 없다는 것도 사실이다. 좋은 산문은 유리창과 같다. 나는 내가 글을 쓰는 동기들 중에 어떤 게 가장 강한 것이라고 확실히 말할 수 없다. 하지만 어떤 게 가장 따를 만한 것인지는 안다. 내 작업들을 돌이켜보건대 내가 맥없는 책들을 쓰고, 현란한 구절이나 의미 없는 문장이나 장식적인 형용사나 허튼소리에 현혹되었을 때는 어김없이 '정치적' 목적이 결여되어 있던 때였다.[34]

  글쓰기에 관한 조지 오웰의 이야기이다. 이는 문학에도 그대로 적용될 수 있다. 심미적인 토대 위에 있는 문학은 본래 비정치성을 지향한다고 한다. 문학이 심미적 형식임이 틀림없지만, 세계와 자기 삶을 가치 있는 방향으로 바꾸어보겠다는 꿈도 문학의 중요한 책무임을 망각해서는 안 된다. 문학의 무게와 진정성은 정치와 무관하게 회득할 수 없다. 탈정치로 줄달음치는 문학의 가벼움이 높은 장벽으로 우리 앞에 놓여 있다.

---

34) 조지 오웰, 이한중 옮김, 『나는 왜 쓰는가』(한겨레출판, 2010), 300쪽.

전자문화 시대의 책과 독서

1. '책맹冊盲'의 시대

2000년대에 들어와 독서 담론 생산이 눈에 띄게 활발해졌다. 정확하게 어느 시점부터라고는 말하기 어렵지만, 이런 현상은 여러 측면에서 확인할 수 있다.

독서 담론의 활발한 생산은 대학입시에서 '논술시험' 시행이 도화선이 된 것 같다. 이 제도의 시행은 '독서논술'이란 개념을 새로 탄생시켰다. 논술시험에 좋은 성적을 얻으려면 읽기가 필수적으로 선행되어야 한다는 관점에서 공교육과 사교육이 동시에 독서의 중요성을 들고 나왔다. 이런 일이 어느 순간 갑자기 일어나다 보니 우리나라 교육계와 관련 분야는 마치 벌집 쑤셔놓은 것 같았다. 특히, 사교육 시장에서는 경제적 이익을 좇아 '독서논술'의 상업화가 발 빠르게 이루어졌다. 2000년대 들어와 독서지도자 양성, 다양한 독서지도 프로그램 개발, 수많은 독서 텍스트의 출판 등이 얼마간 호황을 누렸다. 이 같은 사회적 분위기는 학부모들에게 독서교육의 필요성을 일깨워주었다. 물론 그것은 순수하게 독서 자체의 중요성 때문이 아니라, 자녀의 대학입시 성공을 위한 수단으로서 독서의 의미를 파악했다는 점에서 불구성은 피할 수 없었다. 그 방법이나 결과에 대한 평가를 떠나 우선 '독서의 중요성이나 필요성'이 교육 전면에 하나의 이슈로 떠올랐다는 점은 주목할 만한 일이었다.

또 하나 주목되는 현상은 독서 관련 서적이 우후죽순처럼 쏟아져 출간되었고, 학계에서는 독서교육이나 독서운동을 주제로 하는 학위 및 연구논문이 엄청나게 생산되었다는 점이다. 다시 말해, 독서에 관한 이론적 담론 생산과 유통이 유행처럼 확산하였다. 외국의 독서이론 및 방법론, 국내 저술가가 집필한 자기계발서류의 독서론[35], 국내 저명 문인·학자·저널리스트 등의 독서 체험록, 조선시대 유명 학자의 독서 태도와 독서론[36] 등이 서점의 한 공간을 차지하게 되었다. 여기에는 심지어 정치인까

---

35) 이지성과 정회익의 『독서 천재가 된 홍대리』(다산라이프, 2011)에서는 "독서가 인생을 바꾼다."는 슬로건을 내걸고 있고, 정회익의 『읽어야 산다』(생각정원, 2012)에서는 표제대로 이 시대에 살아남기 위해서는 독서가 필수임을 강조한다. 이지성의 『리딩으로 리드하라』(문학동네, 2010)에서는 인문고전 독서는 "개인, 가문, 나라의 운명을 바꾸는" 힘을 가지지고 있다고 역설한다. 이 같은 자기개발서는 이 시대를 살아가는 최선의 길, 혹은 유일한 방법이 독서라는 강한 메시지로 독자를 설득하려고 한다.

지 가담할 정도였다.[37) 그리고 교육 대학원 및 평생 교육 관련 학위과정에서 현장조사를 토대로 하는 독서교육론 학위논문이 쏟아져 나왔고, 대학의 문헌정보학 및 독서학 관련 전공 학자의 학술논문도 양산되었다. 이 같은 독서 담론의 양적 팽창은 그것을 객관적 정확성을 입증해 주는 통계 수치가 나와 있지는 않지만, 조금만 관심을 돌리면 누구나 느낄 수 있는 시대적 흐름임을 알 수 있을 것이다.

그런데 왜 이처럼 21세기 출발과 함께 우리 사회가 독서에 관해 깊은 관심을 보이기 시작했는가? 독서 담론 생산의 활성화가 뜻하는 바의 의미와 그 원인은 무엇인가? 그것이 독서의 중요성을 새삼 깨달았기 때문만은 아닐 것이다. 대입논술 제도의 도입이 주입식 교육의 폐단을 극복하려는 데에서 이루어졌듯이, 독서에 대한 인식 확대와 독서교육의 중요성 강조도 어떤 문제의식을 전제한다. 독서에 관한 이론적 담론은 순수 학문적 관점에서 이루어진 것이 아니라, 독서 문화의 변화에 따른 위기의식에

---

36) 이덕무의 산문집『책에 미친 바보』(미다스 북스, 2004)는 조선시대 학자의 독서론을 소개하여 많은 관심을 불러 모았다. 이는 조선시대 유명 학자들의 독서론 연구가 큰 붐을 일으킨 것과 무관하지 않다. 정민 교수의『고전독서법』(보림, 2012), 그리고 허균, 이익, 홍대용 등 조선 후기 학자들의 독서론을 정리하고 있는『오직 독서뿐』(김영사, 2013) 등은 아직도 그 관심이 이어지고 있음을 말해 주는 대목이다.
37) 유시민의『청춘의 독서』(웅진지식하우스, 2009)는 "세상을 바꾼 위험하고 위대한 생각들"이란 부제를 내세우며 국내외 위대한 사상가들의 저서에 대한 저자의 독서 체험을 정리하고 있다.

서 출발한다는 말이다. 한마디로 말해서, 사회 구성원들이 전반적으로 독서를 등한시하고 있다. 이러한 현실을 문제 상황으로 인식한 것이다. 독서를 하지 않는 '병'이 발병했으니 치료 방법을 강구하는 것은 당연한 일이 아니겠는가.

우리나라에서 독서 평등화가 이루어진 기간은 채 50년도 못 되었다. 그동안 우리가 들어온 통계수치는 언제나 부정적이었다. 세계적으로 높은 독서율을 보이는 일본, 미국, 유럽 등의 선진국에 비교하여 우리는 언제나 독서 후진국이었다. 어느 정도 경제성장을 이루고 선진국들과 어깨를 나란히 할 정도로 문화적 역량을 갖추었으나 소위 'OECD 국가' 간의 비교에서 우리의 독서 현실은 하위권을 벗어나지 못했다.[38] 이런 상황에서 독서를 가로막는 디지털 전자 문화의 수용은 세계에서 가장 앞섰다고 해도 과언이 아니다. 독서와 관련하여 꽃을 피워보지도 못하고 꽃망울 채로 고사해가는 형국이다. 구체적인 상황을 들여다보면 예상외로 문제가 심각하다.

한국 서점조합연합회 발표로는, 2003년 2,247개에 달하던 지역 서점이 2011년 1,752개로 급감했다. 특히 동네 서점은 같은

---

38) 서구의 근대사회가 문자문화 진입과 함께 시작되었다면, 근대 "문자문화에 훈련된 사람들은 대체로 이지적이고 냉담하며 프라이버시를 존중하고 개주의가 강한 편이다. 그리고 자의식이나 내면성도 비교적 강한 편이라고 할 수 있다." 이와 비교하여 상대적으로 서구적 근대의 역사가 짧은 한국 사회는 "느슨한 문자 사회"였다.(이남호, 『문자제국 쇠망약사』, 생각의 나무, 2004, 30쪽.)

기간 914개에서 무려 74개로 줄어들었다고 한다. 출판시장의 불황은 온라인 서점도 예외는 아니다. 한국출판연감 통계로 보면, 인터넷 서점의 시장 점유율은 2002년 9.7%에서 해마다 꾸준히 증가해 2010년 39%까지 올랐지만 2012년부터 감소세로 돌아섰고, 작년 하반기부터는 한두 군데를 제외하고는 적자 상태로 돌아섰다고 한다. 대구 지역에도 역사와 전통을 자랑하던 학원서림이나 제일서적, 대구서적 같은 토종서점들이 문을 닫고 사라졌다. 지금은 막대한 자본을 가진 교보문고가 서점의 형태를 갖춘 채 남아있다.

출판계의 상황은 더욱 심각하다. 2012년 한국출판연감에 따르면 대중문학의 중심에서 독자를 견인하던 소설은 외면받고, 대신에 짧은 시나 읽기 쉬운 에세이가 잘 팔렸다. 작년에는 '힐링 열풍'이 이어지면서 혜민 스님의 『멈추면, 비로소 보이는 것들』이 150만 부, 김난도 교수의 『아프니까 청춘이다』는 200만 부 기록을 달성했다. 교보문고에 따르면 올해 종합 베스트셀러 100위권에 이름을 올린 한국소설 신간은 이정명의 『별을 스치는 바람』, 정이현·알랭 드 보통의 『사랑의 기초』 2권뿐이었다.

문화체육관광부의 '2012 독서진흥에 관한 연차보고서'에 따르면 2009년 93.7%에 달한 초·중·고 한 학기 독서율(한 학기 동안 일반 도서를 1권 이상 읽은 사람의 비율)이 2010년 92.3%, 2011년 83.8%로 크게 떨어졌다. 성인들도 예외는 아니다. 국내 한 취업 포털이 직장인 388명을 설문 조사한 결과 한 달 평균 1.8권의 책을 읽는 것으로 나왔다. 이전 같은 기간 2.6권보다 줄어든 수치이다. 우리나라는 OECD(경제협력개발기구) 국가 중에서 독서율이 가장 낮은 국가다. 2011년 통계청 조사를 보면 국민 10명 중 4명은 1년에 책을 한 권도 읽지 않는 심각한 상황이다.

책을 읽지 않는 시대다. 책의 존재적 무게는 갈수록 점점 가벼워지고 있다. 독서의 중요성과 필요성을 새삼 일깨우는 것은 우리가 독서를 제대로 못 하고 있다는 현실을 반증해 준다. 책을 읽지 않는 사람이 너무 많다. 안 읽는 것이 아니라 못 읽는 것 같다. 문맹이라서 책을 못 읽는 것이 아니라, 문자를 해독할 수 있으면서 책을 읽지 못한다. 이를 '책맹'이라고 한다. 우리 주위에는 책맹이 너무 많다. 지금은 책맹의 시대다.

2. 사고력을 위협하는 전자문화

'책맹'은 개인적인 문제가 아니다. '책맹의 시대'라는 점에서 알 수 있듯이, 책맹은 이 시대, 즉 디지털 전자 문화의 대세이고 특징이다. 거대한 시대적 물결을 거역할 수 있는 개인은 아무도 없다. 책맹에 대한 진단과 그에 대한 처방도 이 점을 간과해서는 안 될 것이다. 책맹에 빠진 현대인들은 텔레비전 리모컨에 손만 닿으면 세상 돌아가는 이야기를 다 알고, 컴퓨터 전원만 켜면 희한한 가상세계가 유혹하는데 문자를 따라가는 일은 어리석기 짝이 없다고 생각한다.

　　더 이상 아무도 책을 읽지 않는다. 오락거리로서는 물론 지혜를
얻을 목적으로도 더 이상 책을 읽지 않는다. 오락거리로 책을 읽
기에는 시간이 없고 지혜를 얻을 목적이라면 굳이 그러고 싶은 마
음이 없어서 안 읽는다. 우리는 지금 너무나 짧은 날들을 끊임없
이 움직이면서 살아내고 있다. 깨어있는 순간 가능한 많은 일들을
하려고 아등바등 살아간다. 지그시 앉아서 책을 완독할 시간이 없
다. 오히려 한 번에 여러 가지 일을 해내야 한다.[39]

　책의 문자를 통해 사유하는 세계보다 텔레비전이나 인터넷이
제공하는 이미지의 세계가 더 달콤하기 때문이다. 활자 텍스트
를 읽는 것은 연속적이고 개념적인 사고 과정이다. 주체는 쉬지
않고 생각해야 한다. 상징적인 기호의 조합을 통일된 의미체로
개념화하고 추상화해야 한다. 독서는 사고의 훈련 과정이다. 사
고하는 데에는 대상에 대한 지속적이고 방해받지 않는 집중력
이 필요하다. 이처럼 사고 과정에는 수고가 따른다. 주위에 재
미있는 것이 널려 있다. 누가 힘든 독서로 달려가겠는가. 영상
문화에 길든 현대인이 책을 읽지 않는 까닭을 짐작할 만하다.
　15세기 중엽 구텐베르크의 활자 발명과 함께 문을 연 인쇄문
화 시대는 독서의 시대였고, 독서는 삶의 지혜를 밝혀주는 등불

---

[39] 서먼 영, 이정아 옮김, 『책은 죽었다』(눈과마음, 2008), 90쪽.

이었다. 그래서 지난 500여 년 동안 인류는 책과 독서에 최고의 찬사를 지속해서 받쳐왔다. 독서는 근대문화와 가치를 확산하고 발전시키는 데 중심 역할을 담당했다고 하겠다. 그러나 이제 책의 시대는 저물고 있다. 이점에 관해 니콜라스 카는 다음과 같이 말한다.

> 구텐베르크의 인쇄술이 독서를 대중적인 활동으로 만든 지난 5세기 동안 선형적·문학적 사고는 예술, 과학 그리고 사회의 중심에 있었다. 예리하고 유연한 이 같은 방식의 사고는 르네상스를 불러온 상상력이었고 계몽주의를 낳은 이상적 사고였으며 산업혁명을 이끈 창조적인 사고였다. 모더니즘을 낳은 전복적인 사고이기도 했다. 하지만 이 역시 곧 구식이 될 것이다.[40]

20세기 후반부터 '활자언어 시대'는 '디지털 언어 시대'로 넘어가기 시작하여, 21세기 10년을 넘긴 지금은 매체의 중심이 '디지털 언어'로 옮겨갔다. 활자언어 시대 500년은 이제 막을 내리고 디지털 언어 시대가 온 것이다. '활자―책―독서'로 연결되는 근대문화는 그 쇠락한 징후를 여러 곳에서 드러내고 있다. 새로운 주인공으로 등장한 전자문화는 오랫동안 인간의 정

---

40) 니콜라스 카, 최지향 옮김, 『생각하지 않는 사람들』(청림출판, 2011), 27쪽.
41) 근대 활자문화 시대의 중심에 있었던 독서의 효용은 절대적인 가치를 지녔다. "책 속에는 삶과 세계에 대한 지식이 효율적인 방식으로 제시되어 있다. 책 속에는 현실을 어떻게 인식하고 또 어떻게 살아야 하는가에 대한 답이 있다. 책 속에 길이 있는 것이다. 뿐만 아니라 독서는 언어

신적 활동 영역을 넓히고 그 수준을 향상하는 데 필수적인 행위라고 여겼던 독서[41]를 변방으로 밀어내고 말았다.

독서를 방해하는 디지털 영상문화의 한복판에는 인터넷이 있다. 인터넷의 정보바다에서 우리는 링크된 웹페이지 이곳저곳을 계획 없이 무작정 옮겨 다닌다. 가는 곳마다 파편화된 정보들을 만난다. 자판을 치고 마우스를 클릭하고 스크롤 할 때마다 무관한 정보 조각이 실타래처럼 엮여 화면 위로 올라올 따름이다.

이들 전체의 존재 방식은 하이퍼텍스트다. 하이퍼텍스트는 산만한 조각의 임의적이 집합일 뿐이다. 하이퍼텍스트의 경쟁적인 조각은 이용자의 집중력을 분산한다. 인터넷이 그것에 빠진 사람에게 미칠 위험한 영향은 정신을 산만하게 하다는 점이다. 집중하지 못하므로 망각에 익숙해지고, 그러므로 정보 저장고인 인터넷에 더욱 의존하게 된다. 인터넷은 인간 고유의 사색과 명상 능력을 약화시킨다. 인터넷에 기반을 둔 새로운 모바일 매체가 하루가 멀다고 출시되는 현실이다.

이러다가는 우리의 사고가 마비되고 마는 것은 아닐까. 그렇다. 새로운 미디어 환경이 인간에 미치는 가장 큰 영향은 인류의 지식과 문화를 견인해온 사고력에 치명적인 손상을 입힌다

능력을 향상시키고 주의력과 상상력을 키워준다. 그리고 문맥적 상대주의의 감각을 계발하여 감수성이 예민하고 호기심이 많은 인간이 되게 한다. 읽는 책의 가치가 높으면 독서는 그만큼 더 큰 보상을 받는다. 독서는 바람직한 자아의 형성을 위한 매우 중요한 수단이 된다."(이남호, 앞의 책, 148쪽.)

는 점이다. 즉, 전자 미디어는 "인쇄문화의 정직성과 계급성이나 정보의 독점성이 사라지고 인류의 진정한 참여와 공유, 개방을 촉진한 민주적인 미디어로서 작동될 수 있지만, 인간의 의식을 마비시키는 통제 불능인 파멸의 미디어가 될 수도 있다."[42] 니콜라스 카도 독서를 사고의 연습 과정이고 정신적인 대상에 대한 지속적인 집중을 요구하는 일이라고 하면서 독서의 근본적인 기능을 '깊은 사고력'으로 파악했다.

> 인쇄된 책을 읽는 행위는 독자들이 저자의 글에서 지식을 얻기 때문만이 아니라 책 속의 글들이 독자적 사고 영여에서 동요를 일으키기 때문에 유익하다. 오랜 시간, 집중해서 읽는 독서가 열어준 조용한 공간에서 사람들은 연관성을 생각하고 자신만의 유추와 논리를 끌어내고 고유한 생각을 키운다. 깊이 읽을수록 더 깊이 생각한다.[43]

디지털 전자매체에 의해 제공되는 정보는 아무리 수용해도 인간의 의식은 더욱 허기를 느낀다. 사유 과정이 제외되었기 때문이다. 사고하지 않는 인간은 인간이기를 포기하는 것과 다를 바 없다. 독서력의 훼손은 인간 존재의 기본을 흔들어 놓는 일이다. 문자문화를 밀어내는 전자문화는 막을 수 없는 새로운 미디어 환경이다. 이 새로운 미디어 환경은 근본적으로 독서를

---

42) 이동구, 『제대로 보는 'e-미디어'』(좋은땅, 2011), 33쪽.
43) 니콜라스 카, 앞의 책, 101쪽.

방해하는 요인으로 작용한다. 이 엄청난 장벽 앞에서도 독서를 포기할 수 없는 이유는 독서와 사고력의 직접적인 연관성 때문이다.

3. 책과 독서에 대한 인식 전환

독서는 오랫동안 인간의 정신세계를 넓혀주고 그 수준을 높이는 데 필수적인 행위로 간주하여 왔다. 활자의 발명과 함께 시작된 인쇄문화 시대는 독서의 시대였다. 이 시대에 독서는 삶의 지혜를 밝혀주는 등불로 찬양되었다. 광적인 지도자에 의해 분서焚書가 이루어진 적이 있었으나, 인류는 책을 발명한 이후 동서고금을 막론하고 책에 대한 존경을 그친 적이 없었다. 그런데 지혜를 터득하는 길잡이로서 존중되었던 독서는 오늘에 와 그 사정이 달라졌다. 누구도 책을 읽어야 한다는 데 반대하는 사람은 없다. 하지만 실제로 책을 열심히 읽는 사람은 많지 않다. 독서 인구와 독서량은 갈수록 줄고 있다. 독서가 당위적인 행위로 인식되지만, 그 실천은 언제나 어긋난다. 독서의 근본이 흔들리고 있다. 독서의 위기가 분명하다. 독서의 중요함을 논리적으로 말하기는 쉬워도 책을 손에 들도록 설득하기란 거의 불가능하다. 우리는 독서를 포기할 수밖에 없는가? 가시적인 결과를 가져오기 위한 구체적인 방법이 강구되어야 하겠지만, 그 방법으로 나아가기 이전에 책과 독서에 대한 우리의 인식 전환이 선행되어야 할 것이다.

첫째, 책과 독서의 패러다임이 전환되었음을 인식할 필요가 있다. 책은 인류가 발명한 최고 가치의 위대한 문화유산이다.[44] 그런데 그 위대함을 평가하는 일과 그것의 변화된 위상을 제대로 인식하는 것은 별개의 문제다. 5백 년 동안 인류에게 미친 영향이 지대했다고 해서 그것의 영원성을 고집하는 것은 당위적인 희망이지 논리적인 진단은 아니다. 지난 500년은 인류 매체의 전개상 활자 시대에 해당한다. 21세기에 들어와 매체 환경은 활자 시대에서 디지털 시대로 전환했음 누구도 부인할 수 없다. 활자 시대에는 '책 ─ 독서 ─ 문학'이 그 중심에 있었다. 디지털 시대에 진입하면서 책과 독서의 위상은 추락했다. 따라서 활자 시대의 '책과 독서'는 지금의 디지털 시대의 '책과 독서'와 질적으로 다르다. 물론 디지털 시대라고 해서 활자문화, 즉 책이 소멸하는 것은 아니다. 하지만 지금의 책과 독서는 활자 시대의 책과 독서의 의미를 그대로 계승하지 않는다. 과거의 책과 독서는 새로운 미디어 환경에 적응하면서 '재매개화(remediation)' 과정을 통해 새로운 자기 변신을 꽤한다. 뉴미디어인 전자책과 올드

---

44) 미국의 시사 주간지 『라이프(Life)』는 지난 천 년간 인류사에서 중요한 100가지 발명품 중 1위로 금속활자인쇄술을 꼽았고, 역사 전문 방송 『The History Channel』은 지난 천 년을 빛낸 세계의 100인 중 1위에 구텐베르크를 올려놓았다고 한다.

미디어인 종이책은 영토 전쟁에서 살아남기 위해 자신만의 장점과 특징을 살리려고 경쟁할 것이다. 이 경쟁 과정에서 공존의 길을 모색하기도 할 것이고, 심각한 갈등 구조에 놓일 수도 있다. 어떻게 되던 기존 종이책의 역할과 위치는 분명히 변화한다. 과거 책은 '지식과 정보의 기록과 전달'이라는 고유한 목적만으로도 충분한 존재 가치가 있었다. 그동안 책이 담당해오던 이러한 고유 임무를 컴퓨터가 담당하게 되자 기존의 책 문화 전반이 재편되는 중이다. 또한, e-북의 등장과 확산은 책이 다양한 형태로 진화하고 있다는 것을 보여준다. 이런 현상은 디지털 시대와 더불어 새로운 책의 시대를 예고하는 징표다.

둘째, 19, 20세기 지성사를 이끌며 사회와 역사의 진보를 견인해오던 책만의 독특한 가치는 점차 사라지고 있다. 그동안 책은 인류의 지혜와 지식을 담는 지성의 총체로 융숭한 대접을 받았다. 그러나 지금은 인간의 정신을 고양하고, 깊은 사유를 이끄는 무겁고 진지한 책은 소수 애독자의 전유물로 추락했다. 대신에 가볍고 실용적인 책, 상업성과 여가 소비를 추구하는 책이 그 자리를 메워간다. 책도 자본주의의 틀 안에서 소비되는 소비재로 전락했다는 말이다. 책은 이제 극진히 모셔야 할 귀한 존재가 아니다. 어디서나 매우 흔한 물건일 뿐이다. 사람들은 다른 물건과 마찬가지로 자본이 생산한 상품으로 취급하고 소비할 뿐이다. 책의 절대적 가치를 숭배하는 시대는 지나갔다.

셋째, 독서를 통해 시민의 평균적인 교양을 높인다는 활자 시대의 독서 기능은 이제 유효하지 않다. 책과 독서를 통하여 지식을 넓힌다는 계몽적인 기획은 수정되어야 한다는 말이다. 독서의 평준화나 독서 평등은 실현될 수 없는 한계에 왔다. 디지털 전자문화 시대에 독서는 누구나 해야 할, 잘할 수 있는 평균적인 교양 영역이 아니라 전문 영역이 되었다. 책맹이 확대되는 현실에서 독서는 더욱 전문 능력으로 부각될 수밖에 없다. 정보를 얻는 통로가 다양해진 만큼 정보 입수 통로로서 책의 역할도 축소되었다. 책 읽기는 이제 계몽의 품목이 아니다. 교양을 쌓고 정보를 구한다는 기존의 독서 목적은 변경되어야 한다. 책을 많이 읽어야 한다는 가르침이나 막연한 독서지도는 설득력이 없다. 책을 읽을 수 있느냐 없느냐에 초점이 맞춰져야 한다. 많은 사람이 책을 읽지 못하는 '책맹'의 시대에서 독서는 그 자체가 전문 능력의 영역이다. 그래서 독서의 의미와 방향은 새롭게 설정되어야 한다. 이런 점에서 책을 많이 읽어야 한다고 가르치거나 많은 사람에게 책 읽기를 권하는 활자문화 시대의 독서운동이나 독서교육은 성과를 거두기 어렵다. 전문적 독서가와 일반 독서가의 차이는 더욱 선명해질 것이다. 책의 진화와 더불어 독자층도 다양화한다. 디지털 기기를 통해 일상적으로 정보를 소비하는 독자와 진지한 독서를 하면서 지식의 재생산에 참여하는 독자로 나누어진다. 책맹의 수가 늘어나는 만큼 전문적인 독서가의 능력은 더욱 화려하게 드러날 것이다.

넷째, 독서를 진작하기 위한 방안은 적극적인 정책과 제도 등으로 강제성을 피할 수 없다. 인간의 정신문화를 증진하고 삶의 의미를 되새기도록 하는 것이 책이고 독서였는데, 지금은 영상문화에 밀려 위기에 처했다. 이 위기는 문화와 삶의 진정성 상실이고, 인간 존재의 뿌리가 흔들리는 것과 다를 바 없다. 위축 일로에 있는 독서를 재건하기 위한 방책을 서둘러 찾아야 한다. 좋은 방법은 누구나 책 읽기의 중요성을 깨닫고 자발적으로 참여하는 일이다. 하지만 소위 '책벌레'나 '독서광'을 제외하고는 자발적으로 책을 읽을 사람은 많지 않다. 영상 매체의 흥미로운 볼거리가 24시간 유혹하는 현실에서 조금만 긴장을 늦추면 그것에 누구나 빠져들고 만다. 자발적인 책 읽기는 최상의 방책이지만 실현되기 어려운 일이다. 그래서 교육제도의 차원이건 사회운동 차원이건 간에 독서의 실천은 일정 부분 강제성을 지니지 않고는 별다른 효과를 얻기 어려울 것이다. 개인의 자발적인 독서 참여를 유도하려는 어떤 충고와 설득도 무력한 실정이다.

다섯째, 독서의 개념도 크게 달라졌음을 인식할 필요가 있다. 흔히 독서讀書란 말 그대로 문자 해독이 가능한 자라면 누구나 지닌 보편적인 능력으로 통용되었다. 단순 개념으로 본다면 '독서'라는 지적 행위는 책이 담고 있는 지식이나 정보를 습득하거나, 혹은 작가의 상상력이 빚은 문학작품의 스토리를 이해하는 능력 정도로 볼 수 있었다. 그러나 지금은 독서의 개념이 훨씬 광범위하고 복잡해졌다. 단순한 문식력이나 이해 단계에서 한 걸음 더 나아가 자신의 관점을 지닌 독자로서 저자가 책을 통해

전하는 메시지나 내용을 비판적으로 해석하는 단계로까지 발전했다. 이런 비판적 독서나 해석이 가능하려면 독자의 배경지식과 높은 수준의 사고력이 동반되어야 한다. 이런 비판적 독서 능력을 뒷받침하는 독서방법론, 독서지도론 등이 함께 개발되었다. 과거의 독서가 책이라는 텍스트 중심이었다면, 지금은 독자의 개성이나 역할이 매우 강조되며 독서의 중심이 독자로 이동했다. 독자 중심의 독서는 동일한 작품에 대한 다양한 해석이 가능하다는 장점도 있지만, 오독誤讀에 대한 위험성도 배제할 수 없다.

15세기 중반 구텐베르크의 금속활자 발명에서 출발한 활자문화 시대는 컴퓨터의 등장과 함께 시작한 디지털문화 시대로 전환했다. 지금 우리는 디지털 혁명기의 한가운데 있다. 컴퓨터는 기존의 인류가 쌓아온 읽기와 텍스트의 방식을 뒤엎는 총체적 변화를 가져왔다. 그런 의미에서 책이라는 텍스트를 종이책에만 한정하지 말고 전자책이라는 새로운 영역까지 넓게 바라볼 필요가 있겠다. 아울러 책이 담아내는 내용물의 종류나 서술방법, 편집의 다양한 기술, 책의 종류나 독자의 수준을 고려한 독서방법의 개발 등을 총체적으로 이해하고 새로운 독서정책개발로 이어져야 할 것이다.

4. 새로운 책과 독서의 시대

책의 역사는 꽤 오래되었다. 인간이 문자를 사용하기 시작한 때부터 종이나 짐승의 가죽에 무엇을 기록하기 시작한 것이 책의 역사가 시작된 시점이다. 서양에서는 중세 수도원에서 필경을 담당하는 수도사들이 양피지에 성경을 필사한 것이 본격적인 책 역사의 출발로 본다. 그러나 독서의 역사는 그리 오래되지 않았다. 구텐베르크 인쇄술의 발명은 이후 50년 동안 생산된 책의 양이 그 이전 1000년 동안 인간의 손으로 만든 책의 양과 맞먹을 만큼 대량생산을 가능하게 해주었다. 책의 대량생산 체제는 독서의 대중화를 가져온 결정적인 요인이었다. 독서방법도 낭독에서 묵독으로 발전하였고, 아울러 독서는 공적 영역에서 사적인 영역으로 진입한다. 특히, 독서의 대중화는 시민 사회의 태동과 자아의 발견이라는 근대의 문을 여는 열쇠로 자리매김한다. 대중이 독서를 자유롭게 한다는 것은 곧 시민이 역사의 중심에 선 시점과 거의 일치한다고 볼 수 있다. 그런 의미에서 독서의 대중화는 의식의 혁명을 가져왔고, 역사 발전의 원동력으로 작용했다.

디지털 기기가 우리의 일상을 점령한 시대이지만 앞으로 종이책은 전자책에 밀려 사라지는 것이 아니라, 전자책과 공존을 모색할 것이다. 그렇다면 앞으로 책은 어떻게 변화해갈 것인가? 21세기 지식산업의 화두는 '무엇을 어떻게 연결해 말할 것인가'

이다. 전통적인 책의 형태나 말하기 방식으로는 더는 대중과 소통할 수가 없다. 정보의 홍수 시대에 종이책이 살아남으려면 디지털 매체가 보여주지 못하는 새로운 것을 보여주어야 한다. 소설이나 판타지, 처세술, 기술서 같은 책은 이미 전자책으로 옮겨가고 있다. 이러한 종류의 책은 영상, 그래픽, 그림과 함께 전달하는 것이 훨씬 효과적이기 때문이다. 반면, 종이책은 근원적인 질적 변화를 모색하면서, 전자책과의 차별화를 통해 생존을 추구할 것이라 본다.

역설적이게도 이러한 책과 독서의 위기는 책의 정체성과 독서 문화에 대한 진지한 고민과 대안을 모색하게 해주었다. 최근 시민사회를 중심으로 일어나는 '작은도서관운동'이나 일반 대중의 '책 쓰기' 열풍의 확산 등은 새로운 책문화의 시대를 열어가는 청신호다. 책과 독서의 몰락을 말하는 것은 성급한 결론이다. 어느 시대이건 새로운 도구의 등장은 기존 문화의 체제를 뒤흔들고, 문화의 위기를 동반한다. 이런 위기 속에서 인류는 새로운 문화를 창조하고, 자리바꿈을 통해 공존의 방법을 모색해왔다. 책과 독서를 새로운 시각으로 바라보는 인식의 전환과 디지털 시대에 호응하는 다양한 콘텐츠의 계발을 통해 새로운 독서의 시대를 열어가는 것이 시대의 과제다.

전자문화 시대에 겉으로 드러나는 현상만을 보면 책과 독서는 위축되었고, 그 위상이 추락한 것으로 보인다. 책의 독자 대부분이 전자 미디어로 옮겨가 책 동네에는 아무도 남지 않은 것 같다. 활자문화 시대의 시각으로 바라보면, 책과 독서는 힘을 잃고 허우적대는 패잔병과 다를 바 없다. 그러나 새로운 시각에서 책과 독서를 파악해야 한다. 즉, 책과 독서에 대한 인식 전환이 필요하다. 활자 시대 책은 지식과 문화의 중심에 있었다. 인류의 모든 생각과 정서는 책을 통해 표출되었다. 책이 온 세계를 관장하다 보니 진정한 책은 늘 조야한 책들에 가려 제 빛을 발산하지 못했다. 구텐베르크 은하계에서 책다운 책은 묻혀 있었거나 사라졌다. 이제 그 진정하고 책다운 책을 되찾을 때가 되었다.

> 이제 진정한 책의 시대가 시작되었다. 그것을 우리는 '새로운 책'의 시대라고 부르자. 우리는 과거에 책이라면 무조건 믿는 미디어 맹목시대를 거쳐 왔다. 하지만 디지털 복제와 전송이 매우 자유로워진 지금은 '책은 과연 무엇인가'라는 존재론적 사유, 즉 미디어 대한 새로운 자각이 필요하다. 따라서 새로운 책의 시대는 책에 대한 '자각시대'이다.[45]

진정하고 새로운 책의 시대, 독서의 시대는 책과 독서에 대한 자의식을 발동하여 그것의 본질적 의의를 자각하는 시대다. 그동안 책과 독서가 감당했던 그 다양하고 주변적인 역할을 내려놓고 가장 기본적인 것에만 집중할 필요가 있다. 그럼으로써 책과 독서의 정체성이 오롯이 드러날 것이다. 객관적인 정보의 생

---

45) 한기호, 『새로운 책의 시대』(한국출판마케팅연구소, 2012), 31쪽.

산과 유통과 소비는 디지털 매체에 넘겨주면 된다. 그 기능에서 상대적 우위에 있는 부분은 유쾌하게 디지털 매체한테 넘겨줄 필요가 있다. 책과 독서는 자기 본연의 영역만을 견지함으로써 오히려 그 존재 가치가 더욱 확고해질 것이다. 그것은 바로 디지털 매체가 독서에 타격을 크게 입힌 '사고력' 부문일 것이다.

왜 책과 독서에 대한 담론이 들끓고 있는가? 그 근본이 흔들렸기 때문이다. 책과 독서가 지닌 '사유의 힘'이 바로 그것이다. 책은 세상을 바꾸고, 인간을 바꾼다. 책과 독서는 의도하지 않았던 의외의 결과를 낳기도 한다. 책과 독서는 지식인과 성직자들이 어리석은 민중을 계몽하기 위한 수단이기도 했지만, 역사 속에서 시민혁명을 가능하게 한 동력이기도 했다. 책과 독서가 주는 상상력은 무서운 힘을 발휘할 수 있다. 독서를 하면서 독자는 어둠의 세계에서 밝음의 세계로 나올 수 있었다. 즉, 독서를 통해 인간은 스스로 상상한 또 다른 세계로 의식을 깨고 나오는 '사유하는 존재'로 거듭난다. 독서가 지닌 '생각하는 힘' 때문이다. 그것은 더욱 인간다운 삶의 가능성을 열어주고, 책은 삶의 질을 높이는 중요한 매체로 남을 것이다. 미래의 어떤 매체도 '사유의 힘'이란 점에서 책과 독서를 능가하지 못할 것이다. 왜 우리는 책을 만들고 독서를 해야 하는가, 왜 우리는 새로운 책과 독서의 시대를 열어야 하는가? 인간은 생각하는 존재라는 것에 그 답이 있다.

제2부
수필 비평

기록과 허구 사이
— 김희직의 〈바람소리〉에 관해

1.

수필을 낮게 평가하고 비판하는 데 자주 사용하는 개념은 아마 '신변잡기身邊雜記'일 것이다. 그 앞이나 뒤에 곧잘 '문학성 부족'이라는 말이 들어가 비판의 뜻을 선명하게 드러내기도 한다. 여기서 '신변잡기'는 '문학성 부족'이란 말과 동의어로 사용된다. 문학성 부족으로 수필이 제대로 대접받지 못하는데, 그 까닭은 신변잡기 수준에 머물고 있기 때문이라는 것이다. '신변잡기'는 수필계 안에서나 밖에서나 수필이 극복해야 할 문제점으로 두루 지목되고 있다.

과연 '신변잡기'는 수필문학이 극복해야 중요한 과제인가? 결론부터 말한다면, 한편은 맞고 다른 한편은 오류다. 수필가 신변에 일어나는 여러 가지 일을 기록하는 글이라는 점, 즉 수필가의 일상을 제재로 삼는 글쓰기라는 점은 수필의 본질적인 측면이다. 이 점을 부정하고서는 수필은 존립할 수 없다. 그런데 왜 이를 그렇게나 못마땅해 하는가? '잡기'라는 말에 문제가 있는 것 같다. 자질구레한 일상의 체험은 수필문학의 바탕이고 출발점이다. 수필 담화를 구성하는 기초가 조각난 일상이다. 하지만 잔잔한 일상을 수필이란 그릇에 어떻게 담는가 하는 방법 문제다. '잡기'는 어감으로 보아 기록한다는 뜻이 강하다. 즉, '잡기'라는 말은 있었던 일상의 체험을 사실에 근거하여 기록한다는 의미로 이해된다. '신변잡기'라는 말에 내포된 기록성의 측면이 수필의 문학성에 흠집을 내고 있는 셈이다.

사람이 직접 체험한 일은 언어를 통해 하나의 경험으로 드러난다. 경험은 시간의 경과를 따라 언어로 정리된 일종의 서사다. 언어로 서사화하지 않고서는 어떤 경험도 성립할 수 없다. 언어화한다는 것은 무질서한 체험을 일관성 있는 서사나 이야기로 구체화한다는 말이다. 서사나 이야기로 구체화하는 과정에서 실제성과 허구성이 동시에 개입하기 마련이다. "현실은 불완전하다. 어느 한순간, 한 장면이 감동적이지만 그것은 체계적이지 않은 경우가 대부분이다. 지속적이지 않고 일관성이 없는 분절된 이야기에 질서를 부여하는 일을 서사화라고 한다."[46]

서사화 과정에는 서사 구성자의 관점이나 의도가 당연히 작

---

46) 방현석, 『서사 패턴 959』(아시아, 2013), 22쪽.

동한다. 언어를 통해 체험을 서사화하는 단계까지는 역사와 문학, 논픽션과 픽션, 다큐멘터리와 드라마는 차이가 없다. 그런데 역사, 논픽션, 다큐멘터리의 서사화는 일차적이고 육체적인 체험을 언어로 정리하되 사실 세계 자체를 드러내고자 한다. 역사를 기록하는 사람이나 다큐멘터리를 제작하는 사람의 관점과 의도가 작동되더라도 그것은 사실을 충실하게 보여주기 위한 수단과 방법의 차원이다. 기록자와 제작자는 사실 자체가 지닌 감동과 의미를 전달하는 데 목적을 둔다.

하지만 현실적인 경험은 완결된 구조나 통일된 의미를 지니지 못한 불완전한 상태에 있다. 단편적인 경험의 단순한 배열은 사실로 존재할 뿐 감동을 주지는 못한다는 말이다. 사실의 기록적인 차원에서 벗어나 완전한 감동을 주는 미적인 구조물을 만들 필요가 있다. 이를 위해 실제로 일어났던 사건의 순서를 바꾸어 재배열하기도 하고, 감동을 방해하는 요소는 배제하고 필요한 부분은 방점을 찍어 강조하기도 한다. 무엇보다 실제적인 경험으로는 감동을 주기에 부족할 때는 상상력을 동원하여 사실을 보충해야 한다. 더욱이 감동적인 이야기로 연결하려면 사실과 사실 사이의 빈자리를 상상력을 동원하여 허구로 채워나갈 필요가 있다. 즉, 완전한 미적 구조물을 창조하려면 허구화가 필수적이라는 말이다. 문학과 예술은 이 허구화 과정을 통해 탄생하는 것이다.

사실 기록 단계에서 허구 단계로 나아갔을 때, 그것을 문학 혹은 예술이라고 규정한다. 물론 이는 좁은 의미의 문학을 지칭하는 것이고 일반적으로 그렇다는 것이다. '기록문학'이라는 개념도 성립하고 사실 기록에 충실한 작품도 훌륭한 문학으로 평가되는 경우도 흔하다. 상상력에 의한 창조적인 글만을 문학으로 제한할 필요는 없다. 철학, 역사, 에세이 등도 한 사회 안에서 존중받는 훌륭한 글이면 문학으로 인정됐다. 하지만 상상력으로 만들어진 허구의 세계가 사실 기록 차원보다 훨씬 문학과 예술의 본질적인 요소라고 할 수 있다. 허구화가 문학을 규정하는 절대적인 기준은 아니지만, 문학의 핵심을 가장 잘 드러내는 개념임을 부인하기 어렵다.

실제 경험에서 출발하는 수필은 사실 기록과 문학적 허구 사이에 놓이는 독특한 장르이다. 기록성과 허구성의 양면을 지닌다는 뜻이다. 수필이 작가의 실제적인 경험이나 일상 현실을 재료로 삼는 담론이라는 점에서 일차적으로 사실의 기록이란 성격을 지닌다. 반면에 수필가는 일상적 경험을 해석하고 의미를 부여함으로써 의도한 특정 메시지를 전달하고자 한다. 이 과정에서 작가는 자신의 경험을 기록하는 차원을 넘어 의미화를 위해 재구성한다. 실제 경험을 다양한 문학적 전략을 통해 감동을 불러일으키도록 완전한 미적 구조물로 만든다. 즉, 문학적인 창조를 이루어낸다. 수필을 문학이라고 할 수 있는 근거는 여기에서 마련된다. 따라서 수필은 기록성이라는 구심력과 문학적 허구성이라는 원심력이 팽팽한 긴장 관계를 이루는 장르이다.

그런데 문제는 이 균형이 깨지는 데에서 생긴다. 미적 완결 구조를 획득하기 위한 구성적 아이디어와 상상력, 실제 경험과 사실을 해석하고 의미화하는 작가의 세계관, 문학적 효과를 극대화할 수 있는 언어 표현 등은 수필이 사실의 단순한 기록에 머물지 않고 문학으로서 자질을 확보하는 기본적인 전략이라 할 수 있다. 이러한 적극적인 전략이 부재한 작품 대부분은 '신변잡기'라는 비난을 면하기 어렵다. 우리 주위에 기록적 차원에 한가하게 머물고 있는 미성숙한 수필이 양산되고 있음을 목격한다. 일상체험의 기록은 수필의 근원적 고향이면서도 넘어야 할 산인 듯하다.

2.

김회직의 〈바람소리〉를 읽어 본다. 완전한 미적 구조물을 얻기 위한 구성적 아이디어가 돋보이는 작품이다. 이런 점에서 지난 호에 수록된 작품 전체를 통틀어 유일하다고 해도 과언이 아니다.

소설의 기법을 전격적으로 활용하고 있다. 수필 전문지에 수록되었기 때문에 수필로 읽는 것이지, 소설판에 들어있다면 짧은 소설이나 콩트로 읽어도 무방하다. 수필 혹은 소설이라는 맥락이 전혀 주어지지 않은 상태에서는 소설로 읽을 수밖에 없을 정도로 소설의 특징이 두드러진다. 하지만 이 작품에서 보이는 특징이 소설의 절대적 속성이라고 하기는 어렵다. 다음 발언은 문학 일반에만 해당하는 것이 아니라, 소설이나 수필과 같은 하위 장르에도 적용될 수 있기 때문이다.

> 우리는 문학을, 『베어울프』(Beowulf)에서 버지니아 울프Virginia Woolf에 이르기까지 특정 종류의 글들이 보여주는 어떤 내재적인 성질 혹은 일단의 성질들이라기보다는 사람들이 글에 '자신을 관련시키는' 어떤 방식들이라고 생각할 수 있다. 다양한 방식으로 '문학'이라고 일컬어졌던 모든 것으로부터 어떤 불변 내재적 특징들을 떼어내기는 쉽지 않을 것이다. 실상 그것은 모든 게임들이 공통으로 가지고 있는 단일한 특성을 밝히려는 것만큼이나 불가능한 것이다. 문학의 '본질'이라는 것은 결코 없다.[47]

문학을 개인마다 제멋대로 규정하는 것도 문제가 크지만, "객관적이고 기술적인 범주"로 보는 것도 오류라는 말이다. 이런 관점은 소설과 수필에서도 마찬가지다. 수필과 소설의 고유 요소가 각각 분명한 경계를 가진 것으로 인식하는 것은 본질에서 그렇기 때문이 아니라, 제도나 문화적 측면에서 관습으로 굳어졌기 때문이다. 소설의 방법을 원용했다고 해서 수필의 고유성이 훼손되는 것도 아니고, 소설적인 특징이 강하다고 해서 그것을 수필이 아니고 소설이라고 우길 필요가 없다는 것이다. 장르

---

47) 테리 이글턴, 『문학이론입문』(창작사, 1980), 17쪽.

의 경계는 늘 넘나듦이 빈번하여 있는 듯 없는 듯 분명하지 않은 법이다.

작품 〈바람소리〉는 한마을에 사는 '이 노인'과 '최 노인' 두 인물의 대화가 주를 이루는 작품이다. 작품 전체는 처음, 중간, 끝, 세 부분으로 구성되어 있는데, 중간이 두 동네 노인의 대화이고 처음과 끝은 화자의 진술이다. 중간의 대화 부분은 인물 중심 시점이고 처음과 끝은 삼인칭 서술자 시점이다. 어느 부분이든 화자는 전혀 드러나지 않는다. 이 작품을 수필로 읽는다면, 수필적 자아인 화자 '나'는 완전히 뒤로 물러나고 삼인칭 화자와 등장인물을 내세워 자신의 체험과 상상을 이야기하는 셈이다. 이것은 수필이라는 가정하에서 그렇다는 말이지 이런 가정이 부재한다면 십중팔구 소설로 읽힐 것이다.

작품 서두는 이렇게 시작한다. "들녘을 휩쓸고 지나가는 바람결이 어수선하고 썰렁한 것으로 보아 가을 문턱에 들어서 있음이 느껴진다. 등 따갑던 한나절 햇살이 설핏 기울고, 먼 지평선 서쪽 끝으로부터 차츰 노을이 물들기 시작하면 온몸이 으스스하도록 한기가 스며든다." 배경 묘사다. 주제를 아주 효율적으로 드러낸다. 자식들은 모두 도회지로 떠나고 농촌 고향 땅에 남아 쓸쓸하고 외로운 노년의 삶을 보내고 있는 노인들의 처지를 암시한다. 작품 결미는 "지금까지 늘 그래왔듯이 이번 소문도 동네 한 바퀴 돌고 지나가는 매듭 없는 바람결처럼 어디론가 흔적 없이 사라져버릴 게 분명했다."로 끝맺는다. 작가의 직접적인 진술을 통한 메시지를 전달하는 수필의 일반적인 방법과는 달리 분위기만 암시할 뿐이다. 서두나 결미가 소설의 전형적인 방법임을 알 수 있다.

문학적 관습이라는 일반적인 측면에서 보면, 이 작품은 수필보다는 소설에 가깝다. 그런데 우리는 문학작품을 읽을 때, 의식하든 그렇지 않든 간에 그 장르의 고유한 문법에 기대어 작품을 감상하고 이해한다. 장르 의식이 어떤 통로든 작동한다는 말이다. 동일한 문학작품을 두고 두 가지 이상의 다른 장르를 각각 전제하고 그것을 읽는다면 결과는 어떠할까? 전하는 메시지에는 큰 변동이 없다 하더라도 독서 과정에서나 독후에 느끼는 정서적인 반응에는 차이가 날 수 있다. 문학작품의 독서 과정에는 장르 의식이 작동하기 때문이다. 그렇다면, 우리는 김회직의 〈바람소리〉를 소설로 읽었을 때와 수필로 읽었을 때의 차이는 무엇인가? 소설적인 요소가 우세한 작품을 소설로 읽는 것은 자연스럽겠지만, 이를 수필로 읽을 때에는 다소 당혹스러울 수밖에 없을 것이다. 수필의 관습적이고 일반적인 특징을 찾아보기 어렵기 때문이다. 수필의 입장에서는 전격적인 소설의 기법 차용이 낯설게 다가온다. 이로 말미암아 독자의 주목을 받았다면 일차적으로 성공한 것이다.

다음으로 독자는 작가가 왜 이러한 방법을 사용했는가, 소설의 방법을 빌려와서 얻은 것은 무엇인가, 라는 질문을 던질 수 있다. 우선 이를 낯선 실험을 통한 작가의 자기 과시 욕망으로 보아서는 곤란하다. 미적 구성물의 완성도를 높이기 위한 전략으로 이해할 필요가 있다. 작가, 즉 수필적 자아가 문면에 나타나 진술을 주도하면서 의도적 메시지를 강제하는 수필의 교술적인 측면에 대한 무언의 저항이다. 문학과 예술의 고유한 방법인 구체적인 형상화를 실천해 보인 것이다. 수필이 태생적으로 일상의 진실을 기록하는 것이지만, 기록성에 안주하지 않고, 실제의 경험과 사실을 해석하고 미학적으로 완성된 구성물을 만들기 위한 시도이다. 수필의 입장에서는 이러한 시도가 낯설고 충격적일 수 있다. 이것이 우리가 소설 같은 〈바람소리〉를 수필로 읽을 때 얻는 문학적 효과이고 차이다. 이 같은 방법이 수필의 고유한 규범을 벗어났다고 해서 수필인가 아닌가를 따지는 것은 소모적이다. 수필의 장르 경계를 융통성 있게 이해하는 태도가 요구된다.

3.

앞에서 수필은 사실의 기록적 측면과 형상화를 통한 허구적인 측면 사이에 놓여 있으며, 기록적인 측면에 편향됨으로써 '신변잡기'라는 비난을 받아왔다고 했다. 이런 주장의 표면만을 수용하면 수필은 허구화를 지향하고 소설을 닮아가야 한다는 말로 들릴 수 있다. 수필의 태생적인 기록성이나 교술성이 문학

구실을 하는 데 방해 요소로 작용할 때도 있으나 이것 자체가 수필의 고유성이며 이것만으로도 충분한 감동을 줄 수 있다는 점을 간과해서는 안 된다. 형식과 방법은 특정 내용을 위해 일방적으로 봉사하는 종속적인 것이 아니라, 그 자체가 존재 가치이고 메시지이기 때문이다. 일종의 그릇으로서 수필의 형식은 그것만으로서 고유성을 지닌다는 뜻이다.

① 밥 한 끼 뜨끈허게 채려 줄 여편네가 있나, 용돈 한 번 살갑게 쥐어줄 자식놈이 있나, 시상천지 달랑 내 몸땡이 하나뿐인 이 늙는이는 도대체 뭐냐 이거여 시방. 젊어서 속 못 채린 놈은 일찌감치 죽어지야 마땅허고 또 그리돼야 옳은 이칠 것 같은디.

- 김회직의 〈바람소리〉에서

② 노인이 되면 심리적으로 고독이 오고 고독은 괴로움을 수반한다. 노인이 남긴 업적에 소모된 육체의 고통을 제외하더라도 심리적으로 쓸쓸함은 피할 수 없으니 그것은 경제적 상실 동료의 상실 배우자의 상실에서 외롭고 쓸쓸합니다.

- 최강렬의 〈노인에 대하여〉에서

위의 두 글은 같은 내용과 의미를 다른 방식으로 말한다. 전자가 소설의 방법에 바탕을 두고 구체적인 형상화로 나아갔다면, 후자는 메시지를 작가가 직접 진술하는 교술의 전형적인 형식을 취했다. 둘은 모두 메시지를 전달하는 자기 나름의 고유한 방식을 가졌다는 점에서 비교 대상이 아니다. 하지만 수필의 문

학성 확보와 미적 구성물의 완성이라는 점에는 전자가 중심에
더 가까이 다가가 있다.

　우리 주위에는 '신변잡기'라는 비난 앞에 무력한 수필이 적지
않다. 물론 수필은 일상의 경험, 즉 사실을 기록하고 정리하는
데서 출발하므로 사실 그 자체만으로도 충분히 감동을 줄 때도
잦다. 하지만 우리의 일상은 순간적으로는 감동적이지만, 대부
분 분절되어 있고 체계적이지 못하다. 이러한 일상을 문학의 영
역 안으로 끌어와 완성된 미적 구성을 이루어내기 위해서는 작
가의 상상력과 구성적 아이디어는 절실하다. 수필은 사실 기록
에 뿌리를 내리고 있으면서도 언제나 그 끈을 끊고 작가의 상상
력 속으로 비상하려는 자기 모순을 드러낸다. 이것이 수필의 운
명인지 모른다. 운명은 어쩔 수 없는 한계이지만, 그 한계에 도
전함으로써 존재의 의미를 확보할 수 있는 것이다. 우리가 〈바
람소리〉를 수필로 읽어야 할 이유가 바로 여기에 있다.

해석적 글쓰기로서 수필

1.

수필작품은 작가의 실제 경험을 재료로 삼아 완결된 언어 구조물로 만들어 낸 결과물이다. 그 언어 구조물이 목적하는 바는 사실의 정확한 기록이나 정보전달이 아니라, 미적·정서적인 감응이다. 궁극적으로 수필도 다른 문학이나 예술과 마찬가지로 창조성을 지향한다. 이 창조성의 본질은 새로운 질서와 의미를 만들어내는 것이다. 따라서 수필가는 수필 창작 과정에서 창조성을 극대화하기 위해 다양한 전략을 시도할 필요가 있다. 이 전략은 어떤 방식이든 간에 작가의 실제 경험을 그대로 옮겨 담기보다는 변용할 수밖에 없다. 이를 수필적 변용이라고 할 수 있는데, 이것이 허구화를 의미하는 것은 아니다.

수필적 변용 과정에서 작가의 직접체험은 문학성이란 가치의식에 의해 처음과 다른 모습으로 재구성될 수밖에 없다. 이때 직접체험은 외형적인 모습만이 바뀌는 것이 아니라, 그 크기와 길이에도 큰 변화가 일어난다. 실제 경험이 극소화되고 서사 시간이 정지된 상태인 한 개의 점으로 드러날 수도 있다. 서사성이 완전히 제거된 토막 난 화제, 사물, 개념 따위가 바로 그것이다. 이런 경우에 창작은 실제 체험과는 무관하게 전적으로 작가의 상상력에 의존한다. 정지된 한 점에서 작가는 상상력을 동원하여 다양한 화소를 끌어들여 주제를 구현한다. 더해지는 화소가 원래 화소와 유사할 때 그 작품은 주로 은유 구조를 가지고, 거리감이 느껴지는 인접 화소가 더해질 때는 환유 구조를 취하게 된다. 은유 구조인 경우 두 개의 유사성이 상식과 논리를 갖추지 않으면 설득력이 없고, 지나치게 기계적인 논리와 일반적인 상식에 머물게 되면 참신성이 떨어진다. 이 양자의 적절한 조율이 작품의 성패를 좌우할 것이다. 환유 구조인 경우 인접 화소가 먼 거리에 자리할 수 있는데, 이들이 각각 조각으로 남지 않고 전체 주제를 향해 통합될 수 있도록 하는 것이 창작에서 중요하다.

수필은 전적으로 작가의 직접경험을 담아내는 장르라고 인식하는 것은 오해다. 물론 대체로 직접경험이 창작의 도화선이 된다. 하지만 한 편의 작품을 구성하는 주된 동력은 직접경험에서 비켜난 개인의 지적 함량과 판단력, 고유한 감수성, 기발한 상상력 등이다. 직접경험을 크게 변용시키지 않고 고스란히 담아내는 기록적인 글쓰기가 필요할 때도 있으나 수필 창작은 기록적인 글쓰기에서 해석적 글쓰기로 나아갈 필요가 있다. 해석적 글쓰기로서 수필 창작은 작가의 일차적 경험에 작가만의 개성적인 의미를 부여하는 것을 말한다. 이때 세상을 바라보는 작가의 시각이 중요하다. 그리고 세상을 읽어내는 깊은 통찰력과 지혜가 요구되기도 한다. 이런 점에서, 에세이의 형식은 작가의 세계관에 의해 결정된다는 루카치의 발언은 시사하는 바가 크다. 해석적 수필 쓰기, 그것은 인간 존재와 삶의 본질을 탐구하는 일이다.

정선모의 〈눈 처마〉, 이옥자의 〈슬픈 신앙〉은 작가의 실제 경험을 엮어내기보다는 하나의 화소를 중심에 두고 유사나 인접 화소를 끌어와서 작품을 구성하는 해석적 글쓰기라는 점에서 방법을 같이한다. 그 화소는 작가의 경험이 최소화되어 있다는 점에서 아직은 가공을 기다리는 날것의 재료다. 〈눈처마〉에서는 '처마', 〈슬픈 신앙〉에서는 '잔인함'이 각각 작품의 출발점이다. 이들은 그 출발선에서 명사형으로 존재한다. 아직은 서술어가 부가되지 않은 자유로운 추상성에 머물고 있다는 말이다. 그래서 무한한 변용의 가능성을 지닌다. 작가의 기발한 상상력과 새로운 형식을 만들어내는 구성력을 기다린다. 작품의 성패는 이 작은 화소가 의미 있는 덩어리가 되도록 가공하는 작가의 창의력이다. 여기서 해석적 수필 쓰기가 이루어진다.

2.

　정선모의 〈눈 처마〉를 읽어 본다. 이 작품에서 작가의 직접체험은 꽤 큰 부피를 가지고 있다. 작품은 작가가 전철역에서 나오자마자 비가 쏟아져 미처 우산을 준비하지 못한 터라 운현궁 처마 밑에서 비를 피하는 것에서 시작한다. 작가는 어릴 적 살던 집의 처마에서 빗방울이 떨어지는 것을 바라보았던 일, 연인들이 눈을 피해 작가의 집 처마 밑에서 사랑을 속삭이다가 아버지의 헛기침에 화들짝 놀라며 자리를 피하는 발걸음 소리를 기억한다. 그런데 이 작품에서 이러한 작가 체험은 그 자체로서 의미를 가지지 못한다. '처마'라는 공간을 이야기하기 위한 통로이다. 물론 자동차가 분주하게 질주하는 대도시 한가운데 작은 처마 밑이 안온한 느낌을 준다는 것, 남의 집 처마 밑에서 애틋하게 서로의 체온을 확인하던 연인에 대한 단상 등은 독자에게 직·간접적으로 어떤 의미를 전하는 유의미한 화소이다. 그러나 이러한 구체적인 체험을 실마리로 삼아 '처마'의 보편적인 의미를 해석하는 단계로 나아간다.

　작가는 "닫힌 공간이되 열려 있고, 열려 있되 닫힌 공간"이라고 처마를 해석한다. "집에 사는 사람들에게는 햇볕을 적당히 가려주고, 비가 들이치는 것도 막아주지만, 오가는 사람들에게는 잠시 땀을 식히거나 비를 피할 수 있는 공간"이기 때문이라는 것이다. 우리 한옥에 딸린 넉넉하고 안온한 처마를 인간적인 공간이라고 말한다. 여기서 작가의 상상력은 '눈 처마'로 옮겨 간다. '눈 처마'는 겨울철 북서풍으로 눈이 쌓여 절벽 동쪽으로 설층이 자라나 초가지붕의 처마처럼 된 것을 일컫는다. 겨울 등 산객이 이걸 모르고 밟게 되면 절벽 아래로 추락하여 사고를 당하기 때문에 눈 처마를 만날까 봐 아주 두려워한다는 것이다. 작가는 지금까지 자신의 눈이 밝지 못해 눈 처마를 몇 차례 밟았으나 크게 다치지 않고 용케도 이만큼 인생을 살아온 것이 다행이라고 생각한다. 끝에 이르러 작가는 이렇게 말한다.

　　바람이 슬며시 흔들어주면 맑은 소리 내는 풍경 하나 달려있어도 좋고, 겨우내 먹을 시래기가 바스락 소리 내며 말라가는 적당히 그늘진 처마여도 좋다. 때로는 제비가 둥지를 틀기도 하고, 꿀벌이 집을 짓기도 하지만 귀찮다 밀어내지 않고 말없이 품어주는 처마. 비나 바람도 더러 피하고, 아픈 다리 잠시 쉬었다 갈 수 있는 공간 하나 내 마음속에 마련해 두고, 나도 쉬고 너도 쉴 수 있었으면 참으로 좋겠다.

　이 작품의 전개 과정은 〈① 운현궁 처마에서 비를 피함→ ② 어릴 적 살았던 집의 처마에 대한 기억→ ③ 누구에게나 품을 내주는 아늑하고 평온한 공간으로 처마→ ④ 눈 처마를 밟는 것 같은 인생살이의 위험한 고비→ ⑤ 시멘트 담벼락으로 상징되는 처마 없는 현대사회의 삭막함→ ⑥ 내 마음속에 여유 공간으로 처마를 마련하고 싶음〉으로 정리된다. ①과 ②는 작가의 직접경험이다. 작품의 출발점이고 의미의 실마리를 제공한다. ③에서는 우리의 전통 가옥의 처마가 아늑하고 여유 있는 공간임을 말하다. ④와 ⑤는 ③과 대립하는 의미 화소이다. ④는 같은 처마이지만 '눈 처마'는 집의 처마와 달리 아주 위험하다. 삶의 위기 국면을 비유한다. ⑤는 안온한 처마가 없는 현대 문명사회를 비판적으로 바라본다. ⑥에 이르면 처마는 객관적인 대상에서 자아화 혹은 내면화된다. 여기서 ①과 ②는 실제 체험이고 나머지는 작가의 해석에 해당한다. 실제 체험은 의미 해석의 구체적인 단서가 되지만, 작품의 무게는 해석 쪽에 쏠린다. 다시 말해, 구체적인 체험이 있어 뒷부분의 의미 해석이 훨씬 설득력 있게 다가오기는 하나 체험의 기록성은 최소화된다. 그리고 같은 의미 해석이면서도 ③, ④, ⑤와 ⑥은 차원을 달리한다. 전자의 경우 해석의 시각이 객관적인 대상에 머물러 있다면, 후자는 내면화되어 간절한 희망으로 승화된다. 나에게 평온을 줄 수 있는 공간으로서 처마를 내 밖에서 찾는 것이 아니라 내가 스스로 처마가 되어야 한다는 자기 성찰을 암시한다. 이 작품의 가장 빛나는 대목이다. 수필의 매력을 듬뿍 느끼게 하기 때문이다.

정선모의 〈눈 처마〉는 해석적 수필 쓰기의 전형적인 작품이다. 그리고 그 해석이 객관적인 실제 화제에 대해 작가가 의미를 부여하는 단순한 구조가 아니라 아주 다층적인 구조를 취하고 있다. 이러한 다층적인 구조는 작가의 일방적인 교술로 흐르지 않고 독자의 몫을 남긴다는 점에서 매우 바람직한 전략이다.

그러나 복잡한 관계 설정과 연결이 제대로 맞물리지 못했을 때는 전체 구조의 균형이 깨지면서 작위적인 해석으로 읽힐 수 있다. 가령 이 작품에서 '집 처마'와 '눈 처마'를 연결한 것은 기발한 것 같지만, 자세히 보면 허점이 발견된다. 둘은 처마라는 외형적인 모습에서는 연결되지만 내포하는 의미는 완전히 이질적인 것이기 때문이다.

3.

이옥자의 〈슬픈 신앙〉도 실제 경험을 최소화하고 그것에 대한 작가의 해석에 무게를 싣고 있는 작품이다. 작가는 어느 날 대학로에서 광고 트럭 스피커에서 높은음으로 울려퍼지는 K 가수의 노래를 들었는데, "사랑은 잔인하게 떠나가네요."라는 노랫말 중 '잔인'이란 말이 비수처럼 가슴에 와 꽂혔다고 한다. 이 '잔인하다'라는 말이 일반적인 가요에서 경험해 보지 못한 "경이로운 아름다움을 뿜고 있었"기 때문이다.

그런데 이 노랫말에 대한 감탄으로 끝나는 것이 아니라, 그 경이로운 경험이 자신의 글쓰기에 대한 반성으로 이어진다. 신선한 발상이다. 참신한 상상력을 확인할 수 있는 대목이기도 하다. 화자는 "가요에서도 거침없이 사용하여 예기치 못한 미적 작용을 이끌어내는 이단異端의 말, 그 오묘하고 매혹적인 어휘들을 나는 써 본 적이 있었던가."라고 한다. '잔인'이라는 말의 의미가 주는 선입견에 젖어 이와 비슷한 느낌을 주는 말들을 배척해왔던 자신의 글쓰기를 자책한다. 거칠고 천박하다는 이유만으로 숙고 없이 이러한 말을 배척했던 자신의 글쓰기가 위선적이어서 부끄럽다는 것이다. 물론 이것이 도덕적인 차원에서 자책할 만한 것은 아닐지라도, 글 쓰는 방법과 태도에서는 오류일수도 있다. 독립된 어휘의 고정된 의미에 구속되어 선호하거나기피하는 것은 그의 말대로 "상투적인 언어에 갇혀, 그 언어를제련하고 또 제련해야 하는 직무를 유기"하는 것과 다를 바 없을는지 모른다.

글을 쓰는 사람이면 누구나 자기 취향에 맞는 방식을 선택한다. 이러한 방식이 작가의 고유한 개성을 드러내는 스타일이 되지 못하고 융통성 없는 습관이나 고집이 되어서는 곤란하다. 아름답고 감미로운 말이 따로 있는 것이 아닐진대, 이에 집착하는것도 분명 글쓰기의 잘못된 버릇이다. 단어나 어휘는 문장 속에서 다른 말과 관계를 맺을 때 그 의미가 비로소 드러난다. 사전속에 갇힌 독립된 어휘들은 아직 생명이 없다. 작가가 그것을문장 속에, 한 편의 글 속에 적절하게 배치함으로써 생명을 얻고 빛을 발하게 된다. 작가는 노랫말에서 '잔인'이란 말을 듣고지금까지 신앙처럼 믿어 온 자신의 '언어 사용서'가 부끄러운성적이라고 평가한다.

세상에 쓰지 못할 말은 존재하지 않는다. 사용해서는 안 되는 말도 없다. 글은 말들의 조합이며, 창작은 이 조합의 끝없는 시행착오다. 나는 무조건 보편적인 표현에 기대고 안일한 말놀이에 취해 있을 뿐, 언어의 절대적 가치를 활용하려 하지 않았다. 품위라는 허울에 갇혀 누구라도 귀에 곱게 담을 수 있는 말만 사용했을 뿐, 현대적이고 거칠어서 더 아름답게 어우러질 수도 있는 어휘와는 담을 쌓았다. 땀내 나고 들숨과 날숨이 그대로 묻어나는 진실한 말들과도 거리가 멀다.

타인의 시선을 의식하여 말 한마디에도 지나치게 신경을 써 왔던 것을 슬픈 습성이라고 말한다. 그로테스크하고 판타스틱한 표현은 현대문학에서 고도의 수사인데 이것을 깨닫지 못했다는 것이다. 거친 말과 불온한 언어, 감각적인 단어를 외면한 자신의 글쓰기 습성에 대해 참회한다.

이 작품도 작가의 실제 체험은 극소화되고 작가의 생각과 의견이 큰 비중을 차지한다. 해석적 수필 쓰기의 전형적인 패턴이다. 그런데 해석이 자기 반성에 초점이 모이고 있다. 전체적인 분위기로 볼 때 그 반성은 거의 참회의 수준이다. 이렇게 반성하고 참회할 정도로 작가의 글쓰기에 오류나 문제가 있었는지는 구체적인 작품 분석을 통해 확인해 봐야 할 사안이지만, 말만큼 크게 반성해야 할 일은 아닌 것 같다. 반성해야 할 내용에 비해 작가의 반성 태도가 지나치다는 뜻이다. 글 쓰는 사람은 누구나 어휘 사용이나 언어 운용에서 자기만의 고집이 있기 마련이다. 그것이 그 작가의 스타일이고 개성이다. 이는 문학의 생명이다. 작가가 반성하는 내용이 과장으로 읽힐 수 있다. 언어(한글)에 대해 예의를 갖추지 못했다, 내 글은 위선적이고 강팍했다, 나의 언어 사용서 성적은 부끄럽다, 언어 사용이 진실하지 못했다, 언어를 제련해야 작가로서 직무를 유기했다, 나의 글은 무기력한 기도말로 '글'이라는 나의 신앙을 맹신했다 등에서 보듯이 지나치게 자신을 낮추고 있다. 지금까지 자신의 글쓰기에 치명적인 문제점이 있는 듯이 말한다. 그리고 그 내용이 추상적이다. 이는 누구에게도 해당하는 내용이다. 이를 글쓰기의 일반적인 차원으로 끌어내어 작가의 주장을 전개했으면 하는 아쉬움이 남는다. 다시 말해 개인적인 자의식으로만 끝나지 말고 이를 보편적인 문제로 일반화할 때 작가의 의견은 분명해질 수 있다는 말이다.

의미기억으로서 수필

1.

수필 창작은 지금 자신의 모습을 거울에 비춰보는 행위에 비유될 수 있다. 수필은 거울에 비친 자화상과 같다. 자화상은 시간이 멈춘 한 시점에서 포착된 정지된 영상이다. 시간의 흐름이 부재하므로 과거 모습은 추측이나 상상을 통해서만 짐작할 수 있다. 하지만 모든 수필이 자아를 지금이라는 정지된 시점에서 포착하지는 않는다. 모든 수필이 자화상에 해당하는 것은 아니라는 뜻이다. 작가의 직접적인 경험을 서사화한 수필도 적지 않다. 경험을 재료로 삼아 작가의 과거를 이야기하거나 추억하는 수필이 그것이다. 이때 작가는 순간적인 경험의 파편을 추억할 수도 있으나 대개는 경험을 이야기 형식으로 구성한다. 즉, 경험을 서사화한다. 이는 소설의 방법이기도 하다. 수필도 소설처럼 전체가 완전한 서사 구조로 이루어지는 경우도 있다. 하지만 대개는 부분적으로 서사를 채용한다.

경험을 이야기하는 수필은 작가의 경험 내용을 작가가 직접 이야기하는 방식을 취한다. 즉, 서사가 일인칭 서술로 이루어진다. 여기에는 인물로서 '나'와 화자로서 '나'가 있는데, 둘은 동일인이다. 하지만 둘은 기능상으로 각각 구분된다. 전자는 경험자아이고, 후자는 서술자아이다. 이야기하는 '나'로서 서술자아는 이야기되는 '나'로서 경험자아와는 동일 인물이지만, 시간의 거리에 따라 두 자아는 상당한 차이를 드러낼 수밖에 없다. 가령 지금 성인으로서 서술자아가 유년시절 어린아이로서 경험자아의 이야기를 서술할 때 바로 그러하다. 그런데 양자의 이러한 구분은 논리상으로 뚜렷하게 구분되지만, 실제로는 서로 맞물리고 섞여 있다. 수필에서 서술자아는 과거 나의 경험을 이야기하면서 지금의 심정과 관점을 드러낸다. 여기서 서술자아는 경험자아와 완전히 분리되어 있지 않다. 즉, 경험자아는 서술자아의 기억 안에 있다. 따라서 서술자아가 과거의 경험 세계에 깊이 스며들 수밖에 없다.

수필은 서술자아가 경험자아의 경험에 개입하여 삶에 대한 자신의 관점을 드러내는 글쓰기라고 할 수 있다. 경험자아를 단순히 회상하거나 기억에 의해 경험 세계를 기록하는 것이 아니라, 서술자아의 현재 관점에서 과거 경험을 재구성하고 해석한다. 경험자아는 독자적으로 분리되어 존재하지 못하고 언제나 서술자아의 의식을 거쳐 드러난다. 수필을 고백 형식이라고 하는 것은 이러한 구조를 두고 하는 말이다. 서술자아는 고백을 통해 경험의 실제성을 약화하고 주관적인 의미 구성체로 바꾸어 놓는다. 여기에서 매개 역할을 하는 것이 작가의 기억이다.

수필 쓰기를 작가의 기억을 통해 일상적 경험의 파편을 의미 있는 미적 구성물로 만드는 것이라고 했다. 그렇다면 작가는 왜 기억 속에서 과거의 경험을 건져 올려 의미화하는가? 그 계기는 무엇인가? 잠재된 과거 경험이 우연히 기억의 표면을 뚫고 현재 작가의 의식에 떠오르는 것은 아니다. 기억을 통해 회상되는 것에는 반드시 어떤 '사후성'이 작동하기 때문이다. 기억의 흔적은 사후 새로운 경험에 맞게 수정된다는 뜻이다. 유년의 경험이 몸과 마음에 각인되어 있다가 오랜 시간이 지난 후 현재 화자에게 일어난 어떤 사건을 계기로 새로운 의미를 획득할 수도 있고, 어른이 된 현재의 화자가 어릴 때는 전혀 인식하지 못했던 의미를 그때 경험에 부여하기도 한다. 유년시절의 행동에 어른이 되어 부끄러움을 느끼는 것도 이런 경우에 해당한다.

이렇게 볼 때, 서술자아가 기억을 통해 과거 경험과 사건을 구성하는 수필에서 중요한 것은 '사후성'이다. 이는 과거 경험을 발견하고 구성하는 계기와 이유다. 그 계기와 이유, 즉 사후성에서 작품의 주제가 확립된다. 이 사후성이 분명하지 않을 때, 그 작품은 과거를 감상적인 차원에서 단순히 추억하는 것에 그치고 말 것이다. 시간 속으로 멀어져 간 과거에 대한 막연한 동경으로만 그친다면, 군이 수필이란 문학 형식이 필요 없을 것이다. 재료로서 경험 자체보다도 그것을 구성하고 해석하는 작가의 관점이 무엇보다 중요하다는 말이다. 경험의 개별적인 특성보다 경험을 해석하는 작가의 삶에 대한 보편적인 태도가 그 작품의 가치를 결정하는 중요한 단서가 된다는 뜻이기도 하다.

2.

지난달 『한국수필』(2013년 12월)에 수록된 작품 중 과거 이야기를 기억 형식으로 담아내는 작품에는 강현숙의 〈내 유년의 뜰〉, 박상혜의 〈흐르는 곳, 그 어디〉, 이문자의 〈내 집이었네〉, 김태원의 〈동티모르 소년에 대한 추억〉 등이 있었다. 대부분 과거 경험을 이야기하는 동기가 뚜렷하게 드러나지 않는다. 서술자아가 지난 시간의 경험에 다가가는 '현재의 존재론적 요구'가 선명하지 못하다는 뜻이다. 그래서 주제의식이 약하다. 자신의 경험을 회상하면서 현재 자아를 성찰하는 것이 수필 창작의 일반적인 방식이다. 작가는 과거 경험자아와 지금의 서술자아 사이의 거리를 삶에 대한 진지한 성찰로 메운다. 이는 수필 쓰기의 정석이다. 이러한 성찰이 전제되지 못하면 과거를 무조건 긍정적이고 아름다운 경험으로 설정하고 그것으로의 복귀를 막연하게 지향하게 된다.

〈내 유년의 뜰〉에서 화자는 서두에서 "고향을 떠나와 살고 있는 사람에게 자신의 고향에 대해서 이야기해보라면 그는 금방이라도 고향의 뒷동산에서 팔베개를 하고 누워있는 듯 선한 눈빛으로 끝도 없이 오색실을 입에서 풀어놓을 것이다."라고 한다. 그리고 말미는 "이제 중늙은이가 된 그때 그 친구들이 고향을 찾으면 같이 뛰놀던 또래도 없는 유년의 뜰을 바라보며 나처럼 옛날을 그리워할 것이다."라고 말한다. 이는 화자가 유년의 경험으로 다가가는 이유를 짐작해 볼 수 있는 부분이다. 나이들어 늙으면 사람은 누구나 고향과 유년을 자연스럽게 그리워하게 된다는 것이다. 그때를 생각하면 오색실 풀리듯이 추억이 되살아나고 그것은 꿈엔들 잊을 수 없는 아름답고 소중한 것이라고 말한다. 고향과 유년시절이 왜 아름답고 소중하며, 왜 그것을 잊을 수 없는지에 대한 현재 작가만의 절실한 이유나 계기가 드러나지 않는다. 누구든 나이가 들면 화자 자신과 같이 고향을 그리워할 것이라는 막연하고 상식적인 이야기에서 끝나고 만다. 유년의 경험을 이야기하고 의미화하는 작가만의 고유한 사후성을 확인할 수 없다. 현재 화자의 존재론적 성찰이라는 지렛대가 부재하기 때문에 과거 유년의 경험이 특별한 의미를 함유하지 못한다.

〈동티모르 소년에 대한 추억〉도 앞의 작품과 별반 다르지 않다. 십수 년 전 상록수부대원의 한 사람으로 동티모르에 파병되어 6개월 동안 복무한 화자가 현지에서 만난 한 소년에 관해 이야기하는 글이다. 화자는 그때의 기억을 이야기하면서 "언젠가 기회가 된다면 다시 동티모르를 찾아 손짓 발짓을 해가며 옛날 추억에 빠져보고 싶다."라고 한다. 작가만의 특별한 경험이기에 그 자체의 신기성이나 특별함은 있지만, 그것이 독자와 공감할 수 있는 보편적인 의미를 얻지 못한다. 이는 지금 이 시점에서 왜 동티모르 소년의 이야기를 하는지 기억의 사후성이 드러나지 않기 때문이다. 그냥 옛날 추억에 빠져보고 싶다는 작가의 개인적인 심정이 전부다.

앞의 두 작품에서 지난 시간에 대한 그리움이 막연한 추억으로 드러났다면, 박상혜의 〈흐르는 곳, 그 어디〉는 경험자아와 서술자아의 연결이 긴밀한 편이다. 화자의 식구는 6·25 때 3년 동안 전라도 여천군 화양면 어느 농가에서 피난생활을 했다. 화자는 유년시절 피난생활을 했던 그곳을 잊지 않고 그리워하며, 가고 싶은 자신의 요람이라고 생각하면서 살았다. "힘들었고 보리밥에 풋김치였지만, 그렇게 맛있고, 정겨운 사랑과 행복은 없었던 것 같다. (중략) 무언가 미래에 대한 꿈과 열망이 뭉클하도록 설레기도 했다."라고 추억한다. 직장 퇴임 후 화자는 마음 깊숙이 담아두고 그리워했던 그곳을 찾아갔다. 그런데 꿈에도 그리던 추억의 요람은 간 곳이 없었고, 보고 싶었던 사람은 누구도 만날 수가 없었다. 화자는 이렇게 말한다. "내 추억의 요람은 어디로 향해 흐르는 것인가. 살 같은 인생은 알고도 살았지만, 지금 나는 어디로 향해 흐르는 것인가. 더 흘러가면 만날 수 있을까." 인생의 황혼에 도달한 화자이기에 흘러가는 인생의 덧없음이 더욱 강하게 다가왔으리라. 세월의 흐름이 빨리 느껴질수록 지나간 과거는 더욱 아름답게 추억되고 그리워지는 법이다.

대부분 과거는 묻어두고 미래를 꿈꾸며 현재에 충실한 삶을 권유하지만, 과거는 묻어둘 수 없다. 나는 기억을 통해 나의 과거를 되찾고, 그 과거와 공존하기 때문이다. 나의 현존은 나의 과거에 의해 입증되므로 나는 나의 과거인 셈이다. 그러나 기억에 의해 나는 과거와 함께 존재하지만, 그 기억은 지워져 버리는 시간에 대한 저항이고 복수이지 과거의 온전한 공존을 보증해 주는 것은 아니다. 즉, 기억을 통해 지나간 과거를 붙잡고 있으나, 이는 과거가 소멸하고 나와 공존하지 않는다는 의식을 드러낼 따름이다. 과거는 지나간 과거일 뿐이라고 생각할 때 나는 나의 과거를 되살릴 수 있다. 따라서 과거를 기억하는 것은 과거와 부활인 동시에 소멸의 확인이기도 하다.

문득 차창을 내다보니, 눈물 젖은 눈에 스치는 창밖은 성하의 시퍼런 여름이 휙휙 흐르고, 창 안은 한미한 내 인생의 황혼이 자물자물 흔들리며 흐르고 있다.

이 작품의 결미 부분이다. 작가의 시간 인식은 '흐른다'라는 말에 잘 드러난다. 흐름은 직선 운동이다. 직선은 시간의 흐름과 등가다. 직선은 앞으로 나아갈 뿐 되돌아올 수 없다. 일회적이어서 환원되지 않는다. 마찬가지로 흘러간 과거는 과거일 뿐

다시 부활할 수 없다. 이러한 시간 앞에 나약해질 수밖에 없는 것이 인간 존재이기에 과거에 대한 기억은 더욱 소중하고 아름답다. 또한 과거의 그 시간은 지나갔기에 더욱 그리워지는 것이다. 과거 경험의 의미는 현재 서술자아의 자기 존재에 대한 성찰을 통해 해석된다. 그 해석이 작가만의 창의적인 해석에 미치지 못하고 단순히 아름답고 소중한 것, 혹은 그리움이란 울타리 안에 머물고 만다면 그만큼 작품으로서 완성도는 떨어지고 말 것이다. 누구에게나 오래된 과거는 아름다운 추억과 그리움의 대상으로 남아 있기에 그것에 대한 감상적인 반응은 자연스러운 것일지도 모른다. 하지만 그것이 감상적인 추억이나 그리움을 표현하는 데 그치고서야 한 편의 좋은 수필이 되기는 어려울 것이다.

3.

현재 나는 과거의 마지막에 서 있는 나라고 할 수 있다. 내가 살아온 과거는 시간 속에 묻히는 것이 아니라 현재 나를 규정하는 토대다. 오늘 존재하고 내일을 설계하는 나에게 과거는 필수적인 요소다. 과거는 지금 내 존재와 삶에 관여하기 때문이다. 살아온 과거를 발견하지 않고는 나의 현재를 파악할 수 없다. 과거는 현재와 만나면서 재해석, 재생산된다. 지금을 바르게 진단하는 단서와 내일의 빛을 찾아가는 길은 내가 살아온 과거 삶에 대한 성찰에서 찾을 수밖에 없다. 그것은 내 밖에서 주어지는 것이 아니라, 나 자신 안에서 찾아야 한다. 나의 현존은 과거의 축적에 근거하기 때문이다.

수필 쓰기가 자기 자신의 과거 경험을 재해석하고 재구성하는 작업에서 출발한다. 이는 그것에 숨어 있는 의미를 발견하는 것이 아니라, 지금 자기 성찰을 통해 새로운 의미를 부여하는 작업이다. 따라서 그 의미는 한 번으로 고정되지 않고 끊임없이 재생산된다. 따라서 경험적 서사를 담아내는 수필의 창작방법에서 중요한 것은 의미화이다. 단지 과거의 일화나 경험을 회상하는 것 자체만으로는 작품이 될 수 없다. 다시 말해, 일화기억에서 의미기억으로 변용될 필요가 있다.

> 자전적 기억은 구체적인 일화적 사건에서 자기에 관련된 좀 더 일반적이고 의미적 정보까지 포함한다고 하였다. 일화적 정보는 개인적으로 경험한 사건의 사실적인 표상에 필요한 반면, 의미적 정보는 시간의 흐름에 따라 자신에 대한 지식과 정체성의 응집성을 향상시킨다. 그러므로 감각 및 지각적인 일화적 정보가 장기간에 걸쳐 자신에 대한 지식 구조에 연결되는 위계적 구조로 되어 있는 자전적 기억에서 일화기억과 의미기억의 구분은 유용하다.[48)

---

48) 진영선·김영경, 「자전적 기억의 특성 분석과 적용 가능성의 탐색」, 『사회과학 담론과 정책』, 제3권 2호, 2010, 209쪽.

자전적 기억을 일화기억과 의미기억으로 구분한다. 이 둘은 위계적 구조로 되어 있다. 지각적인 일화 정보가 장기간 지식 구조에 연결되면서 의미기억으로 새롭게 변용되는 것이다. 그렇다고 의미기억은 정확한 정보의 오류이거나 왜곡이 아니다. 일차적이고 지각적인 일화 정보를 특정 맥락에 따라 새로운 의미를 부여한 것이다. 즉, 해석되어 재구성된 것이 의미기억이다. 서사적 경험을 담아내는 수필은 이처럼 일화기억을 서술자 아의 존재적 요구나 자기 성찰에 따라 해석한 의미기억으로 변용된 것이라고 할 수 있다. 이처럼 의미기억의 차원에 도달할 때 수필은 제값을 지닌다.

2014 젊은 수필가론

① 아름다운 삶에 대한 염원 : 권동진

1.

　권동진의 수필 세 편은 모두 수필적 자아 중심의 작품이다. 〈가랑코에〉에서는 '가랑코에'라는 식물, 〈복코의 반란〉에서는 '코를 고는 아내', 〈외딴섬〉에서는 '혼자 기거하는 어머니'에 관해 각각 이야기하는데, 그 대상은 모두 타자이지만 자아의 성찰과 반성이 주를 이룬다. 대상을 내면으로 끌어들여 자아와 동화시켜 겉으로 드러낸다. 시선은 자아 밖의 대상으로 향하지만, 작가 언술의 궁극적인 지향점은 자아의 내면이다. 〈가랑코에〉에서는 자아가 대상에 투사되어 드러나고, 〈복코의 반란〉과 〈외딴섬〉에서는 그 대상이 '나의 아내'이고 '나의 어머니'이므로 아내와 어머니에 관한 이야기는 나 자신에 관한 이야기와 다르지 않다.

　자아에 초점이 맞추어지는 수필의 일반적인 성향은 자기 성찰과 반성을 지향한다. 이때 대상은 자아 성찰의 관문을 열어주고 자기 내면을 비추어 주는 거울 역할을 한다. 즉, 대상 혹은 타자라는 거울에 비친 자화상을 확인하면서 자아는 자연스럽게 윤리적인 자아로 전환한다. 윤리적인 자아는 의식적이고 현상학적 자아이므로 자연적인 자아와는 상당한 거리를 드러낼 수밖에 없다. 즉, 현실적인 물질계의 연결고리를 벗어던지고 순수한 시선으로 자기를 성찰한다. 순수한 현상학적 상태에서 자아가 취하는 윤리적인 태도가 생활 실천으로 전환되지 않았다고 해서 그것이 시비의 대상이 될 수는 없다. 수필에서의 윤리적인 자아는 대체로 반성하는 자아로 나타나는데, 이는 생활에서 실천하지 못함에 대한 반성이니까 처음부터 앞으로의 실천을 다짐하는 차원에서 윤리적이다. 그러니 실천을 문제 삼는 것은 그 다음 단계이다. 중요한 것은 그 반성의 진실성일 것이다.

　권동진의 수필에는 윤리적인 자아가 강하게 드러난다. 윤리적인 자아는 수필 장르의 본질적인 요소라 할 수 있어, 이를 '수필적 페르소나'로 일반화하기도 한다. 그런데 수필에서 윤리적인 자아가 자기 성찰과 반성을 넘어 독자를 가르치려는 교훈적인 목적성을 띠지 않도록 경계해야 한다. 또한, 자기 반성이 지나쳐서 가식적인 '겸손'이나 '착함'으로 비쳐서도 곤란하다. 권동진 수필의 윤리적인 자아는 이 점과 관련하여 적정 수위를 유지하고 있는 것으로 보인다.

2.

수필은 자질구레한 일상이 지니는 삶의 의미와 진실을 발견한다는 점에서 생활과 친화력이 강한 문학이다. 따라서 수필은 세계의 원리를 탐색하는 무거운 철학이나 사회 문제에 대한 비판적 시각이나 미적 쾌락을 주는 예술적 심미성을 굳이 고집할 필요는 없다. 소박한 시선으로 일상에 접근하여 인간적인 삶의 지혜와 진실을 짚어내는 것으로도 충분하다. 세상과 인간을 바라보는 작가의 따뜻한 시선이나 현상 너머에 잠재하는 삶의 지혜를 깨닫는 것이 수필가의 기본 소임이다. 큰 것보다는 작은 것에, 무거운 것보다는 가벼운 것에, 추상적인 지식이나 이념보다는 구체적인 현실에 더 깊은 관심을 쏟을 필요가 있다. 이런 점에서 권동진의 수필은 그 본연의 위치에서 제 역할을 다하고 있는 것으로 평가된다.

〈가랑코에〉에서는 열악한 악조건에서도 생명의 꽃을 피워 자기 스스로 아름다운 존재로 거듭 태어나는 '가랑코에'와 같이, 작가도 늦게 시작한 대학 공부를 어려운 가운데에서도 흔들리지 않고 의연히 밀고 나겠다고 다짐한다. 〈복코의 반란〉에서는 술 먹는 횟수가 잦고 술에 취한 날일수록 코를 크게 고는 화자에게 그때마다 아내는 잔소리를 한다. 그래도 사람 만나기를 좋아하는 화자는 음주 습관을 바꾸지 못한다. 그러자 아내도 따라

코를 골기 시작한다. 코고는 것은 나이 먹으면 생리적으로 어쩔 수 없는 것이지만, 화자는 이를 반란이라고 하면서 자책한다. 그리고 가난한 환경에서 성장한 아내가 부족한 자신을 만나 마음 고생하면서 살아가는 데 대해 미안한 생각을 가진다. 〈외딴섬〉에서 화자는 자기와 떨어져 낡은 아파트에서 독거하는 어머니를 찾아가 함께 저녁을 먹는다. 작가는 장남인 자신이 외롭게 생활하는 어머니를 위해 아무것도 못 하고 있는 점에 대해 죄스럽게 생각한다. "당신의 마음을 실어오는 쪽배를 준비하지 못하고 뭍에서 섬만 바라보고 있는" 자기 자신을 자책하기도 한다.

이처럼 작가는 지나치기 쉬운 일상의 작은 이야기를 통해 순수하고 아름다운 삶에 대한 염원을 드러낸다. 내 밖의 세상이 어떻게 되어야 한다는 주장보다 자기 자신의 내면을 성찰하는 태도를 보여 준다. 개인의 삶에서 일상은 대의적인 이념보다 앞선다. 수필이 이러한 일상의 소중함을 보여주는 문학임을 권동진의 수필에서 확인한다.

3.

수필을 문학 장르의 테두리 안에 넣고 인식할 때, 가장 핵심적인 부분이 아마 언어 표현의 측면이 아닐까 싶다. 언어 사용은 문학을 문학답게 하는 본질적인 요소이기 때문이다. 이는 모든 문학에 해당하는 것이지만, 수필은 산문문학 혹은 주제를 직접 드러내는 문학이란 점에 익숙해져 언어 문제를 가볍게 여기는 경향이 있기에 더욱 이 점을 유념할 필요가 있다. 특히, 2000년대에 들어와 수필 창작에서 문장의 중요성이 강조되면서 현재 우리 수필의 문장은 매우 높은 수준에 도달해 있다. 그만큼 문장력 강화를 중시한다는 말이다.

수필은 의미를 부연하고 확대해 가는 확장적인 글쓰기 형식이다. 이런 특성 때문에 문장 표현이 자연적 섬세하고 복잡해진다. 또한 컴퓨터 글쓰기는 종이 위의 글쓰기보다 물리적 편리함 때문에 동일한 의미를 드러내는 데 많은 언어를 소비한다. 이런 점을 고려했을 때, '압축'은 오늘날 수필 창작의 필수적인 요소라고 할 수 있다.

권동진의 수필이 앞으로 보완해야 할 부분이 바로 압축된 문장 표현이다. 압축미를 극대화하려면 문장의 호흡을 빠르게 가져가고 수식어를 줄이는 일이 우선되어야 한다. 문장에서 의미상의 큰 차이를 가져오지 않는다면, 빼는 것을 원칙으로 삼아야 할 것이다. 다음으로 계획적이고 계산된 단락 구성이 필요하다. 미리 구상된 계획에 따라 단락을 만들지 않고 단락 구성을 의식과 감정의 흐름에 맡겨서는 곤란하다. 한 작품의 문학적 성공은 언어를 많이 소비하는 것이 아니라, 빼고 줄이고 압축하여 최소의 언어만 남길 때 이루어진다. 문학은 언어를 사용하지만, 역설적이게도 침묵이 최고의 방법이라는 말이다. 그의 수필이 사유와 주제의 깊이를 지탱하고 좀 더 세련된 작품이 되려면 언어 운용에 대한 자의식이 뒤따라야 할 것이다.

② 윤리적인 자아의 자기 성찰 : 김제숙

1.

김제숙의 수필에는 미적 자아보다 윤리적 자아가 두드러진다. 이 점은 수필 본연의 모습일 수도 있고, 문학으로서 수필이 극복해야 할 과제일 수도 있다. 전자의 입장에 서면 그의 작품은 가장 모범적인 수필이다. 작가의 목소리를 작품 전면에 깔면서 교술문학으로서의 장점을 최대한 살리고 있기 때문이다. 그 가운데 작가는 윤리적 자아를 내세워 차분한 목소리로 독자에게 다가간다. 설득이 가르침으로 넘어가지 않도록 작가는 자기반성과 겸손을 적절하게 배치한다. 그 진정성이 미더움을 준다. 작가의 정신적 품격이 묵직하게 느껴진다. 수필에서 이러한 품격이 무너지면 어떤 미학적인 장치가 뒤따라도 작품다울 수가 없다.

윤리적인 가르침으로 자아를 적당하게 포장하는 것이 수필이라고 생각하는 것은 오해다. 윤리적인 자아를 앞세워 대뜸 독자를 가르치려고 드는 것이 우리 수필의 평균치다. 하지만 김제숙의 수필은 강한 윤리의식에서 출발하고 있으나, 위에서 독자를 내려다보며 가르치려고 하지 않는다는 것이 장점이다. 또한, 지적 무게와 정신적 순수함이 균형을 잘 이루고 있다.

〈모자람의 행복〉을 보자. 제목이 주제를 미리 말하는 작품이다. '모자람의 행복'은 수필에서 자주 만나는 주제이기도 하다. 제목에서 작가가 메시지를 미리 제시하는 것은 작품을 이렇게 읽어 달라고 요구하는 것과 다르지 않다. 독자는 작가의 의도대로 따라 읽으면 편하지만, 긴장감이나 호기심을 가지기가 어렵다. 이런 점에서 매력이 떨어진다. 작가는 대부분의 사람이 더 기름진 음식, 더 비싼 옷, 더 화려한 집을 추구하느라 인생의 소중한 부분을 잃고 산다고 말한다. 세상을 떠날 때는 누구나 빈손으로 가는데 채우려는 욕망 때문에 비우고 나누어야 더 행복할 수 있다는 점을 모르고 살아간다는 것이다. 작가의 윤리적 자아가 작품 전면에 부각되고 있고 메시지도 분명하다. 이러한 메시지가 전적으로 작가의 설명에 의존하게 되면 훈계로 읽힐 가능성이 크다. 구체적인 형상화가 필요하다는 말이다. 이 작품은 형상보다는 교술 쪽으로 기울고 있지만, 주제가 교훈적인 것에 함몰되지 않은 것은 작가의 구체적인 경험이 적절하게 배합되었기 때문일 것이다.

2.

등단작인 〈인생시계〉에서 작가 김제숙은 강한 자기 성찰의 모습을 보여준다. 인터넷 서점으로부터 인생시계를 받았는데, 그것은 사람의 일생을 팔십 년으로 가정하고 일 년에 한 장씩 넘기는 수첩 같은 것이었다. 수첩의 낱장을 넘기면서 살아온 날들을 되돌아보면 인생 여행을 떠난다. 벌써 완숙한 가을의 시간을 걷고 있는 자신을 발견하고 자기에게 주어진 시간이 모두 소중한 것인 만큼 충실하게 보내는 것이 최선임을 깨닫는다. 그래서 "오늘 하루를 사는 것이 바로 일생을 사는 것"이므로 "지금이 바로 내 생애의 황금시간이다."라고 말한다. 이 세상에 태어나 나에게 주어진 모두 것은 '축복'으로 받아들이는 긍정적인 삶의 태도를 보인다. 인생 여정은 항상 순탄할 수 없다. 기복과 부침이 누구에게나 일어나므로 환희와 고통은 서로 교차하기 마련이다. 이를 어떻게 수용하고 생각하느냐에 따라 삶의 의미는 달라진다. 작가는 현재 내가 살고 있다는 자체가 소중하고 축복임을 말하고자 한다.

이러한 메시지는 낯선 것이 아니다. 문학을 포함한 예술이나 철학 등에서 많은 사람이 설파하고 언급한 내용이다. 하지만 이같은 인간 삶의 보편적인 의미가 작품 속에서 어떻게 개성적인 방법으로 말해지는가가 중요하다고 하겠다. 수필가 김제숙은 자기 성찰의 방법을 선택하고 있다. 성찰은 우선 시선을 자기 내부로 돌리고 자신의 내면을 탐색한다. 하지만 자기 내면의 다양한 사유와 감정을 풍성하게 쏟아놓는다고 모두 성찰일 수 없다. 하나의 자아가 다른 자아를 대상으로 삼아 분석하고 판단할 때 성찰이 이루어진다. 자아의 내면에 깊숙이 침잠하더라도 자아를 객관적으로 판단하는 시각이 없으면 자의식 과잉으로 드러나기 십상이다. 나르시시즘으로의 편향성을 드러내는 우리의 서정수필에서 자의식은 넘쳐나지만 그것이 성숙한 성찰로 나아가지 못하는 경우를 자주 목격한다. 경험적인 세계와 직접 접촉하면서 살아가는 자연적인 자아를 대상으로 삼는 것이 성찰적 자아다. 이는 세계를 사유하고 현실에서 살아가는 일차적 자아를 대상으로 삼는 초월적인 자아다. 수필은 자기 성찰의 글쓰기다. 성찰을 통해 존재의 한계와 윤리적인 결함을 끊임없이 반성하는 가운데 자기 영혼을 정화하려는 것이 수필 쓰기의 본질이다. 김제숙의 수필은 이런 측면에서 성숙한 성찰의 모습을 유연하게 드러냈다고 하겠다.

3.

수필은 작가의 실제 체험에서 출발하므로 그 체험의 사실적인 측면을 충실히 반영할 필요가 있다. 하지만 현실 그대로의 재현이나 모방은 불가능하다. 사실을 기록하는 역사가도, 작가의 직접적인 체험을 담아내는 수필가도 모두 현실을 어떤 체계와 기준에 의해 재구성할 수밖에 없다. 언어의 영역 안으로 들어오면 현실은 구체성을 잃고 추상화되는 것이다. 언어로 표현된 것을 두고 사실적이거나 구체적이라고 하는 것은 개념상 그렇게 인식하는 것이지 실제는 벌써 작가의 의식에 의해 추상화된 결과물이다. 즉, 만들어진 것이다. 수필도 마찬가지다. 문학의 한 장르서 수필도 자신의 고유 문법 아래서 완성된 미적 구조물로 제작된 것이다. 어떻게 만들어졌는가는 작품이 담고 있는 메시지 이상으로 중요할 수 있다는 말이다. 수필이 주제의 문학이긴 하지만, 선명한 메시지만이 작품의 성패를 좌우하는 것은 아니다. 어떻게 말하고 있는가가 작품의 미학성과 직결되어 있음은 창작방법에서 간과해서는 안 될 중요한 문제다.

김제숙의 세 작품 모두 형식적인 측면에서 별다른 방법을 찾고 있지 않다. 〈모자람의 행복〉에서 문장을 상대존대로 끝내고 있다는 점을 제외하고는 특별하게 눈에 띄는 것이 없다. 작품의 주제성이 강한 만큼, 형식적 실험이나 낯선 구조가 효과를 주지 못할 수도 있다. 독자의 작품 읽기가 메시지를 따라 차분하게 이루어지도록 하는 데는 이 같은 평탄한 직선적 구성이 훨씬 더 적격일지 모른다. 다만 극적 반전이라든가 마지막까지 독서의 에너지를 유지해 주는 동기 유발과 같은 구성적 전략이 아쉽게 느껴진다. 작품의 메시지는 메시지 그 자체로서 전달되는 것이 아니라 미적 구조물을 통해 총체적으로 수용되기 때문이다.

이러한 측면을 보완해 주는 것이 정확한 문장과 문맥의 부드러운 전개가 아닌가 싶다. 미숙한 실험이나 과장된 포즈가 독자의 접근을 방해하는 경우를 종종 본다. 일반적인 논리의 범위 안에서 구체적인 체험을 자기 나름대로 개성 있게 해석하고 판단하는 일은 그리 쉽지 않다. 김제숙 수필은 이런 점에서 기초가 탄탄하여 앞으로 충분히 역량을 발휘할 것으로 기대된다.

1.

수필은 작가가 직접 나서 독자에게 메시지를 전달하는 형식이다. 독자를 앞에 두고 이야기를 전달하는 만큼 작가가 취하는 태도는 그 작품 전체의 특징을 결정짓는 중요한 요소다. 작가의 태도라는 말이 다소 막연하다면, 작가의 '제시 방법' 혹은 '어조' 등의 개념으로 이해하면 된다.

교술문학으로서 수필은 대체로 어조가 무겁다. 당위적인 삶의 지표나 교훈을 제시하는 작품일수록 더욱 그렇다. 깊은 사색을 통해 대상과 존재의 본질에 접근하려는 수필은 철학적 탐색을 피할 수 없으니 작품이 무겁고 작가의 태도가 진지할 수밖에 없다. 하지만 사물이나 인간 삶에 꼭 진지하고 무겁게 다가가야만 그 본질에 도달하는 것은 아니다. 편하고 가벼운 마음으로도 얼마든지 존재의 본질과 삶의 보편성을 도출할 수 있다. 특히, 일상 체험의 가치를 건져 올리는 것이 수필이 아닌가. 가볍고 자질구레한 일상을 지나치게 무겁게 해석하다 보면 작가의 편견과 억지가 개입될 가능성이 크고, 독자의 작품 읽기가 힘들 수 있다.

박영란 수필에는 유쾌함이 있다. 우리의 현대 수필론 대부분은 수필의 본질적인 특성으로 유머와 위트를 빼놓지 않고 꼽았다. 하지만 이를 실증해 주는 작품을 만나기가 쉽지 않았다. 수필의 주된 재료가 일상인데, 웃음과 유쾌함으로 충만하기 어려운 것이 일상의 원래 모습이 아니던가? 이야기 하는 방식에서도 진지함과 교훈성을 지향하는 수필이 대세인지라 유머와 재미가 넘치는 작품은 그리 흔치 않다. 그런데 박영란 수필은 유쾌한 재미를 준다. 그 재미는 소재 자체가 아닌, 작가의 이야기 방식에 기인한다. 즉, 수필가 박영란은 재미있게 이야기할 줄 아는 작가다.

작품 〈코르셋〉에서는 서울 예식장 가는 버스 안에서 불편함을 참지 못하고 한복 저고리를 벗어던지는 이야기가 나온다. 이야깃거리도 재미있지만, 이를 말하는 작가의 어조가 훨씬 유쾌하다. 〈애자〉에서 작가는 자전거를 '애자'로 부르는 발상부터가 흥미롭다. 〈돈궤와 기러기〉의 마지막 문장에서도 작가의 유머 있는 어조가 잘 드러난다. 유쾌한 어조는 박영란 수필의 가장 특징적인 면모인 것 같다.

2.

수필은 주제의 문학이다. 주제를 어떻게 구현하느냐의 문제는 수필 창작의 핵심 과제다. 수필도 문학인지라 구체적인 형상화를 통해서 주제를 담아내는 것이 최상이다. 그러나 수필은 교술문학의 성격을 가지고 있다. 주제가 작가의 직접적인 진술로 작품 표면에 그대로 드러날 수 있다는 뜻이다. 형상화와 교술은 수필이 주제를 드러내는 두 가지 방법이면서 양 극의 대척 지점에 놓인다. 모든 작품은 주제의 구현 방법에 따라 두 점을 있는 직선의 어느 중간 한 지점을 차지한다.

　세 작품만을 본다면, 박영란 수필은 형상화 쪽으로 기울고 있다. 물론 등단작인 〈돈궤와 기러기〉에서는 교술적인 측면이 강하다. 작가는 장인정신이 녹아 있는 우리 전통의 골동품을 좋아한다. 목가구나 목각 등과 같은 공예품을 볼 때마다 묵은 감정과 여러 사람의 체온을 느낀다. 작가가 이러한 전통 공예품을 좋아하는 이유를 "나무로 가구를 만들고 생활용품으로 만들었던 우리 조상들의 감각, 결코 넘치지 않는 절제와 겸손이 있는 세련됨"을 발견할 수 있기 때문이라고 한다. 작품 〈코르셋〉에서는 "육감적인 노출과 은근히 감추려는 욕망 그 지점에 아름다움의 비등점"이 있다는 주제를 직접적인 진술로서 작품에 드러내고 있다. 하지만 이러한 주제 문장은 여러 화소를 통과하여 귀납되는 정점에 이르러 찍은 방점에 불과하다. 즉, 이 부분은 교술이지만 작품 전체는 형상화에 비중을 두고 있다. 〈애자〉는 더욱 그렇다.

　작가에 의해 직접 진술된 주제문은 작품의 주제의식을 강하게 드러나도록 한다. 주제의식이나 전달 메시지가 뚜렷하다고 좋은 작품이라 말할 수 없다. 문학은 메시지 전달을 목적으로 하는 것이 아니기 때문이다. 하지만 주제가 모호하거나 보편성이 결여되어서는 곤란하다. 세 작품은 주제의식이 약한 편이다. 그것은 주제가 대체로 개인적인 취향이나 사색의 차원을 넘어 보편적인 의미로 확대하는 힘이 부족했기 때문이다.

3.

박영란은 '작가노트'에서 수필을 '옷'에 비유한다. 기발하다. 옷은 자기 몸의 실상을 가리지만, 한편으로는 그 사람의 마음과 개성을 표현하는 기호로 작동한다는 것이다. 수필도 그렇다. 수필 쓰기는 자기를 표현하려는 욕망의 발동이다. 그러나 막상 자기를 표현하는 순간에 이르면 자신의 전부가 드러날까 봐 두려워한다. 작가는 윤리적 주체로 전환하거나 수필적 페르소나를 만들어 자기를 적당하게 은폐한다. 이름과 익명, 드러냄과 감춤, 언어와 침묵 사이를 적절하게 조율하는 과정에서 그만의 개성적인 작품이 탄생하는 것이다.

박영란은 "수필의 옷은 모시올처럼 은근한 노출이었으면 싶다."라고 한다. '은근한 노출'이 핵심어다. 그의 작품은 '은근함'과 '노출' 중 후자에 무게를 싣고 있는 것 같다. 작가는 자신을 억지로 숨기려 하지 않고 경쾌한 리듬으로 드러낸다. 숨기려는 의도는 작품에서 과다한 기법이나 장식으로 나타나기 마련이다. 페르소나의 두께가 그만큼 커진다. 박영란 수필에서는 페르소나의 두께가 얇아 그 너머 실제 모습이 실루엣처럼 언뜻 비친다. 자신을 진솔하게 드러내고 있다는 말이다. 이 진솔함은 독자에게 서슴없이 말을 걸어오는 것 같다. 작가와 독자 사이에 금방 친숙한 관계로 바뀌는 것이 그의 작품이 가지는 매력이다.

지나친 노출이나 주저 없는 접근은 독자를 당혹하게 할 수 있다. 박영란은 적당하게 감추면서 빠른 걸음에 제동을 걸 줄 안다. 그런 점에서 짧지 않은 구력에서 오는 노련함이 묻어난다. 작품 〈애자〉에서 자신의 자전거 타기에 열중하는 과정을 살짝 3인칭 화자를 내세워 말하는 것도 일종의 제동장치로서 그만의 노련함이 아닌가 싶다.

어쨌든 박영란 수필은 방법의 원숙함에 비해 그로써 얻어지는 주제와 내용의 무게감이 미치지 못하는 것 같아 아쉽다. 내용과 형식은 하나가 되어야 한다. 어느 한쪽으로 쏠림은 작품의 완성도를 떨어뜨리기 때문이다.

④ 서사 중심의 수필 : 안정랑

1.

안정랑의 세 편의 작품은 모두 서사를 포함하고 있다. 〈신나게 살기〉는 실용음악을 전공하고 드럼리스트가 된 딸의 이야기다. 화자는 고등학교 2학년 때 실용음악을 전공하겠다는 딸의 말을 듣고 처음에는 반대한다. 얼마 동안 고심하다가 남편과 상의하여 자기가 하고 싶은 것을 하는 것이 옳다고 생각하여 딸의 뜻을 받아들였다는 내용이다. 지금은 드럼리스트가 되어 음악회에서 신명 나게 연주하는 딸의 모습을 보고 화자인 어머니가 그때의 일을 회고하는 작품이다. 소설의 액자형 구성을 취하고 있다. 〈단 하루만이라도 조르바처럼〉은 막내 여동생인 화자가 집안 맏이인 오빠에 관해 이야기하는 작품이다. 화자의 오빠는 장남으로서 흐트러짐 없이 모범생의 삶을 살다가 사업에 실패하고 병을 얻어 일찍 세상을 등지고 만다. 『그리스인 조르바』를 읽다가 진정한 자유인으로 살았던 등장인물 조르바와는 정반대의 삶을 산 오빠를 떠올리는 작품이다. 〈감동을 줄 수 있다면〉은 영화 〈마지막 4중주〉에 등장하는 첼리스트 피터에 관한 이야기다. 세계적인 현악 4중주단 '푸가'의 단원이었던 피터는 손가락 이상에도 불구하고 악단 창단 25주년 기념 연주회에 첼리스트로 참여한다. 고별무대라고 생각하고 최선을 다했는데 〈베토벤 현악 4중주 14번〉을 연주하는 도중에 박자를 따라가지 못해 불협화음을 내게 되자 연주를 중도에 멈추고 청중에게 고별 인사를 했다는 이야기다.

세 편 모두 작가 자신의 이야기가 아니라, 제 삼의 인물 이야기다. 딸, 오빠, 영화의 등장인물에 관해 각각 이야기한다. 화자인 작가는 후반부 서사에 의미를 부여하는 부분에서 작품 전면에 나타나고 다른 부분에서는 뒤로 물러나 있다. 소설의 일인칭 관찰자 시점을 채용하고 있는 셈이다. 자기를 고백하고, 혹은 대상에 자아를 투사하거나 동화시키는 것이 수필 창작의 일반적인 원리다. 그런데 안정랑의 세 작품은 이러한 수필의 기본적인 원리보다는 소설의 방법을 채택한다. 작가의 내면을 지향하는 고백의 방식과 비교하면, 이는 대상 자체에 집중함으로써 어느 정도 투명성과 객관성을 확보할 수 있다. 하지만 이러한 구조 속에서는 주체가 후퇴할 수밖에 없어서 주제의식의 약화를 가져오기가 쉽다.

2.

서사적 수필이 창작방법에서 전략적으로 고민해야 할 문제는 두 가지일 것이다. 첫째는 결론 내지는 주제에 도달하기까지의 '서사적 우회'를 얼마만큼 전체를 향해 조직적이고 유기적으로 결합하느냐의 문제다. 둘째는 길게 이어진 서사를 어떻게 의미화하느냐의 문제이다.

우선 전자부터 검토해 보자. 〈신나게 살기〉와 〈단 하루만이라도 조르바처럼〉은 둘 다 일종의 액자형 구조를 취한다. 작품의 서두와 결미가 액자 외부에 해당하고, 중간이 액자 내부를 구성하는 액자형 소설의 일반적인 방법을 그대로 따르고 있다. 문제는 액자 내부에 해당하는 중간 부분의 구성이다. 중간은 작품 서사의 핵심 부분이다. 각 부분이 얼마나 조직적으로 구성되느냐가 중요한데, 안정랑의 수필에서는 각 부분의 연결이 다소 느슨하고 선조적인 흐름에 의존하고 있다. 서사의 흐름이 무계획적이고, 대체로 시간적인 순서를 따랐기 때문이다. 부분들을 유기적으로 결합하여 서사의 극적 효과를 최대화하겠다는 자의식이 부족했다고 하겠다.

서사와 서사의 의미 연결은 적절하고 설득력이 있어야 한다. 작가의 의미 부여나 해석이 삶의 진실을 잘 드러내고 그 발상이 참신해야 좋은 수필이 될 수 있다. 세 작품에서 서사에 대한 작가의 해석은 어느 정도 성공적이라고 할 수 있다. 액자형 구조를 취한 앞의 두 작품은 액자 외부와 내부가 서로 의미상 대립한다. 〈신나게 살기〉의 액자 외부에서 화자의 딸은 자기가 하고 싶은 일에 매달렸기 때문에 지금 즐겁고 신명 나게 연주하는 드럼리스트로 살아간다. 액자 내부는 딸의 진로 선택을 금방 받아들이지 못하고 갈등했던 화자의 이야기다. 이 둘이 서로 대립한다는 말은 구조상 극적 반전이 있었다는 뜻이기도 하다. 작품 〈단 하루만이라도 조르바처럼〉도 마찬가지다. 액자 외부에 나타나는 조르바의 삶의 방식과 액자 내부에서 이야기되는 화자 오빠의 삶의 방식은 극명한 대조를 이룬다. 이러한 선명한 대조는 그만큼 주제의 선명도를 높이는 데 이바지한다.

3.

액자형 구조를 취하고 있는 앞의 두 작품은 서사와 주제의 상관관계가 깊은데, 마지막 작품 〈마지막 4중주〉에서는 주제의 통일성이 떨어진다. 서사가 등장인물 피터를 중심으로 전개되었다면, 당연히 주제도 이것과 상관관계가 있어야 할 것이다. 하지만 이 작품의 결미에 이르면 원래 의도했던 주제 외에 다른 하나의 주제가 나타난다. 제1 바이올린 연주자가 되고자 열망했던 등장인물 로버트는 하룻밤의 실수로 그 열망이 무너지고 만다. 작가는 이인자의 삶을 살았던 로버트에 마음이 쓰인다며, "남루한 일상을 벗고 반짝이는 다른 뭔가가 되어 있는 몽상에 빠져 보기도 하지만 오래 입어 편안한 옷 같은 나의 현실로 이내 돌아오고 만다."라고 한다. 이인자로서의 삶이 주는 편안함을 긍정하는지 부정하는지 모호할 뿐 아니라, 이는 원래 전체 주제에서 벗어난 것 같다. 인용된 피터의 대사처럼 연주 전체는 완벽하지 못해도 어느 한 부분이 감동을 주었다면 성공적이라고 할 수 있듯이, 우리의 삶도 단조로운 일상의 연속이지만 한때 다른 사람에게 감동을 주었다면 그것으로도 충분한 가치를 지닌다는 것이 작가가 의도한 주제다. 그런데 감동을 주는 삶을 주제로 설정해 놓고, 이인자로서 삶이란 다른 의미소를 가져온다. 감동과 이인자의 삶, 이 둘의 결합이 적절하게 이루어졌다면 주제가 다성적인 울림으로 다가올 수도 있었을 것이다. 이 작품의 마지막은 "살면서 가끔은 나도 누군가에게 '감동'이었던 적이 있지 않았을까? 그랬다면 내 인생도 이인자는 아닌 것 같아서 다행이다."로 끝맺는다. 주제를 압축하고 강조하는 부분이다. 감동과 이인자로서의 인생을 결합하려고 했으나 주제 파악을 더욱 어렵게 한 것 같다.

하지만 안정랑의 세 작품에 나타나는 주제는 개성적인 작가의 인생관을 반영한다. 자기가 하고 싶은 일을 신명 나게 하면서 열정적으로 살아가는 삶, 거추장스러운 허울을 벗어던지고 조르바처럼 쾌도난마의 기세로 자유롭게 살아가는 삶, 남루한 일상이 연속되는 인생이지만 남에게 감동을 주는 삶의 추구가 바로 그 주제이다. 열정, 자유, 감동으로 축약되는 이러한 인생관은 쾌락적이고 개인주의적이다. 타인과 공동체를 우선하는 전통적인 윤리를 벗어던지고 자아의 욕망에 충실하면서 개인의 자유를 최대한 누리고자 하는 삶의 태도다. 현대인의 의식을 잘 보여주는 대목이다.

5 수필의 개성적인 사유 : 이미영

1.

수필은 내 밖의 대상을 이야기하기보다 내 안을 들여다보거나 자아를 드러내는 데 익숙한 장르다. '자아'는 물리적 실체로 존재하는 것이 아니라 의식, 사고, 언어 등으로 현존한다. 그래서 사색과 사유는 수필의 과육과 같은 것이다. 이런 점을 겨냥하여 '사유 수필'이라는 개념을 설정하는 사람도 있다. 사색과 사유가 수필의 본질적인 요소라면, 그 하위분류로서 '사유 수필' 이란 개념은 옥상옥일 수도 있으나 수필의 본성을 금방 이해할 수 있도록 해 준다.

이미영 수필에는 탄탄하고 개성적인 사유가 있다. 수필의 본성을 제대로 살린 것이기에 이렇다 저렇다 말할 필요가 없을는지 모르지만, 그의 깊고 다성적인 사유는 매우 인상적이다. 이러한 사유가 작품에 어떻게 작동되느냐가 문학작품으로서 성패를 좌우한다. 이미영 수필에서 사유를 작동시키는 원동력은 바로 유비다. 제목만 봐도 이를 알 수 있다. '실크로드'는 삶의 진정한 길을, '귀'는 너와 나의 소통을, '달항아리'는 진정한 아름다움의 요체를 각각 비유하고 있다.

〈실크로드〉에서 작가는 자신이 걸어온, 걸어가야 할 인생길에 관해 사유한다. 실크로드는 이중적인 의미를 지닌다. 비단길, 말의 표면적 의미로만 보면 그것은 비단과 같이 보드랍고 매끈한 길이다. 누구나 이 같은 비단길을 욕망한다. 모두 매혹적이고 아름답고 평탄한 비단길을 꿈꾼다. 그러나 비단길은 동양에서 서양으로 비단이 전해진 역사적 사실의 길이다. 그것은 "몸부림의 흔적"이었고 "척박한 삶을 살아가기 위한 수단"이었다. 작가는 실크로드를 걸었던 사람들의 힘든 여정과 행로에 자기가 살아왔던 삶을 대비시킨다. 대학원에 진학하고 결혼도 했으나 "지독한 이기심에 사로잡혀 혼자만 질주하는 모습이 부끄러운 것인지 알지도 못했다."라고 자성한다. 그 옛날 실크로드의 사람들이 긴 시간 자연의 악조건과 싸우며 길을 걸었던 것은 그 뒤에는 먹여 살려야 할 가족이 있었기 때문이다. 작가도 한때 시련을 겪고 나서야 아이와 동반자가 마음에 자리 잡기 시작했다. 그리고 자기 자신을 빛내려고 애쓰기보다는 자식과 남편의 앞날을 밝혀주고 안내해 주는 도우미로 사는 삶도 가치 있다는 점을 깨닫게 된다. 마침내 작가 자신도 실크로드를 걷는 진정한 '카라반'이라는 생각에 이른다.

실제로 있었던 실크로드는 이 작품에서 하나의 비유로 작동한다. 이 비유가 작가의 자기 성찰과 반성에 이르는 사색을 이어가는 데 원동력이 되고 있다. 실크로드라는 보조관념의 성격이 뚜렷하여 원관념으로서 주제도 선명하고 독자에게 설득력 있게 다가온다.

2.

이미영의 수필 쓰기에서 깊은 사유는 주제나 내용에만 그치지 않고 작품의 형식이나 구조에까지 미치고 있다. 작품 〈귀, 귀, 귀〉가 그렇다. 이 작품에서 작가의 의도가 독자에게 고스란히 전달되기는 쉽지 않을 것 같다. 낯선 구조가 과연 효율적인지도 의심이 가지만, 보이는 그 자체로서 충분히 전시적인 효력을 발휘하고 있다. 독자의 해독을 힘들게 하는 만큼 다성적인 목소리를 들려준다는 말이다.

'귀'는 남의 말을 듣고 이해하는 관문이다. 귀를 열어야 남과 소통할 수 있다. 백성의 소리에 귀를 막고서는 좋은 군주가 될 수 없다. 타자 속에 내가 있을진대 남의 말에 귀 기울이지 않고서는 나 자신을 바로 세우기 어렵다. 하지만 쉽게 내 귀를 내어주면 낭패당할 수 있다. 소통하기 위해서는 내 귀를 열어야 하고, 남의 감언이설에 넘어가지 않으려면 골라서 들어야 한다.

이것이 어디 쉬운 일인가? 귀를 여는 것은 단지 소리만을 듣자는 것이 아니라 마음으로 통하자는 것이다. 제대로 소통이 이루어지려면 서로 귀를 열고 그 마음마저 들을 수 있어야 하는데, 대부분 '나만'을 내세우기 때문에 다른 사람의 말이 내 마음에 전달되기가 어렵다.

이 작품은 세 사람의 귀를 이야기한다. 아들의 귀, 남편의 귀, 나 자신의 귀. 모두 소통을 이루지 못하는 귀다. 전부 어딘지 이상이 있다. #1, 2, 3에서는 이러한 각자의 귀를 이야기하고, #2-1, 2, 3에서는 '소통의 귀'가 될 수 있는 길을 모색한다. 화자는 마침내 자신의 귀에 문제가 있었음을 안다. 소통이 어려웠던 것은 모든 것을 나의 기준에서만 듣고 판단했기 때문이란 것이다. '다르다'와 '틀리다'의 의미는 서로 '다르다'라는 원칙만을 고집해온 화자는 '다르다'와 '틀리다'는 비슷할 수 있다고 생각함으로써 자신이 귀를 제대로 다스리지 못했다고 자성하기에 이른다.

그런데 여섯 개의 이야기 마디로 구성한 작가의 의도가 제대로 반영되었다고 보기 어렵다. 인물을 아들·남자·여자로 호칭함으로써 삼인칭 시점을 취하고 있다는 점, 여섯 개의 이야기 마디에 #1과 #1-1 등과 같이 번호를 붙인 것은 희곡 형식을 빌려왔다고 볼 수 있다. 이 같은 형식적인 시도가 작품 전체에 어떤 효과를 주었는지는 미지수다.

3.

〈달항아리〉에서 작가는 '진정한 아름다움'이란 무엇인가에 관해 사유한다. 한국의 백자 항아리에서 아름다움의 진수를 발견할 수 있다는 것이다. 특히, 백자 항아리에 가을 달빛처럼 어린 흰색이 아름다움의 원천이라고 말한다. 매혹적인 이 흰색은 어머니가 입은 하얀 모시옷에서 은은하게 배어나는 흰색과 같은 종류다. 이 지구 상의 달은 하나뿐이지만, 미국이나 중국에서 쳐다보는 달빛과 우리 땅에서 바라보는 달빛은 서로 다르다고 한다. 그 땅의 산천과 거기서 살아가는 사람들의 심성이 새로운 색으로 달빛을 입혔기 때문이다. 도공이 백자 항아리를 만들 때도 마찬가지다. 도공은 달빛 아래 두 손 모아 기도하던 어머니를 그리며 항아리를 빚었기에 그의 심성이 더해져서 아름다운 작품으로 탄생했다는 것이다. 작가는 "진정한 아름다움이란 요란하지도 거창하지도 않고 단순하게 드러나는 모양"이라는 생각에 도달한다. 이 작품에서 작가의 사유는 확대되어 상상으로 이어지고, 상상은 작가만의 고유한 개성을 드러내는 밑거름이 된다.

수필의 사유는 보편적인 원리를 지향하는 철학과는 다르다. 사물과 대상을 다른 시각에서 보고 해석하는 데 요구되는 개성적인 사유이면 된다. 수필에 드러나는 그 사유가 철학적인 원리로서 입증되지 못하더라도 독자에게 공감을 불러일으킬 수 있다면 그것으로써도 충분하다는 뜻이다. 수필은 정확한 인식을 추구하는 철학과 달리 독자와 정서적 교감을 중시하는 문학이기 때문이다. 이미영 수필의 장점은 이러한 개성적인 사유를 바탕에 깔고 있다는 점일 것이다.

⑥ 묘사와 형상화 : 한복용

1.

수필은 혼합 장르의 성격을 지닌다. 인접 장르의 요소를 공유하는 경우가 때가 잦다. 시의 서정성과 압축성을 지향하기도 하고, 소설의 서사와 묘사를 즐겨 사용하며, 때로는 희곡의 극적인 구조를 원용하기도 한다. 또한, 자서전과 전기와 같은 자전 문학으로서 성격을 강하게 드러낼 때도 있다. 이는 수필이 문학 장르로서 독립성이 부족하다는 뜻보다는 다른 장르의 다양한 요소를 끌어안을 품이 넓다는 뜻으로 받아들일 필요가 있다. 그만큼 장르로서 역동성이 있다는 말이기도 하다. 수필을 '주변문학'이나 '중간문학'으로 규정하려는 것은 이러한 수필의 역동성에 인식이 미치지 못한 탓이다. 특히, 수필은 소설과 작품 창작 기술과 같은 실제적인 방법을 같이한다. 그만큼 소설과 친화성이 크다는 뜻이다. 문장 진술에서 서사와 묘사의 방법을 취한다는 점이 더욱 그렇다.

한복용 수필은 소설의 방법을 두드러지게 사용하고 있다. 등단작인 〈한천희 전傳〉은 동양 소설의 고전적인 형식인 '전'을 차용하고 있다. 원래 '전'은 한 인물의 일대기를 서사적인 구조 아래 기록한 글이었다. 이런 점에서 이 작품은 '전'이라는 이름을 빌려왔을 뿐이다. 즉, 자기 큰오빠 한천희라는 인물에 관해 이야기한다는 의도를 밝히는 정도에서 그렇게 했을 뿐이다. 실제 작품 전개에서는 오빠의 탄생에서 죽음까지 이르는 이야기를 담아내기보다는 오빠가 환갑을 맞이한 아내에게 전하는 편지에 초점이 맞춰 있다. 오빠가 지금까지 살아온 인생 여정, 즉 일대기기 간단하게 언급되고 있지만, 한 시점에 정지된 오빠의 이야기기에 무게를 싣고 있어 '전'이나 '전기'라기보다는 자화상에 가깝다고 하겠다.

그런데 수필이 왜 소설의 방법을 차용하는가? 그로 말미암아 얻는 상승 효과가 무엇인가? 여기에 대한 분명한 답을 줄 때 그 방법은 성공적이라고 할 수 있을 것이다. 한복용의 이 작품에서는 화자가 자기 오빠 이야기를 하는 데는 이 같은 방식이 적절한 선택일 수 있다. 하지만 그 결과 오빠라는 인물의 성격은 잘 드러낼 수 있었으나 정작 수필적 화자는 소외되는 결과를 가져왔다. 전체 작품의 반 정도를 차지하는 장문의 편지가 수필이라는 형식 속에서는 적절한 자리를 차지하지 못하고 있는 것으로 보인다.

2.

　수필은 기억의 글쓰기다. 자아의 실제 경험을 기억을 통해 의미 있는 미적 구성물로 만들어내는 것이 수필 쓰기다. 그것은 실제 경험에서 출발한다는 점에서는 사실의 기록이고, 불완전한 자아의 기억에 의존하여 그것을 하나의 미적인 구성물로 완결한다는 점에서는 창조적인 예술 행위이다. 수필이 담아내는 유년의 기억은 그때의 사실을 재현하는 것이 아니라, 지금 현재 자아의 욕망이 투영된 것이다. 역으로 말해, 오래된 과거 체험을 건져 올리는 수필에서 과거만 부각되기보다는 과거와 현재의 연결 고리가 드러날 때 작품이 인간 삶의 보편적인 의미를 확보할 수 있다. 그렇지 않고는 개인적인 자아의 아름다운 추억담에 머물기 쉽다.

　〈봉숭아꽃물〉을 읽어본다. 작가가 작가 노트에서 "나의 기억은 주로 유년에 머물러 있다."라고 한 것과 같이, 이 작품은 어릴 때 아버지의 술 심부름한 작가 자신의 기억을 되살려 놓고 있다. 장면이 동영상으로 선명하게 떠오를 정도로 표현의 명도가 밝다. 더운 여름 술 주전자를 들고 집으로 오는 어린아이, 주전자가 무거워서 중간에 잠시 쉬다가 호기심에 술을 몇 모금 맛보다가 예상외로 많이 마신다. 혹시 이 사실이 어른한테 들킬까 봐 냇물로 주전자를 채운다. 이것도 모르고 어른은 술을 기분 좋게 마신다. 그 시점이 다르지만, 지금 어른들이 어렸을 때 그렇게 해서 술을 마셨노라고 전설처럼 이야기하는 것을 간간히 들었을 것이다. 60, 70년 대 농촌시골 풍경의 한 장면이다.

작가는 유년의 이 같은 체험을 객관적이고 차분하게 이야기한다. 그런데 이러한 작가의 경험은 그 자체로서는 낯설지 않고 다른 사람과 공유점을 지니지만, 작품에서는 개인의 추억 수준을 벗어나지 못하고 있다. 낮술을 마신 "아버지 콧등에 어느새 빠알간 봉숭아꽃물이 피어난다. 나는 졸음에 겨워 그 봉숭아꽃물이 지는 줄도 몰랐다."라고 작품이 끝난다. 풍경과 상황을 담아낼 수 있으나 그것이 내포하는 의미를 찾기는 불가능하다. 이는 작가가 그때의 체험을 개인적인 추억 속에서 가두어 두고 있음을 말해 준다. 지금과의 연결 고리를 찾거나 보편적인 의미를 부여하는 적극적인 창작방법이 아쉽다. 수필 창작은 어떤 화제에 작가 자기만의 개성적인 해석을 붙이는 일이다.

3.

한복용은 소설적인 방법을 선호하는 것 같다. 그 결과 대상을 개념적인 설명으로 말하기보다는 구체적인 형상화를 통해 보여주는 데 주력한다. 작가가 작품 전면에 나타나지 않고 적정한 거리를 유지하려고 한다. 문장의 기본 기조도 설명보다는 묘사쪽이 우세하다. 경험적 서사나 실제 공간을 제시할 때도 실제에 충실하려고 한다. 작가의 주관적인 의견과 주장이 드러나는 것을 최소화한다. 등단작은 소설의 화자를 모방하여 수필적 자아는 화자로서의 역할만 하고 작품의 중앙에서 물러난다. 〈봉숭아 꽃물〉에서도 형상화로 일관한다. 작가 개인의 의견과 가치 판단이 틈입할 여지를 두지 않고 있다.

형상화를 통해 주제를 암시하는 것은 문학의 가장 순수하고 본질적인 부분임이 틀림없다. 하지만 수필은 모순되게도 문학의 본질적 속성을 지향하면서도 반문학적인 개념적 설명을 배척하지 않는 교술문학이다. 수필에는 문학과 비문학이 공존한다. 양자는 대립하면서 상호 보완적인 기능을 하기도 한다. 수필의 제시 방법은 형상적인 인식을 수용하면서도 개념적인 인식을 근간으로 한다. 작가가 독자에게 보내는 메시지 전달이 강조되는 형식이기 때문이다.

한복용 수필의 순수한 문학적 형상화 지향은 그 방법 자체가 문제가 되는 것이 아니라 주제 구축이나 메시지 전달이라는 면에서 취약성을 보인다. 따라서 작품 〈현관 앞에서〉의 말미 부분, "누구에 의해 살아진다는 거, 누구를 위해 살아야 한다는 것, 나는 그 말이 어떤 의미를 갖고 있는지 조금은 알 것 같다." 와 같이 작가의 직접적인 의미 부여와 가치 판단이 필요하다. 이런 부분이 형상화와 적절하게 조화를 이루는 것이 수필 본래의 모습이기 때문이다. 한복용 수필은 지나치게 투명하다는 점이 장점인 동시에 단점이기도 하다.

작품의 특수성 찾기

　수필은 작은 이야기다. 원래 작가 개인의 잔잔한 일상을 글감으로 삼는 글쓰기가 수필이다. 작품 한 편의 외형이 별로 크지 않으므로 크고 복잡한 이야기를 담기에는 처음부터 부적절하다. 큰 이야기를 소화하기엔 벅차고 작은 단상으로 끝내기엔 허전하다. 고민 끝에 더러 시를 따라가 보기도 하고 소설의 방법을 차용하기도 하지만, 쉽게 만족하지 못한다. 이것이 수필의 형식적 망설임이다. 이러한 형식적 망설임에 깊이 빠지면 작가는 자기가 쓰는 작품에 만족하기 어렵다. 이 망설임이 참신한 형식적 실험으로 이어질 수 있으나 대개는 실체 없는 욕망 때문에 작품을 거칠게 만든다. 즉, 사상이나 철학의 보편성을 앞세우거나 윤리적인 언어를 통해 자신을 변명하기에 급급하다. 수필 쓰기는 삶의 잔잔한 무늬 그대로를 표나지 않게 건져 올리는 작업이다. 자질구레하지만 소담하고, 특별할 것이 없는데도 작은 감동을 주는 것이 수필이다.

좋은 수필은 형식이나 내용에서 크게 욕심을 내지 않는다. 다만 수필 본래의 결을 따라가려고 애쓸 따름이다. 무엇보다 일상의 구체성을 소중하게 여긴다. 이런 태도는 하나의 포즈로서는 불가능하다. 솔직함과 진정성이 밑받침되어야 일상에 다가가 그것을 사랑할 수 있다. 일상을 사랑하고 그 의미를 소중히 여기는 수필은 제 나름의 개성과 특수성을 드러낸다. 이것이 그 작품만의 내적 형식일 것이다. 개성은 작품의 두드러지는 일부분이 아니라 한 작품 전체가 주는 고유한 특징이다. 물론 이때 전체는 총체성이라고 할 수 없을지 모른다. 왜냐하면 어느 한 부분의 두드러짐이 전체를 특징지을 때가 많기 때문이다. 수필 읽기는 작품의 이 같은 내적 형식을 찾아 나서는 일이다.

윤리적 자아의 승리

인간은 현실적인 욕구 충족에 멈추지 않고 더 많은 것을 욕망한다. 소망하는 것을 얻으려는 욕망의 힘은 제어하기 어려울 정도로 즉각적이고 무의식적이다. 현실의 논리를 넘어서까지 작동되는 이 같은 욕망은 인간 삶을 지탱하는 원초적인 힘이기도 하지만, 개인의 욕망이 넘치면 비윤리적인 차원으로 추락하고 만다. 사회 질서와 윤리를 지키며 살아갈 때 인간다움을 유지할 수 있다. 사람은 이처럼 끝없는 세속의 욕망과 그것을 제어하는 인간적인 품격 사이에서 고뇌하고 방황한다. 이는 프로이트 정신분석학의 가장 기본적인 개념인 '초자아, 자아, 이드'의 관계로 설명될 수 있다. 이 세 개념은 수직적인 공간으로 구조화된다. 인간의 욕망은 무의식 상태에서 앞뒤를 가리지 않고 제멋대로 솟아오른다. 맹목적인 이드의 욕망 실현을 무조건적인 금지명령으로 짓누르려는 것이 초자아다. 중간에 위치한 자아는 이드와 초자아의 난폭하고 비합리적인 힘을 조절하면서 한 인간 존재로서의 정체성을 확립한다.

이러한 자아는 그 위치와 역할에서 수필 창작 과정의 수필적 자아와 일치한다. 수필을 흔히 자기 성찰의 문학이라고 한다. 이때의 자기 성찰은 정적인 행위가 아니다. 자아가 자신의 내면을 될 수 있는 대로 객관적인 시선으로 들여다보는 것만으로 자아 성찰이라 할 수 없다. 거기에는 원초적인 욕망과 도덕적인 양심 사이에서 자신을 바로 세우려는 고뇌와 반성이 뒤따른다. 도덕과 양심을 일방적으로 내세우면 교훈적인 수필이 되고 만다. 반면, 사실의 충실함을 앞세워 인간의 본능적인 쾌락을 여과 없이 옹호하면 수필은 품격을 잃는다. 수필은 시나 소설과 같이 우회적인 말하기가 아니라 직접적인 진술이기 때문이다. 수필가는 작품에 그대로 노출되므로 어떤 식으로든 윤리적인 태도를 취할 수밖에 없다. 수필적 자아는 인간적인 욕망과 사회적인 윤리 혹은 개인적인 양심 사이에서 자기를 바로 세우려고 분투한다. 그래서 역동적이다. 수필은 이러한 역동적인 성찰 과정을 문학적으로 형상화한 것이다. 모든 수필이 다 그런 것은 아니지만, 자기 성찰은 수필문학의 중요한 내적 형식이다.

문혜란의 〈대물大物〉은 수필이 자기 성찰이라는 수필의 내적 형식을 모범적으로 보여주는 작품이다. 작가는 어느 생태 마을 인근의 깊은 골짜기를 일행과 함께 걷다가 한 포기 약초를 발견한다. 그것을 대물, 즉 산삼이라고 오인하는데, 생태 연구가라고 해도 손색없는 동행하던 수녀도 작가의 생각에 동의해 왔다. 산삼을 캐면서 화자는 많은 생각을 한다. 귀한 산삼 한 뿌리를 과연 누가 먹을 것인가를 두고 이런저런 생각을 굴린다. 아직 캐지도 않은 산삼을 두고 먹을 것을 걱정했던 것이다. 그런데 막상 캐고 보니 그것은 독초였다. 잎과 열매는 산삼 같으나 뿌리는 마늘과 같았다. 이 순간을 작가는 "다리에 힘이 빠지면서 와락 부끄러움이 밀려왔다. 한 번도 실물을 본 적이 없으면서 단번에 산삼이라고 믿어버린 경솔함이며, 숫자만 봐도 머리가 아프고 투미한 내가 그 순간 어찌 그리 빠르게 머리를 굴렸는지 믿기지 않았다."라고 하였다. 순간이나마 산삼에 대한 욕망을 발동했던 자신의 경솔함을 부끄러워한다. 산속을 걸으면서 산속 풍경 그 자체에 빠지지 못하고 숲 속에 자라는 약초를 얻으려 했던 욕심이 결국 순간의 꿈처럼 허망하게 깨어지고 말았다. 작가는 작품 끝에서 이렇게 말한다.

잘 익은 열매와 풍경만으로도 오감타. 다급한 순간이나 무망중에 보인 모습이 그 사람의 실체가 아니겠는가. 씻어도 씻어도 새카만 손톱 위로 겹친 내 얼굴이 청정 개울물에 어룽진다.

　무욕의 자연 한가운데에서 순간적으로나마 욕심 가득한 자신의 실체를 드러낸 것 같아 부끄러움을 지우지 못한다. 흙을 파느라 새카맣게 때 묻은 손톱에 자신의 얼굴이 겹친다. 그것은 맑은 개울물과 서로 대조를 이룬다. '까만 손톱'이 작가의 욕심을 비유한다면, '청정 개울물'은 무구한 자연을 뜻한다. 개울물은 작가가 자기 성찰을 통해서 도달하고자 하는 도덕적 지표다. 윤리적인 자아의 승리다. 이러한 결말이 이미 예견된 것이긴 하지만, 작위적이지 않다. 그래서 작가의 윤리적인 자아가 독자에게 가르침으로 다가오지 않는다. 이는 위의 결구와 같은 절묘한 문장 표현이 주는 효과이기도 하지만, 이보다 더 중요한 것은 작품 전체를 관통하는 작가의 윤리적 진정성이 전제되었기에 가능했다.

사회학적 관심의 형상화

　자기 성찰의 형식에서는 수필가의 시선이 자아 내부로 쏠린다. 주체로서 자아가 객체로서 자아를 반성하고 새롭게 자신을 갱신하는 방식이다. 이는 수필의 가장 보편적이고 전통적인 형식이다. 하지만 수필의 영역은 넓다. 수필가 시선이 자아의 내부보다는 밖으로 돌림으로써 사회와 세계에 관해 수필가의 다양한 관점을 드러낸다. 자연에서 인간 삶의 철학을 배우고 아름다움을 발견하는 자연 친화적이고 관조적인 작품도 수필의 오래된 방법의 하나다. 이런 경우 세계를 자아와 동화시킨다는 점에서 서정성에서 벗어나기 어렵다. 개인의 주관적인 감정에 빠지기 쉽다는 말이다. 반면에 사회 현실의 모순과 문제를 비판적인 시각에서 접근하는 수필도 자주 만난다. 이때 수필적 자아가 대상에 논리적으로 접근하여 문제를 분석하고 비판하므로 상대적으로 객관성을 쉽게 확보한다. 이런 글은 저널의 논설이나 칼럼류와 크게 다르지 않아 수필의 본질에서 벗어났다는 지적을 받기도 한다. 그런데 수필의 고정된 본질이 과연 어디에 있는가? 그 본질이란, 막연한 취향이나 선입견에 지나지 않는다.

수필의 주체는 '나' 밖의 세계에 관해 자신의 의견을 제시할수 있다. 우리 사회는 다양한 문제들이 복마전처럼 얽혀 있다. 인간 삶을 훼손하는 사회적인 문제를 비판적으로 바라보는 것은 오늘의 우리 문학이 담당해야 할 중요한 임무다. 문학이 작가 개인의 정서적 표출에만 갇혀서는 곤란하다. 문학은 인간 존재의 본질적인 결핍뿐만 아니라 삶의 조건으로서 사회와 현실에 관심을 쏟아야 한다.

최근 현대 수필에 와서 복잡한 사회 문제에 관한 비판적 시선을 드러내는 작품도 적지 않게 등장하고 있다. 개인의 주관적인 정서에 함몰된 나르시시즘적인 수필 세계에 싫증을 느낀 작가들이 자신의 창작 영역을 사회 문제로 확대하기 시작한 것이다. 바람직하고 건강한 시도라고 할 수 있다. 작품의 문학적 가치를 따지기 전에 시도 자체만으로도 의미가 적지 않다. 자기 자신을 갱신하려는 노력이 무엇보다 중요하기 때문이다. 물론 아직은 미흡하기 짝이 없다. 앞으로 우리 수필은 이러한 사회학적 상상력을 적극적으로 활성화할 필요가 있다고 하겠다.

박시윤의 〈만무방 골목〉은 사회학적 상상력을 매끄럽게 전개한 개성적인 작품이다. 잘 만들어진 수작이기도 하다. 작가는 용역회사가 있는 골목 풍경을 그린다. 인력시장이라고 불리는, 간판도 없는 이 용역회사는 작가가 출퇴근하는 골목 들머리에 위치한다. 작가의 시선은 그날 일감을 얻지 못한 인부들에게 집중한다. "공친 하루를 원망하며 문 앞에 쭈그리고 앉아 줄담배를 피거나 욕지거리를 해대는"그들의 얼굴에는 웃음이 없다. "곧 시작될 장마에 그나마 있던 일감도 줄어들 터이고, 마른 날만이라도 일을 해야 한다는 그들의 눈은 근심이 서린 듯 허공만 쳐다본다."그을고 웃음을 잃어버린 근심 가득한 얼굴이 일용 노동자의 현주소다. 노동으로 먹고사는 노동자가 할 일이 없다는 것은 삶의 뿌리를 흔들어 놓는 균열이다. 운 좋게 일감을 찾은 노동자도 온종일 고된 막노동을 하고 이리저리 제하고 손에 쥐는 건 고작 오륙만 원에 불과하다. 일감을 배당받지 못한 노동자들은 회사 옆의 작은 식당에 죽치고 앉아 아침부터 술을 마셔댄다. 술 취한 이들 중 일부는 골목을 장악하고 담벼락에 소변을 보기도 하고 아무 데나 누워 한잠을 잔다. "공친 하루에 대한 억울한 심정을 보상이라도 하라는 듯 목청껏 삿대질을 해대며

시비를 걸기도 한다." 어떤 일부 사람은 오후까지 골목에서 화
투판을 벌이기도 한다. 이러한 사람을 오가며 봐야 하는 화자가
자라는 아이에게도 좋지 않은 환경인지라 몇 번 이사를 생각해
봤으나 이 골목에 육십 평생을 살아온 시어머니의 반대로 이사
는 번번이 무산되고 만다. 오히려 시어머니는 그들을 두둔하기
도 하고 술을 받아주고 집안의 잔일을 부탁하기도 한다.

　작가는 제목에서 이 골목의 일용직 인부들을 '염치없고 막 되
먹은 사람'이란 뜻을 지닌 '만무방'이라고 칭한다. 이 말 자체만
으로 보면 작가는 이들을 비난하는 것 같다. 하지만 겉으로는
일정한 거리를 두고 골목의 풍경을 있는 그대로 그려내고 있는
것 같으나, 작가는 이들에게 따뜻한 시선을 보낸다. 작가는 "일
당쟁이로 하루하루 몸을 빌려야만 목구멍에 풀칠하는" 이들을
자신의 아버지와 닮은 이 시대 '가난한 아버지'로 전형화한다.

　　늙어가는 부모가 계실 것이며, 뒷바라지해야 할 자식들을 등에
　업고 앞으로 앞으로 내달리는 중년의 삶이었으리라. 뒤돌아볼 겨
　를도 없이 달려온 세월에 삭아 내린 뼈마디의 고통도 떳떳이 드러
　내지 못하고 그저 괜찮다 괜찮다 서로를 위로하며 오늘도 탁배기
　서너 잔에 몸뚱어리의 노동을 파는, 이 시대의 가난한 아버지들이
　오늘도 경제가 나아질 것 같지 않다며 근심 어린 얼굴로 골목 바
　닥에 쭈그리고 있다.

　작가는 일거리를 찾지 못해 하루를 공치며 배회하는 가난한

노동자들의 우울한 공간을 잘 보여준다. 판단하는 목소리가 드러나지 않기 때문에 작가는 제삼자의 입장에서 그 골목을 바라보고만 있는 것 같이 보인다. 하지만 바라보는 작가의 시선 자체가 이미 해석이고 관점이다. 골목을 점령하여 술과 화투판으로 하루를 공치는 일용직 노동자들의 모습에서, 이 시대를 고단하게 살아가는 가난한 아버지의 전형을 발견한다. 이것이 바로 사회를 읽어내는 수필가 박시윤의 관점과 해석이다. 작가는 작품에서 이 시대 가난한 아버지를 어설프게 위로하거나 그들을 양산하는 사회 구조적 모순을 드러내 놓고 비판하지 않는다. 보여주기만 한다. 그런데 이 같은 보여주기 자체가 위로이고 비판이다. 보여주는 것이 설명하고 주장하는 것보다 더 강한 설득력을 지닌다. 이것이 문학의 방법이고 기술이다.

이 작품의 개성은 소설적 진술 방법을 선택하고 있다는 점이다. 수필은 수필가이며 화자인 '나'가 이야기를 한다. 나의 시선이 미치지 않거나 직접 경험하지 않을 것을 경험한 것처럼 말할 수 없다. 그런데 이 작품에서는 화자인 '나'는 거의 표면에 드러나지 않고 소설에서와같이 전지적 화자가 이야기를 이어가는 것 같은 착각이 들게 한다. 수필이란 장르 명시가 없다면 영락없는 소설이다. 그렇다면 이 점은 수필로서 어떤 특별한 문제점을 지니는가? 수필의 장르적 혼종은 태생적인 것이다. 이 작품은 이야기 대상이나 주제로 볼 때 이 같은 소설의 방법은 아주 적절한 선택으로 보인다. 그리고 무엇보다도 이러한 소설적 방

법이 자연스럽게 느껴지고 굳이 수필의 직접적인 진술을 필요
치 않은 것은 작가가 골목을 십 년이 넘도록 지나다니면서 이런
풍경을 수없이 목격했기 때문이다. 이는 바로 소설적 허구가 아
니라 반복된 경험의 압축인 것이다. 이 작품은 수필도 사회적
상상력을 통해 문학적인 성공을 거둘 수 있다는 점을 잘 말해
주고 있다.

비의미론적인 자질의 역할

문학작품은 만들어진다. 작품은 작가의 천재성에 의해 순간
적으로 태어나는 것이 아니라, 작가의 장인 정신과 각고의 노력
끝에 하나의 완성품으로 빚어진다. 각각의 작품은 작가의 정신
과 기술을 흡수해서 그 나름의 고유한 무늬와 결을 이룬다. 이
무늬와 결은 다양한 요소에 의해 형성된다. 문학이 언어를 통해
서 표현되는 만큼 화자가 말을 하는 태도나 목소리는 작품의 미
적 특성을 결정하는 중요한 요소다. 일반적으로 이러한 화자의
목소리를 어조라고 하는데, 이 어조는 어떤 규격이나 형식을 가
진 것이 아니므로 독자의 예민한 감각에 의해 포착될 수밖에 없
다. 텍스트의 구체적인 분석 이전에 이미지나 인상으로 먼저 다
가온다는 점은 객관적 분석과 해석을 추구하는 비평의 대상으
로는 적절하지 못하다고 할 수도 있다. 그러나 이것도 작품의
내적 형식을 이루는 중요한 자질인 만큼 어느 정도까지는 논리
적인 분석이 가능하다고 본다. 물론 화자의 태도나 목소리가 지

니는 특징을 포착하려면 독자의 훈련된 감수성이 필수적이다.

수필에도 그 작품 전체를 지배하는 작가의 개성적인 어조나 태도를 엿볼 수 있다. 문학은 화자인 작가가 청자인 독자에게 말을 건네는 형식이므로 어떤 식으로든 말 거는 화자의 태도가 텍스트에 드러나기 마련이다. 더욱이 수필은 작가가 화자로 직접 나서 발화하는 장르인 만큼 어조는 작품을 특징짓는 데 다른 장로보다 훨씬 결정적인 요소로 작용한다고 볼 수 있다. 이 같은 어조는 주제의 경계를 결정적으로 바꾸어 놓기는 어렵지만, 주제의 강도나 그것이 독자에게 전달되는 효과에는 강한 영향을 미친다. 작품을 읽으면서 우리는 어조를 통해 화자의 마음 상태, 태도, 관심의 방향 등을 추론할 수 있다.

최종희의 〈빛깔〉을 읽어 본다. 아름다운 작품이다. 인생에서 가을의 문턱을 지나온 시점, 오십 대 장년의 나이에 화자는 오랜 세월 동안 동반자로 살아온 남편과의 삶이 지니는 빛깔을 짚어본다. 여행지 식당에서 음식이 나올 때까지 별다른 이야깃거리가 없어 침묵의 시간을 흘려보낸다. 둘만의 공간에도 휑한 바람이 불고 바닷가를 함께 걸으면서도 타인처럼 앞서거니 뒤서거니 감흥 없이 걷는다. 마침 젊은 연인이 상큼한 웃음소리를 내면서 다정하게 팔짱을 끼고 나란히 걷는 모습이 눈에 들어온다. 그들 주위에 머무는 "알록달록한 빛깔"을 보면서 "내게도 햇살이 쏟아지는 듯한 싱그러움을 간직한 시절이 있었던가."라고 자문한다. 남편을 처음 만났을 때의 "진달래 꽃물과 같은 분홍빛"

을 떠올린다. 그러나 이제 남편은 "멋이라고는 찾아볼 수 없는 현실 속의 내 남자다." 여기서 작가는 자기 부부가 품고 있는 빛깔에 대해 생각해 본다. 편안함에 기대어 설렘이나 열정 없이 평범하게 살아오다 보니 "매력도 향기도 없는 무의미한 빛깔"을 지녔다고 한다. 지만치 지나가 버린 젊음의 아름다운 빛깔을 되찾을 수 없는 것이 인간 삶이 아니던가. 그래서 작가는 지금의 나이, 오늘의 현실에 걸맞은 빛깔을 칠하려고 마음먹는다.

가을의 문턱을 지나온 시점에 머물고 있는 지금, 영원한 동반자라는 직위에 걸맞은 빛깔로 칠하기 위한 작업을 시작해야 할 것 같다. 한순간의 화려함은 일장춘몽에 지나지 않을 게고, 가슴을 출렁이게 하는 삶의 이야기는 은은한 감동으로 다가올 테니 말이다.

작품의 끝 부분이다. 화자의 인생 여정에서 열정적이고 상큼하고 화려한 빛깔은 지나갔다. 이제는 화려함보다는 은은한 감동을 주는 빛깔의 삶을 살아야 한다는 뜻이다. 백발에 불편한 다리를 절룩거리면서도 서로 손을 꼭 잡고 상대의 지팡이가 되어주면서 횡단보도를 건너는 노부부의 모습을 연상한다. 거기서 살을 비비며 살아온 부부의 곰삭은 정을 확인한다. 화자는 격정적인 사랑보다 진한 향기가 우러나오는 부부의 삶, 그런 삶이 가진 빛깔을 찾고자 한다.

작품 내용이나 주제가 심오한 철학에 닿아있는 것은 아니다. 일상에서 누구나 쉽게 다가갈 수 있는 사색으로 이어지는 작품이다. 이것이 이 작품의 특징이고 장점이다. 자아와 세계의 중간 지점을 통과하면서 차분한 사색의 저음이 작품 전체의 기조를 이룬다. 작가의 시선은 자아 안으로 향하면서도 내면 깊숙이 파고들어 강한 자기 성찰에 편향되지 않고, 자아를 벗어나 밖으로 향하면서도 거리를 두고 관조적인 태도로만 일관하는 것도 아니다. 안으로 향하는 시선과 밖으로 향하는 시선이 적절하게 배합되어 독특한 무늬를 직조한다. 내면적인 사색과 외적인 관찰이 서로 균형을 이루고 있다는 말이다. 화자의 차분하고 절제된 어조가 대립하는 요소의 적절한 배합과 균형을 이루어낸 것이다. 비의미론적인 자질인 화자의 어조가 작품의 의미 구성과 미적 분위기 연출에 결정적인 역할을 했다.

전체와 부분

일상의 작은 체험을 문학적으로 형상화하는 수필은 길이도 짧고, 그 구성에서 다양한 미적 전환을 도모하기가 쉽지 않다. 그렇지만 한 편의 수필을 수필답게 하고 문학적 성과를 이루는 데 작용하는 요소는 결코 간단치 않다. 수필이 산문문학인 만큼 주제나 메시지의 무게가 요구되는 것은 말할 필요도 없다. 오랫동안 고정된 형식이 없는 것으로 인식되었으나 미적 구성은 좋은 수필이 되기 위한 필수 조건이다. 좋은 작품을 만들려면 의미론적 요소뿐만 아니라 비의미론적 자질에까지 창작방법상 관심이 미쳐야 할 것이다. 주제의 층위, 구성의 층위, 문체의 층위

등을 망라하여 작품을 구성하는 작은 요소 하나도 결정적인 역할을 할 수 있기 때문이다.

작품을 구성하는 모든 부분이 제 역할을 최대한 수행하고 상호 최적의 협력 관계를 이룬다면 더할 나위 없다. 이런 점에서 작품 평가는 어느 특정 부분에만 집중되어서는 안 된다. 즉, 총체적이고 보편적이어야 한다. 하지만 이는 이상일 뿐이다. 창작과 비평 과정에서 작품의 모든 요소를 전체라는 관점에서 고려하기란 거의 불가능하다. 그렇다면 예술은 대상 혹은 현실을 반영함에 있어 어떻게 총체성과 보편성을 담아내는가? 루카치에 의하면 그것은 특수성으로써 가능하다. 특수성은 개별성과 보편성을 통일한다. 작품의 두드러지는 특수성이나 개성은 하나의 부분으로만 존재하는 것이 아니라, 각자 조건 속에서 나타나는 전체이고 보편이다. "특수한 것은 예술 작품 속에서 개별성과 보편성을 매개함으로써 전체적인 것을 표현하기 때문에 예술은 언제나 완결된 총체성을 담을 수 있으며 그 형상화 방식은 '상징'을 통해서 나타난다는 것이다."[49] 한 작품에서 두드러지는 특성이나 다른 작품과의 차별성을 '특수성'이라고 할 수 있는데, 그것은 작품 전체의 보편성을 매개한다. 특수자가 보편자를 대변한다는 점에서 '상징'이라고 할 수도 있다.

독서나 비평 행위는 개별 작품의 문학적 특수성을 발견하고,

---

49) 이주영, 『루카치 미학 연구』(서광사, 1998), 210쪽.

그것을 보편적인 의미로 해석하는 일이다. 그 특수성은 부분에서 시작했으나 종국에는 보편에 도달한다. 개별 작품의 전체가 주는 의미와 가치는 작품에서 두드러지는 개성이나 특수성에 의해 결정되는 셈이다. 우리의 독서가 작품 전체를 받아들이는 행위이지만, 그 과정에서 밝게 빛나는 것은 특수한 부분이다. "특수는 다양한 조건들 속에서 나타나는 보편자"이다.

형상과 교술 사이

1.

현재 이 순간에서 과거의 경험을 건져 올리는 것이 수필 창작의 원래 문법이다. 지나가지 않은 경험은 없다. 한 시간 전에 일어났던 것도 지나간 과거의 일이다. 따라서 수필 문장의 시제는 과거형이 원칙이다. 물론 창작방법상 전략적으로 현재 시제를 채용하거나 아직 일어나지 않은 미래를 상상하면서 미래 시제를 사용할 수도 있다. 그러나 수필 쓰기의 기본 방법은 물밑으로 가라앉았거나 가라앉는 과거 경험을 현재의 물 위로 끌어올리는 작업이다. 여기서 경험적 자아와 서술적 자아를 연결해 주는 고리가 바로 기억이다. 기억은 수필 창작의 중추적인 추동력이다.

그런데 인간 뇌 활동으로서 기억은 과거의 일을 다치지 않고 고스란히 재현하지 못한다. 기억은 선택이고 해석이다. 망각되지 않은 것만이 기억으로 재생된다. 그것은 망각된 부분이 제거되었기에 원래 그대로라고 볼 수 없다. 글쓰기는 주체가 선택을 통해 자신의 특정한 관점이나 가치를 강조하는 메커니즘이다. 이런 점에서 수필 세계를 허구가 개입되지 않은, 전적으로 사실에 근거한다는 기계적인 인식은 수정되어야 한다. 수필 창작은 지난 경험의 해석이다. 해석은 경험에 의미를 부여하는 작업이므로 가치 지향적이다. 사실 기록에서 끝나지 않고 경험에 의미와 가치를 부여한다. 이것이 바로 수필이 문학으로서 위치값을 획득하는 바탕이다.

좋은 수필을 쓰기 위해서는 수필 창작의 이러한 기본 틀을 이해하고 활용할 필요가 있다. 경험적 사실을 객관적으로 나열하는 것으로서는 작품이 될 수 없다. 글감으로서 그 경험이 특이하고 놀랄 만한 것일지라도 그 자체로는 독자의 공감을 불러오기 어렵다. 개인의 주관적인 경험에 불과하기 때문이다. 해석을 통해 세계와 인간 삶에 대한 보편적인 원리를 제시해야 독자가 들어올 자리가 생겨난다. 이것이 공감대다. 소소한 작가 개인의 경험만을 늘어놓고 독자에게 내 울타리 안으로 들어오라고 하는 것은 어불성설이 아니겠는가. 수필 쓰기는 기억을 매개로 하여 과거 경험을 선택하고 해석하는 일이다. 해석의 방법은 작가마다 다르다. 방법의 차이에서 작가 개성이 확립된다.

2.

경험/재료/글감을 해석하는 방법은 그것이 형상과 교술을 양쪽 끝에 세워두고 그 중간에 형성되는 스펙트럼 가운데 어느 지점에 위치하느냐에 따라 구분된다. 형상 방법이 문학의 기본이지만, 수필은 이러한 문학을 위반할 가능성 안에 있다. 문학이면서 교술(설명적 진술)을 포용하여 자신의 영역을 넓히고 자기자신을 풍성하게 가꾸는 것이 수필이다. 주제를 함축적으로 암시하는 형상화만이 수필의 유일한 방법이 아니라는 말이다. 수필에는 문학의 기본 방법에서 벗어나 문학 밖으로 뛰쳐나가려는 원심력이 늘 작용한다. 원심력이 향하는 방향은 명확한 주제다. 주제의 무게가 수필을 수필답게 하는 중요한 요소이기 때문이다.

형상과 교술의 스펙트럼 중간에 위치하여 양쪽의 특징을 적절하게 배합하고 있는 작품이 송경미의 〈안 쓰는 근육〉이다. 화자는 이십 대 젊음의 동반자였던 테니스를 그만두었다가 갱년기에 들어와 라켓을 다시 잡았다. 갑자기 안 쓰던 근육을 쓰게 되니 온몸의 근육에 부하가 걸려 불편하기가 이루 말할 수 없는 지경에 이르렀다. 이 같은 체험을 계기로 화자는 자신의 편향적인 삶의 태도와 일방적인 감정의 흐름을 반성한다.

나는 편안한 사람들만 만나고 살았다. 취향과 색깔이 같은 사람들만 친구로 남았다. 오른손으로만 대부분의 일을 하고 왼손은 홀대해 왔듯이 균형 같은 것은 생각하지 않았다. 그저 보조처럼 달고 아쉬울 때만 찾았다. 다른 가치관, 다른 환경이 불편하고 내게 희생이 요구되는 일은 피하고 싶었다.

　몸과 마음이 편안한 쪽으로만 고개를 돌리고 살아온 자신의 삶을 성찰한다. 남에게 다가가는 데에도 언제나 상처를 받지 않을 만큼의 거리를 남겨 두었다. 불편하다고 쓰지 않으면 그 근육이 굳어지듯이, 내 편한 대로만 마음을 쓰다 보면 나 중심의 이기심만 남고, 희생, 헌신, 수용, 돌봄과 같은 남을 헤아리는 마음도 굳어지고 만다는 것이다. 남는 것은 아집과 고집뿐이다. 이 얼마나 기발하고 설득력 있는 발상인가. 이 작품은 전체가 비유적인 구조를 취하고 있다. 보조관념이 작가의 실제 경험으로서 새로 시작한 테니스로 안 쓰던 근육을 써 몸에 큰 불편을 겪었다는 이야기다. 반면에 내 편한 쪽으로만 마음과 감정을 쏟고 남을 배려하지 못한 자기 삶의 태도에 대한 성찰이 원관념이다. 여기서 보조관념이 형상화라고 한다면, 원관념은 교술에 해당한다. 비유 중 은유의 구조다. 은유의 일반적인 공식은 보조관념을 내세워 원관념을 암시한다. 작가가 암시한 원관념은 독자가 파악하고 해석한다. 원관념은 문맥 밑에 숨는다. 그런데 이 수필에서는 작가가 원관념을 명확하게 설명한다. 이 설명의 대목이 바로 수필의 특징인 교술이다. 형상과 교술의 적절한 배합으로 주제가 선명하게 부각되고, 이것이 독자에게 강한 메시지를 전달한다. 여기서 독자의 공감과 감응이 출발한다. 이 작품은 비유 구조를 바탕으로 주제를 명확하게 구현했을 뿐만 아니라, 문체 측면에서도 명쾌하고 당돌한 어휘 선택과 조합이 돋보인다.

황경원의 〈아버지와 고물장수〉는 소설의 기법을 차용한 수필이다. 시골 의사인 아버지와 고물장수인 아버지 친구의 우연한 조우와 이별을 이야기한다. 두 사람은 동경 유학시절 "같은 하숙집 밥을 먹던 친구였다." 그 후 각자의 삶의 길을 갔다. 그들은 일제강점, 한국전쟁, 민족분단이란 격동의 역사를 겪으면서 고향을 등지고 파란만장한 삶을 살았던 사람이다. 삶의 곳곳에 아픔과 회한이 못처럼 박혀 있다. 작가는 작품 속에 뛰어들지 않고 한발 물러서 관찰자의 입장에서 두 사람의 삶을 이야기로 들려준다. 작가의 이야기는 설명보다는 구체적인 형상화의 성격을 띤다. 이야기를 통해 그 사연을 제시할 뿐, 그것이 지닌 의미에 관해서는 침묵한다. 이는 소설의 일반적인 방법에 해당한다. 짧은 길이의 수필이란 그릇에 길고 많은 사연을 담기엔 이러한 방법이 적격이었을 것이다. 설명보다는 이야기 방법이 말이다.

김보애의 〈불멸의 여인, 가네코 후미코〉를 읽어 보자. 작가는 일본 근대문학 서적을 뒤적이다가 우연히 '괴사진 사건'이란 제목의 글을 읽었는데, 그것은 독립운동가 박열과 그 아내 가네코 후미코 여사에 관한 이야기였다. 이 작품은 이들 두 사람, 특히 아내인 후미코 여사에게 초점을 맞추어 그 삶의 여정을 소개한다. 한 편의 다큐멘터리다. 충분히 독자의 흥미를 끌 만한 이야깃거리다. 인물의 객관적인 이력과 사연을 추적하여 특정한 정보를 독자에게 설명하고 있다는 점에서 전형적인 교술의 글쓰기다. 수필이 문학 밖의 방법을 통해서도 자신을 더욱 풍성하게 가꾸어 갈 수 있다는 점을 입증해 주는 작품이다.

3.

형상화와 교술이란 극점으로 쏠리는 두 작품과 양자의 중간 지점에 위치하는 작품을 살펴보았다. 수필은 문학의 본원인 형상화에 뿌리를 내리고 있지만, 거기에 안주하지 않고 문학 밖에 있는 교술을 채용한다. 교술을 채용하면서도 문학 원래의 태도를 고수하려는 것이 수필이다. 다시 말해, 수필은 이 양자를 변증법적으로 아우른다. 문제는 어느 극단만을 수필의 진수라고 우기는 것이다. 특히, 교술의 성격을 외면하고 문학이어야 한다고 목소리를 높이는 관점이 더욱 그렇다. 수필의 태생적인 본성이나 현재 그 흐름의 대세를 제대로 읽지 못한 데서 오는 오류다. 문학과 비문학의 경계를 넘나들며 다양한 방법을 시도하는 것이 오늘날 우리 수필이 나아갈 방향이라고 본다.

방법이 열려 있다고 해서 수필로서 구속적인 규범이 없는 것은 아니다. 오늘날 양산되는 수필이 독자와의 소통을 이루어내지 못하는 근본적인 원인이 바로 수필의 고유한 규범에 관한 인식 부족이다. 그것은 주제성이 강조되는 메시지의 문학이 수필이라는 점이다. 이 주제성이 확보되어야 전달력이 생겨난다. 짧은 산문 형식의 수필은 삶의 촌철살인과 같은 메시지를 담기에 가장 적합한 그릇이다. 오늘날 우리 수필 대부분은 강 저편의 독자에게로 가는 다리를 놓지 못하고 강 이쪽에서 자기 이야기로만 웅성대고 있는 것 같다. 강한 주제의식을 드러낼 수 있는 창작방법의 강구가 필요한 시점이다.

함축적인 언어 사용

　문학적 글쓰기의 가장 중요한 방법은 언어를 함축적으로 사용하는 것이다. 함축적인 표현은 언어를 절제하는 데에서 출발한다. 창작 과정에서 작가의 의식에 떠오르는 언어를 최대한 누르고 정리하는 작업이 문학적 글쓰기의 특징이라 할 수 있다. 그런데 압축과 줄임의 미학을 지향하는 시의 경우와는 달리, 산문문학인 수필에서는 언어를 함축적으로 사용하기가 그리 쉽지 않다. 설명적인 진술과 언어의 확산적 사용이 산문의 기본 속성이기 때문이다. 하지만 수필이 산문의 이 같은 속성을 극복하지 않고는 문학적인 성과를 거둘 수 없다. 수필의 창작방법은 말하려는 바를 응축해서 표현하려는 전략적인 측면에서 모색되어야 한다. 여기에는 대상의 본질과 바탕을 꿰뚫는 작가의 날카로운 통찰력이 필요할 뿐만 아니라, 언어에 대한 작가의 욕망을 절제하는 자기 극복도 절실하다. 수필이라는 이름을 달고 발표되는 많은 작품이 사실의 기록이나 정보전달 차원에 머물고 있음을 볼 때마다 수필 쓰기의 이 같은 기본 방법을 생각해 본다.

조수근의 〈눈물〉은 구성과 표현의 압축미가 돋보이는 작품이다. 실제 경험의 핵심만을 드러내고 곁가지를 말끔하게 잘라내었다. 개인적인 해석과 감정 표현을 최소화했다. 작가가 사실과 경험을 직접 해석하고 설명하다 보면, 말을 많이 소비할 수밖에 없다. 대상의 중핵을 구체적으로 보여주는 것이 문학의 방법이 아닌가. 문학은 삶의 다양한 경험에 관한 판단을 독자에게 남겨 둠으로써 공감대를 넓힌다. 이런 점에서 이 작품은 문학의 모범 답안이다. 암으로 아들을 잃은 할머니의 눈물이 말해주는 아픔과 슬픔은 어떤 언어로도 설명할 수 없다. 자식을 잃은 후 그치지 않는 눈물로 안과를 찾은 할머니를 진찰하면서 화자는 7년 전 사고로 중환자실에 입원한 아이로 흘렸던 자신의 눈물을 상기한다. 자식을 두고 흘리는 부모의 눈물에 내포된 의미를 이보다 더 함축적으로 표현하기가 어려울 것이다.

안옥영의 〈불청객 이야기〉는 이야기를 끌고 가는 작가의 태도가 매우 안정적인 작품이다. 사태를 바라보고 경험을 해석하는 작가의 자세가 균형 감각을 잃지 않고 있다는 말이다. 작가의 주장이나 해석에 힘이 들어가면, 추상적인 관념에 함몰하거나 교시적인 내용으로 편향되기가 쉽다. 독자를 가르치려는 경향이 강한 작품 대부분은 이러한 작가의 균형 감각을 유지하지 못하고 있다. 이 작품은 흡연과 관련된 몇 가지 일화를 제시한다. 그러면서 화자는 흡연을 일방적인 악으로 몰고 가는 오늘의 세태를 무조건 동조하지 않는다. 시어머니가 죽음을 목전에 둔 병석에서도 담배를 찾았다는 일화를 통해 애연가의 입장을 생각해 본다. 작가는 흡연의 폐해를 일방적으로 강조하는 상식적인 태도에서 벗어나, 해로운 것을 알면서도 그만두지 못하는 인간 실존의 모순을 함축적으로 암시한다.

설영신의 〈잘못 끼어든 사진 한 장〉은 과거의 경험을 하나의 이야기로 깔끔하게 구성한 수필이다. 그 이야기가 내장하는 메시지의 무게는 그리 중요한 문제가 아니다. 사랑과 질투는 동전의 양면과 같은 하나의 몸체가 아니던가. 사랑이 크고 진할수록 질투도 비례하는 법이다. 세상의 풍문은 언제나 남녀의 바람을 입에 올리고 즐긴다. 풍문이 너무나 무성해서 대부분 그것을 선입견으로 안고 살면서 자기만은 거기서 제외되었다고 믿는다. 여기서 오해가 생기고 그 오해는 종종 나를 부끄럽게 한다. 작가는 사진으로 말미암아 남편을 오해한 일화를 담담하게 상기한다. 30년 넘는 세월에 이런저런 감정이 여과되었는지는 모르지만 작가의 태도가 차분하다. 특별한 해석 없이 이런 일이 있었다는 것만 제시했는데도 공감을 준다. 전부를 이야기하겠다는 욕심이 절제되었기 때문에 가능한 일이다.

오길순의 〈'이쁜' 엄마〉는 큰 이야기, 무거운 주제를 작은 그릇에 알맞게 맞추어 담아낸 작품이다. 복잡한 화소를 유기적으로 조합하는 작가의 능력이 엿보인다. 수필에서 소홀하기 쉬운 구성에 힘을 쏟은 결과다. '이쁜 엄마'라는 제목부터 엉뚱한데, 그 엉뚱함이 독자의 호기심을 자극하고 주제를 함축적으로 암시한다. 창작은 재료를 요리하는 작업이다. 자연적이고 무의미한 대상과 경험에 인간적인 관심을 집중하여 그것의 위치값을 매기는 것이 수필 창작이다. 이러한 과정에서 요구되는 것이 작가의 구성력이다. 길이가 긴 소설과 비교하여 수필은 구성력이 필요 없을 듯싶지만, 짧은 복수의 화소를 미적으로 결합하는 섬세함은 수필의 문학적 완성도를 높이는 결정적인 요소다. 그런데 여러 요소를 하나의 주제를 향하여 미적으로 연결하기란 쉽지 않다. 이 작품은 화소의 연결 고리가 깔끔하다.

박인순의 〈나는 너를 원한다〉는 재미있다. 재미를 통해 독자를 유인하려면 작가는 능청스러워야 한다. 이 능청은 트릭이고 전략이다. 트릭은 뭔가를 감추는 행위이다. 글에서 감추려면 말을 줄여야 한다. 말을 많이 쏟아놓으면 작가의 의중이 노출될 수밖에 없다. 작가의 속임수가 노출되면 재미는 유치함으로 추락한다. "오늘 밤 나는 너를 간절히 원한다."라는 시작이 도발적이다. 이 도발적인 시작의 긴장감이 끝까지 이어지기란 어렵다. 끝에 가 '결국 이것을 말하기 위해 그렇게 용을 썼는가.'라는 느낌을 주면 실패다. 그래서 과감한 실험을 실천하는 데에는 언제나 신중함이 요구된다. 형식은 내용의 도구가 아니다. 형식과 방법이 내용을 지배할 때가 있다. 이 작품의 형식적인 실험이 장난의 수준을 넘어서 색다른 재미를 주었다면 성공이다. 문장의 간결함을 전략으로 내세운 것이 주효했다.

많은 수필 독자가 읽을 만한 작품이 없다는 푸념을 늘어놓는다. 그게 그거라고 말한다. 엇비슷한 내용을 엇비슷한 방법으로 이야기하기에 그런 평가를 받는다. 이 푸념은 억지 비난도 아니고 의도적인 음해도 아니다. 그것은 느낌이지만 사실이다. 무엇이 문제인가. 글을 다듬지 않기 때문이다. 다듬는 일은 정리하는 것이다. 정리는 둘 것을 두고, 긴요하지 않은 것을 과감히 버리는 작업이다. 정리는 부피를 줄이고 압축하는 일이다. 압축은 글의 힘이다. 수필 창작에서 욕망을 누르고 언어를 절제하는 글쓰기, 함축적인 언어 사용은 불변의 원리다.

유연한 글쓰기로서 수필

수필에 대한 비평적 글쓰기를 하다 보니 많은 작품을 읽는다. 붙여오는 작품집 훑어보기, 월평이나 계간평 쓰기, 작품 심사, 발문이나 서평 쓰기, 창작 지도 등으로 수없이 많은 작품을 읽게 된다. 이 과정에서 공감이 가는 작품을 만날 때마다 큰 기쁨을 얻는다. 글쓰기 공부를 많이 했구나, 발상이 정말로 참신하네, 대단한 내공이구먼, 문장력이 뛰어나네, 라며 마음속 감탄이 이어질 때도 있다. 그러나 실망감을 안겨주는 작품을 훨씬 자주 만난다. 실망이 포기 상태로 넘어가면서 곰곰이 생각해 본다. 과연 어떤 작품이 독자에게 공감을 줄 수 있을까, 아주 상식적이고 기본적인 물음에 골몰해 왔다. 물론 이는 물음으로만 가능할 뿐, 결론을 얻기 어려운 문제이다. 하지만 이런 난제로 늪을 헤매다 보니 얻은 것이 전혀 없지는 않다. 그 얻은 것이 막연하지만, '유연함'이라고 말할 수 있다. 힘이 들어가지 않은 글이라고 일단 매듭을 지어본다. 이것은 자기를 은폐하지 않은 글, 혹은 솔직하고 진실성이 있는 글과 같은 의미다.

박종희의 〈뒷목〉은 화자의 목소리에 차분함이 묻어나는 작품이다. 작가는 어떤 것을 말하려고 목소리에 힘을 주지 않는다. 그런데도 하고 싶은 말을 다 한다. 흥분하지 않기에 세밀한 부분까지 섬세하게 포착할 수 있었다. 이 작품이 담고 있는 화제는 사실 무겁고 심각한 것이다. 현대 사회의 그늘진 풍경만으로 끝나지 않고 삶의 근원적인 비애로까지 연결된다. 결코, 힘을 빼고 차분하게 말하기가 어려운 문제다. 인생의 끝자락에 이르러 인간으로서의 존재감을 잃어가는 사람들을 바라보면서 작가는 자신의 속내를 별다르게 내색하지 않는다. 이럼으로써 오히려 주제가 무게를 얻는다. 요양병원에서 중병으로 혹은 치매로 인생의 끝자락을 보내는 노인들은 분명히 "북데기 속에 섞여 남거나 마당에 처진 찌꺼기 곡식"과 같은 소외된 존재들이다. 작가는 '뒷목'과 같은 이들을 따뜻한 시선으로 바라본다. 이는 힘을 뺏기 때문에 가능했던 일이다.

강진후의 〈세 번째 봇짐〉은 깔끔하게 정비된 정원 같다. 작가는 큰 수술을 받고 삶과 죽음의 경계선까지 갔으나 다행히 건강을 회복한다. 퇴원하게 되어 짐을 챙기면서, 그것을 소중하고 행복한 봇짐이라고 생각한다. 그리고 자기 생애에 행복을 안겨준 보자기가 세 가지라고 말한다. 책보자기를 허리에 매고 학교에 다녔던 유년의 보자기, 조금씩 살림을 늘려가면서 이삿짐을

쌌던 보따리, 건강을 회복하고 집으로 돌아오면서 챙겼던 퇴원 보따리가 그것이다. 그것을 모두 행복의 보따리로 간주하는 데에서 삶을 긍정적으로 수용하는 작가의 푸근함이 느껴진다. 짧은 글 속에 굴곡진 인생 여정을 흥분하지 않고 담담하게 담아내는 작가의 태도에는 어색한 힘이 전혀 없다. 유연하고 자연스럽다. 무엇보다 말을 아낀다. 짧은 문장 호흡을 통한 감정 절제에서도 삶을 관조하고 통찰하는 작가의 능력을 엿볼 수 있다. 수필의 묘미를 극대화한 작품이다.

눈을 소재로 삼은 김정례의 〈눈 내리는 날〉은 신비로운 분위기를 드러낸다. 아침부터 내리는 눈, 한적한 오지의 산촌, 눈 내린 운동장에서 뛰노는 아이들의 순결한 동심이 순백의 이미지로 수렴되면서 독자를 신비의 세계로 끌어들인다. 눈이 대지의 불순함을 백색으로 덮어버리듯이 눈 위에서 노는 아이들은 인위적인 모든 가식을 거부하고 자연과 하나가 된다. 자연에 동화된 인간의 순수함이 독자의 공감을 키운다. 사상, 이념, 언어, 관념 이전의 인간 존재의 순수한 시원을 보여준다. "가방은 내려놓지도 못하고 놀이에 빠졌다가 귀찮아지면 아무 데나 벗어서 던져 놓는다. 고함과 함께 눈덩이를 던지지만, 상대는 따로 정해져 있지 않다. 눈을 던지는 모두는 내 편이기도 하고 네 편이기도 하다." 눈 내린 순진한 자연은 아이들을 목적성과 피아의 구분이 부재한 세계로 빠지게 한다는 이 부분은 압권이다. 문장력을 유감없이 발휘하고 있다.

박재연의 〈우리의 사법부를 존경하는 방법〉에서는 반어법이 작품 전체를 떠받치는 기둥 역할을 한다. 국민의 삶과 밀접한 관계를 맺고 있는 각종 관청이니 법원을 찾을 때면 누구나 겪는 불편함, 자신도 모르게 어느새 '갑' 앞에 선 '을'의 처지로 바뀌어 있는 기분 나쁜 느낌을 경험한 적이 있을 것이다. 민원실이란 간판을 내걸고 친절과 봉사를 구호로 앞세우는 그러한 기관이 누구를 위해 존재하는지 의문이 들 때마다 분노가 치솟는다. 많이 개선되었다고 해도 그곳을 찾는 일반 민원인은 여전히 '을'이다. 작가는 이 분노를 반어법을 통해 아주 효율적으로 드러낸다. 제목에서부터 반어의 효과는 극대화되고 있다. 수필 창작에서 화제의 선정이나 주제 설정 이상으로 이야기 방법이 중요하다는 점을 잘 말해 주는 작품이다. 법원에서 경험한 불편한 심기와 분노를 힘이 들어간 목소리로 말했다면 독자의 공감은 반감되고 말았을 것이다.

이건형의 〈나도 바보?〉는 작가의 사유와 실제 경험이 적절하게 결합하여 주제를 구현하는 작품이다. 이 말을 꼭 해야겠다는 작가의 주제 의식이 두드러지지 않는다. 이런저런 이야기를 하는 과정에서 주제가 은근히 배어난다. 그래서 독자가 읽기 편하다. 다소 구성이 느슨한 점도 이러한 주제 구현과 맞물려 흠보다는 장점으로 작용한다. 책이 문화와 지식 세계의 정점에 있던 시대는 지나갔다. 디지털 시대를 맞아 책에 관해 가졌던 우리의 의식도 크게 변했다. 디지털 세대는 책을 가까이하지 않는다.

앞으로 책이 대중에게 미치는 영향력은 점점 축소될 것이다. 하지만 이럴수록 아날로그 세대의 책에 대한 향수는 깊어질 것이고 책이 소외되는 것에 대한 안타까움도 커질 것이다. 그렇지만 어쩌랴? 책으로부터 멀어지는 이 시대 문화의 거대한 흐름을. 내 책을 많이 소장하고 소중히 여기고 가까이하던 세대의 책사랑을 잘 표현한 작품이다.

글을 쓰다 보면 작가나 필자는 무의식적으로 글에 불필요한 힘을 쏟게 된다. 문학적인 창작이나 일반적인 글쓰기나 모두 마찬가지다. 잘해보겠다는 욕망이 앞서기 때문이다. 이성과 지식만으로 글을 쓰면 이처럼 힘이 들어가기 쉽다. 몸의 글쓰기가 필요하다. 글쓰는이의 몸에서 자연스럽게 우러나오는 사유와 통찰이 독자와의 공감대를 넓히는 핵심적인 요소다. 현재 수없이 쏟아지는 우리 수필을 보면서 가장 절실하게 느끼는 바가 바로 힘을 뺀 유연함이다. 자성적인 문학이기에 어쩔 수 없다 하더라도 과도한 교훈성 노출은 독자를 떠나게 한다. 그리고 실재하지 않는 '문학의 신神'을 섬기는 경직된 태도도 우리 수필의 활력을 빼앗아 간다. 현재 필요한 것은 문학과 수필 자체가 아니라, 오늘을 살아가는 사람들의 일상을 사랑하는 글쓰기가 되는 것이다. 이는 잔뜩 들어간 힘을 빼고 수필의 유연함을 배우고 실천하는 일이기도 하다.

자기만의 스타일

독창성, 창의성, 개성 등은 내포가 중층적인 모호한 말이기는 하지만, 글을 쓰거나 평가하거나 간에 주목해야 할 기본 요소임이 틀림없다. 글쓰기는 세계나 대상에 관해 글 쓰는 이의 자기 생각과 느낌을 드러내는 일이다. 세상과 대상은 객관적으로 존재하나 그것을 바라보는 사람의 시각은 주관적이고 개성적이다. 글쓰기는 세상과 대상을 개성적으로 바라보고 해석하는 일이라고 할 수 있다. 따라서 좋은 글을 쓰려면 세상과 대상을 바라보고 해석하는 독창적인 시각이 필요하다. 일상의 익숙함 가운데 묻혀 있는 부분을 찾아내고, 세상을 다른 사람과는 다르게 혹은 낯설게 바라보아야 한다. 그 낯선 관점이 자기 중심적인 편향성을 드러내서는 안 된다. 독자와의 교감을 통해 연대될 때 글은 생명을 가지기 때문이다. 이런 점에서 글쓰기는 자기를 드러내면서도 자기를 버리는 일이다. 그 가운데서 글 쓰는 이만의 개성적인 스타일이 만들어진다. 스타일은 형식이나 문체만을 가리키는 것이 아니라, 작가의 사고방식까지 포함한다.

박병환의 〈뒷모습〉은 인간의 뒷모습을 개성적인 시각으로 해석한다. 표정이 적나라하게 드러나는 사람의 앞모습을 보면 그의 내면과 인간됨을 읽을 수 있을 것 같지만, 앞모습은 타인과의 관계에서 형성되는 페르소나이기에 그렇지 않다고 말한다. 앞모습의 페르소나는 결국 내심을 드러내기보다는 숨기는 가면일 수 있다는 것이다. 오히려 표정을 읽을 수 없는 뒷모습을 통해 그 사람을 선입견 없이 중립적으로 바라볼 수 있다고 한다. 작가가 사람의 앞모습은 가면이고 뒷모습은 진면목이라는 논리를 펴는 것은 아니다. 이 작품에서 작가가 말하는 내용은 논리적 판단의 대상이 아니다. 문학에서 중요한 것은 작가의 주관적인 경험이 주는 정서적 울림이다. 세상을 바라보고 인간을 이해하는 작가의 관점이 상식을 뛰어넘고 있다는 점에서, 이 작품은 자기만의 스타일을 확보했다고 하겠다.

하정아의 〈53세, 어느 날〉도 자기 스타일을 선명하게 보여주는 작품이다. 이 작품은 종합병원 간호사인 화자가 환자와 나누는 대화로 구성되었다. 10개월 전 암으로 한쪽 유방을 잘라낸 에디라는 53세의 환자가 전이를 막기 위해 남은 다른 쪽 우방까지 절제하는 수술을 받는다. 화자는 그녀와 대화를 나누는데, 작품에 드러나는 이야기는 거의 에디의 이야기다. 전반부에서는 지문과 대화의 경계를 분명히 하다가 중간부터는 대화와 지문이 섞인 형식을 취한다. 희곡의 지문처럼 괄호 속에 묶인 내용을 통해 대화가 이어짐을 짐작할 수 있다. 때로는 환자의 말이 화자의 말로 착각되기도 한다. 이 점이 작가의 독창성을 드러내는 부분이다. 이 작품은 유방을 절제한 환자의 이야기를 통해 몸과 인간 존재의 의미를 화두에 올린다. 환자를 내세우고 뒤로 물러나있으면서도, 마치 작가가 이야기하는 것 같은 효과를 준다는 점이 독창적이고 흥미롭다.

상향희의 〈나는 잉여다〉는 여러 화소를 융합하여 하나의 주제를 구현하는 구성에서 자기 스타일을 확립했다고 할 수 있다. 이 작품의 이야기는 손창섭의 전후 소설 〈잉여인간〉에서 출발하여 화자의 성장기, 무한경쟁 시대를 살고 있는 현대 젊은이들, 노년의 삶을 지내는 화자 자신의 처지에까지 여러 화소로 연결되고 있다. 이 과정에서 작가는 인간 존재의 본질이나 소외라는 사회적인 문제에 관해 사유한다. 경험의 형상화보다는 작가의 인식과 사유가 표면화되고 있어 작가의 메시지가 잘 드러난다. 이러한 교술적인 표현 방법은 짧은 길이의 수필작품에서 주제를 구현하는 데 효율적으로 작동하는 것으로 보인다. '잉여인간'의 문제를 특정 관점에서 성급하게 단정하려 하지 않고 여러 이야기를 통해 삶의 통찰에 이르고 있다는 점에서 작가 사고의 성숙함이 돋보인다. "젊은 청춘에게 잉여는 두려움의 존재지만 나는 노년의 잉여를 선물처럼 기쁜 마음으로 받아들이고 싶다."라는 마지막 말에서 삶의 관조라는 수필의 미학이 완성되고 있다.

세월의 흐름을 따라 세상은 바뀐다. 삶의 모습도 인간의 의식도 변한다. 개인적으로는 나이들면서 성숙해지고 사회적으로는 문명과 경제가 발전하여 삶이 더욱 윤택해졌을는지 모른다. 물량의 증가라는 기준에서 보면, 오늘은 어제보다 더 좋은 세상임이 분명하다. 하지만 과학과 문명의 발달이 인간 존재를 소외시키고 삶의 환경을 더욱 황폐하게 만들었는지도 모른다. 이런 시각에서 보면 과거는 아름다운 추억과 푸근한 인간미가 넘쳤던 시절이었다. 현대 문명의 어두운 그늘과 비인간성에 관한 이야기는 수필의 좋은 글감이 될 수 있다. 김현자의 〈두고온 마당〉과 한지황의 〈독상〉은 이러한 주제를 자기 스타일로 구성해낸 작품이다. 특히, 〈독상〉은 발상이 참신하다. 옛날에는 그 사람의 인격 존중을 표상했던 독상이 지금은 "타인과의 소통 부재" 혹은 "인간 소외"를 의미할지도 모른다는 생각을 한다. 세계와 인간 삶의 진정한 가치를 탐색하는 것이 수필이라고 한다면, 이러한 작품은 수필문학으로서 제몫을 훌륭히 수행했다고 하겠다.

삶과 죽음, 생명의 탄생과 소멸은 인간 존재의 본질적인 문제다. 생명과 죽음을 염두에 두지 않고는 인간 삶에 대한 성찰은 불가능할 것이다. 이러한 성찰 과정에서 인간에게 지혜를 주는 것이 바로 자연의 섭리다. 인간은 자연에서 인생에 관해 배운다. 욕망을 채우기 위해 자연을 이용하지 않고 순수하게 자연에 다가가면, 자연은 우리에게 무수히 많은 비밀을 알려주고 가르침을 내린다. 자연과 인간의 거리가 멀어질수록 인간이 느끼는 고독과 두려움은 더욱 커질 것이다. 인간이 자연의 섭리에 따라 살아야 한다는 점은 성현들이 강조해온 교훈이었다. 현대인의 불안의식도 이러한 가르침을 머리로만 듣고 가슴에 절실히 새겨 실천하지 못한 탓이다. 〈봄 봄 봄〉에서 이천호는 "우리가 봄을 맞아 온갖 생명의 탄생에 축복을 보냈고 또 눈부시도록 아름다워 했던 것과 같이 죽음에 대해서도 축복임과 동시에 기쁨으로 맞이하는 것이 인생을 멋지고 아름답게 장식하는 길입니다."라고 했다. 인간도 자연의 한 부분이라는 말이다.

창의성이나 독창성을 전제로 하는 자기만의 글쓰기 스타일을 확립하는 것은 쉽지 않다. 스타일은 문체나 기법의 차원이 아니기 때문이다. 글이나 작가의 스타일은 세계와 인간을 이해하는 인문학적인 관점이고 깊이다. 그 관점은 편협하지 않고, 변화하는 국면에 민활하게 대처하는 유연성을 지녀야 한다. 유연성은 자신의 일관된 방향을 유지하면서도 새로운 변화를 자기 것으로 포용할 수 있는 넉넉한 품을 말한다. 오늘날 우리 수필에 절실히 요구되는 스타일은 수필의 문을 박차고 밖으로 나가 넓은 세계를 두루 살피되, 마음먹으면 언제든 수필의 울타리 안으로 돌아올 수 있는 변화 지향적인 유연함일 것이다.

제3부

수필 공부

수필의 질적 수준

근래 어느 수필가와 통화한 내용에서 이야기를 시작해 볼까 한다.

그는 현재 한국 수필계의 원로다. 우리 수필 문단에 이름을 등록한 사람이면 모르는 사람이 없을 정도로 널리 알려져 있다. 알려진 이름만큼 그는 좋은 작품을 창작하고, 우리 수필문학에 대해서도 견고한 관점을 가졌다. 인품이나 글에서나 많은 사람으로부터 존경받는다. 원고를 청탁했는데, 그가 이를 거절하는 과정에서 덧붙여 온 몇 마디 말이 나의 안일한 생각을 일깨워 주었다. 처음부터 특별한 전화는 아니었다. 작은 볼일로 내가 먼저 전화를 걸었다. 의례적인 인사에 곁가지만 흔드는 바람 같은 말을 주고받았다. 그런데 그 밋밋한 대화 사이를 섬광처럼 스쳐 가는 상대의 한 마디 말이 관습에 길든 내 의식의 두꺼운 벽을 두드렸다. 작은 흔들림과 균열의 틈을 타고 내 안으로 들어온 그 말의 파장을 따라가 본다.

그는 우리 수필이 안고 있는 가장 큰 문제가 작품의 문학적 수준이라고 했다. 수준 높은 작품을 만나가기가 어렵다는 지적이었다. 자주 듣는 이야기라 처음에는 그냥 흘러들었다. 수필의 질적 수준에 관한 언급은 누구나 푸념처럼 늘어놓고, 듣기 싫을 정도로 많이 들어온 터였다. 하지만 작품의 질적 수준은 문학이 지향하는 가장 기본적인 요소이고 가치가 아닌가? 이를 외면하고 문학이 될 수 없는 것은 자명한 사실이다. 그런데도 현재 우리 수필계가 이 점을 소홀하게 생각하고 있다는 것이다. 비판 반 걱정 반이었다. 현재 쏟아지는 많은 작품이 수준 미달이라는 것은 주관적인 판단이다. 객관적인 근거보다 전적으로 개인적인 인상에 기대어 내린 평가이다. 작품의 문학적 수준이라는 것도 따지고 보면 매우 애매하고 논란거리가 될 소지가 크다. 문학적인 수준의 그 어떤 기준도 주관성을 벗어나기 어렵기 때문이다. 작품 수준이 떨어진다는 판단에 그 근거를 제시하라고 하면 대답이 궁할 수밖에 없다.

현재 우리 수필의 문학적 수준이 높지 않다는 점을 부인할 사람은 그리 많지 않다. 이를 가장 잘 아는 사람이 수필계 내부의 수필가들이다. 다들 잘 알고 있으면서도 발설하지 않을 따름이다. 이를 목줄에 힘주어 떠벌리고 다닌다 치자, 돌아오는 것이 무엇인가? 그것은 대놓고 집안 욕하는 일일뿐더러 자기를 비하하는 결과와 다르지 않다. 자존감을 흔드는 일인데 수필가 스스로 뭣 때문에 자신의 결점을 들추어 신명 나게 떠들겠는가? 하지만 세상이 다 아는 일을 새삼 거론할 필요가 있느냐는 식으로 문제를 외면하고 있을 뿐이지 문제가 없는 것은 아니다.

그 원로 수필가가 사실 우려하는 것은 작품의 낮은 수준이 아니라, 좋은 수필을 쓰겠다는 열정을 가진 수필가가 적다는 점이었다. 수필가로서 치열한 작가정신이 부족하다는 말이다. 말과 폼으로만 수필가입네 하면서, 실제 창작에서 전문 작가로서 보여줘야 할 치열한 정신이 없다는 것이었다. 작품은 우연히 하늘에서 떨어지거나 땅에서 솟아나는 것이 아니다. 문학을 향한 작가의 열정과 노력으로 좋은 작품이 만들어진다. 이러한 열정과 노력을 두고 작가 정신 혹은 프로 정신이라 한다. 이는 자기 분야에서 전문가로서 자부심을 가지고 자존심을 지키겠다는 굳은 의지이기도 하다. 그런데 이러한 프로 정신을 가진 수필가를 만나기 어렵다는 점이 그 원로 수필가가 이야기하는 내용의 요지였다.

현재 우리 수필 문단에는 이러한 프로 의식이 부족한 수필가가 넘쳐난다. 2000년대에 들어와 수필은 대중성을 확보하면서 엄청나게 양적으로 확대되었다. 새로 명함을 내민 수필가와 수필 전문지가 날로 증가하는 추세다. 이는 디지털 시대의 문화적 여건 변화와 깊은 관계가 있다. 무엇보다 대중은 디지털 매체의 확대로 이제 문학을 소비하는 것으로 만족하지 못하고 직접 생산에도 참여함으로써 새로운 욕망을 키워가고 있다. 대중이 다가가기 가장 쉬운 것이 수필이다. 수필을 통해 우선 문학이라는 고상한 전설을 마음껏 즐겨보자는 무의식적인 욕망이 크게 작동했다. 수필가라는 이름을 달고 그것을 유지함으로써 얻는 개인적인 만족이 전부이다. 자신의 수필 창작이 문학이란 측면에서 어떤 의미가 있으며, 그것이 어떤 공공성을 지니는지 알 바가 아니다. 철저한 아마추어리즘이다. 현재 우리 수필 문단에는 아마추어리즘이 널리 퍼져 있다.

문학 사회학적인 측면에서 수필 창작 자체나 수필가로 살아가는 일은 전력투구할 만한 매력적인 것이라고 하기 어렵다. 우선 세속적인 의미에서 문학가로서 명성과 부를 얻을 가능성이 다른 문학 장르에 비해 낮다. 우리의 구체적인 문학사가 이 점을 잘 말해 준다. 한두 명을 제외하고는 수필 자체로만 그 명성을 얻은 수필가는 거의 없다. 수필집이 베스트셀러가 되어 작가나 출판사가 큰 이익을 얻었다는 소문은 듣지 못했다. 다소 대중의 주목을 받았다 하더라도 그것은 소설이나 시에 비해 초라하기 그지없다. 문학상이란 측면에서도 마찬가지다. 소설이나 시 부문에서 문학상의 상금이 일억 원에 이르는 경우도 있으나 수필에서는 고작 몇 백만 원에 그치고 있다. 문학의 진정한 가치는 돈으로 환산할 수 없다 하더라도, 이러한 현실은 수필 문학의 사회적인 위상을 그대로 반영한 것으로 보인다. 특히, 치명적인 것은 대학의 국문학 전공 분야에서 수필문학은 빠져 있다는 점이다. 국문학과 교수 채용에서도 시, 소설, 희곡, 비평의 네 분야의 전공자만 뽑는다. 수필은 전공 개설 과목 목록에서도 지워진 지 오래다. 현실이 이러하니 누가 수필에 자기 인생 전부를 투자하겠는가?

자신의 개인적인 욕망과 쾌락을 채우려고 선택한 것이기에, 가지고 놀다가 재미없으면 그만두면 될 일이다. 지금 현실적인 효용성이 떨어진 마당에 그만둔다고 해서 아쉬움도 미련도 없다. 쉽게 이별할 수 있음을 전제하는 사랑은 깊지 않은 법이다. 사랑이 깊으면 깊을수록 이별의 아픔은 더욱 커지기 때문이다. 철저히 개인적인 욕망의 잣대에 따라 움직이는 수필가가 수필판을 가득 채우고 있는 것이 현실이다. 욕망의 변화에 충실할 뿐 수필가로서의 치열한 작가정신이나 사명감 따위는 아무런 의미가 없다. 한 번도 작가정신이라는 것을 진지하게 생각해 본 적조차 없다. 수필가라는 이름의 빛과 단물만을 섭취하고, 그것에 따르는 책임과 유지해야 할 품격에 관해서는 외면한다. 이것이 아마추어리즘의 한계다.

한국 현대 수필의 문학적 수준을 우려하던 그 원로 수필가의 이야기 중 내 폐부를 찔렀던 것은 돈이 문제의 전부가 아니라는 말이었다. 자기한테 수필을 배웠던 사람들을 중심으로 문학 단체를 결성하고 적당한 동인지를 발간하면서 수필문학에 대한 자기의 뜻을 펼쳐보려고 했는데, 종국에 가서 벽에 부딪힌 것은 수준 있는 작품과 그것을 만들어 내려는 치열한 작가정신의 부족이었다고 했다. 지금까지는 경제적인 뒷받침만 있으면 좀 더

내실 있는 문학 활동을 전개하고 괜찮은 잡지를 만들 수 있다고 생각해 왔다는 것이다. 그러나 절실히 필요한 것은 돈이 아니라 좋은 작품을 창작하고 수필을 사랑하는 수필가와 그들의 진정성 넘치는 정신적 태도라는 것이었다. 돈 문제는 방법을 구하면 길이 있으나 작가의 태도나 정신을 변화시키고 통제하기란 타율적으로는 불가능했다는 말이었다. 풍요 속에 빈곤이라고 했던가. 그 수많은 수필가 중에서 진정한 수필가를 만나가 어려운 것이 우리 수필계의 현실이다.

　나도 작년에 『수필미학』이라는 수필 전문 계간지를 창간했다. 그리고 일 년이라는 시간이 흘렀다. 이 기간이 나에게는 짧지 않았다. 잡지를 네 번 발간하면서 우리 수필에서 기쁨을 맛보고 희망을 만나기도 했으나, 상처와 실망도 컸다. 잡지에 수록하는 글과 작품에 대해서는 작가에게 반드시 소정의 원고료를 지급했다. 수필가의 자존심을 세워주고 좋은 작품을 발굴하겠다는 취지였다. 하지만 결과는 생각과는 많이 달랐다. 돈으로 적게나마 수필가의 자존심을 세우고 작품 품격을 진작시킬 수 있다는 생각은 오산이었다. 무슨 일을 하든 경제적인 지원은 필수적이다. 그런데 어떤 문제를 돈으로 해결할 수 있다는 생각 자체가 더욱 문제다. 속물적인 발상이다. 품격을 높인다는 이름 아래 더욱 속물주의에 빠져버린 모순 앞에 놓이게 된 것을 알았을 때, 나 자신이 너무나 초라한 것 같았다.

　나의 원고 청탁을 단호하게 거절하는 원로 수필가에게서 수필에 관한 환멸감의 냄새를 맡을 수 있었다. 도저히 넘을 수 없는 벽에 부딪힌 듯한 절망에서 오는 허무감이 스쳐가기도 했다. 나도 지금 마찬가지다. 조금은 멀리서 관망하다가 수필판 안으로 깊이 발을 담글수록 깊어지는 느낌, 그것은 환멸과 실망과 허무가 한 덩어리로 뭉쳐진 묘한 감정이다. 진정성이 빠져버린 상태에서 느끼는 허기 같은 것이기도 하다. 원칙을 경직된 융통성 없음으로 몰아붙이고, 진지함을 철 덜 든 순진함으로 치부하는 풍토 앞에서, 나는 행동의 현실적인 접점을 찾지 못하고 언제나 어리둥절할 뿐이다. 수필을 쓰고, 수필집을 발간하고, 수필 단체에 가입해 활동하고, 누구에게 수필을 가르치고 누구한테 수필을 배우는 우리는 무엇을 이루려고 하는가? 혹시 문학을 자기 과시나 치장 정도로 생각하는 것은 아닌지 모르겠다.

수필은 순수한 문학도, 고상한 예술도 아니다. 작가 개인의 체험에서 글감을 찾아 자신의 존재와 삶을 성찰하는 글쓰기다. 문학이기 전에 생활의 기록이며 삶의 의미 찾기이다. 우리는 왜 수필에 '생활문학'이라는 수식어를 붙이고, 그것의 문학성 앞에서 궁색해지는가? 그것은 수필의 한계 때문이 아니다. 수필의 태생적인 원래의 모습이 그러하기 때문이다. 즉, 이는 극복의 대상이 아니라, 더욱 발전시켜 가야 할 고유한 특성이라는 말이다. 그런데 오랫동안 우리는 수필에 아름다운 문학의 이름으로 붙여주려고 애썼다. 그것은 수필의 본색을 무시하고 구속하는 일이다. 수필을 문학의 테두리 안에 가두어 놓고 문학이 되라고 강요해서는 안 된다. 문학으로부터 자유로울 때 수필은 자신의 본성에 충실한 글쓰기로 그 정체성을 확립할 수 있을 것이다.

수필의 질적 수준을 따지고 수필가의 진정성 있는 작가정신을 요구할 때, 그 기준을 문학에만 제한해서는 곤란하다. 대체로 수필의 문학성을 심미적인 가치에서 찾는데, 이때 심미성은 윤리적인 가치와는 분리된 세계이다. 문학이 예술의 한 갈래이고 수필이 문학의 중심 갈래라고 한다면, 그 순수한 혈통으로서 심미성은 윤리와 무관할 수도 있다. 근대 미학이 이 지점에서 출발했기 때문이다. 그런데 수필은 윤리적인 가치와 심미적인 가치가 분리되지 않은 지점에 있다. 양쪽의 연결 고리가 느슨해지면 문제가 생긴다. 수필의 화자는 수필가 자신이다. 수필작품이 담고 있는 모든 내용과 형식은 고스란히 수필가 자신의 몫이다. 수필의 언어는 간접적인 상징이나 비유가 아니라 직접인 진술의 방식이다. 따라서 윤리성과 진정성은 수필의 원초적인 생명이고 논리이다. 이것으로부터 멀어지면 수필은 타락하고 천박해진다. 수필의 질적 수준과 관련된 모든 언급은 그 뿌리는 여기에 닿아 있다.

수필의 질적 수준! 너무 자주 들어 싫증이 나지만, 이것은 오늘의 우리 수필에서 절실히 요구되는 자기 점검의 출발선이면서 종착지다.

창작과 비평의 열린 만남
—『수필미학』창간사

21세기에 들어와 벌써 십 년을 훌쩍 넘겼다. 돌아보건대 그간 많은 변화가 있었다. 변화의 물살은 우리의 삶과 의식을 크게 바꾸어 놓았다. 수필계도 마찬가지다. 수필판이 엄청나게 넓어졌다. 많은 사람이 수필판에 들어왔다. 그중에는 삼사십 대의 젊은 층도 있지만, 오륙십 대가 주를 이루었다. 수필의 문을 두드리는 그들의 목소리에는 힘이 넘쳐났다. 그 태도는 결연하다. '문학의 죽음'이란 담론도 수필에 이르면 그 논리를 잃고 만다. 수필 전문지와 동인지, 수필 창작을 전문으로 교육하는 기관과 단체, 수필을 매개로 만나는 동호인 모임, 수필문학상 등이 우후죽순처럼 생겨나 손으로 꼽을 수 없을 정도다. 수필의 대중화 시대가 열렸다고 해도 과언이 아니다. 수필은 이제 과거의 교과서에만 있지 않고, 대중 속에서 대중과 함께 호흡하는 문학 장르가 되었다.

이러한 변화와 흐름을 걱정하는 사람도 많다. 작품의 질적 저하를 가져왔다느니, 많은 수필 단체가 진정성과 품격을 갖추지 못했느니, 상업성 추구로 문학의 순수성을 잃었느니 하는 비판의 목소리가 끊이지 않는다. 이는 부분적으로 옳은 이야기이기도 하다. 그런데 이런 관점 대부분이 '지난날은 그렇지 않았다.'라는 식의 과거 지향적이라는 점이 문제다. 그렇지만 우리의 현대 수필문학 100년사를 돌아보면, 수필이 문학의 순수성을 지키는 파수꾼이었던 시대는 한 번도 없었다. 오늘의 수필과 수필가가 일방적으로 과거보다 못하다고 말하는 것은 오류이고 선입견이다. 아직도 과거 몇몇 수필가의 작품이 우리 수필문학의 전범으로 인식하는 관행은 그대로다. 오늘 우리 수필에 대해서는 전혀 모르면서, 알려고 하지도 않는 사람들이 수필을 함부로 말하고 재단하는 것을 본다. 이들은 치열한 작가정신으로 무장한 수필가가 활동하고 있다는 점을 모르고 있다. 오늘의 수필은 절대 지난 시대 수필보다 수준이 뒤처지지 않는다. 본인도 수필가이면서 수필 인구의 놀랄 만한 팽창을 작품의 질적 저하로 몰아가는 것은 어불성설이다. 지금은 우리 수필계가 맞이한 이 활황을 환영하고 새로운 국면을 열 수 있는 논리를 마련하는 것이 무엇보다 중요하다.

이제 우리 사회는 디지털 문화의 중심으로 진입하고 있다. 디지털 시대의 문학은 창작, 유통, 소비되는 방식에서 과거와 판연히 다른 모습을 보인다. 매체의 중심이 문자언어에서 디지털 언어로 넘어갔기 때문이다. 문자 시대에는 문학과 종이책이 중심에 있었지만, 지금의 디지털 시대에 와서는 영상매체가 그 중심을 차지하고 있다. 문학은 세력이 점점 약화하고 문화의 중심에서 밀려나고 있다. 21세기 디지털 영상매체의 확대에 따른 문학의 적응은 다양한 모습으로 나타나는데, 그 하나가 수필의 확산이다. 소수 특정 문인의 전유물이었던 문학이 다수 대중이 참여하는 문학으로 진화하는 중이다. 소위 문학의 대중화가 그 대세로 부각했다. 이 문학의 대중화에 가장 적합한 장르로 등장한 것이 바로 수필이다. 지금 디지털 시대에 생산된 수필은 문학이 전성기를 누리던 문자 시대의 수필과는 적잖은 차이를 보인다. 따라서 지난 시대의 수필관과 이론을 기준으로 오늘의 수필을 평가하는 것은 오류다. 그런데 아직 우리 수필계는 이에 대한 이해와 인식이 턱없이 부족하다. 오늘 우리 수필문학을 주도하는 세대 대부분이 과거 문학관에 빠져 오늘의 변화된 문학 현실을 제대로 파악하지 못하고 있다. 선입견으로 굳어진 기존의 수필관은 오늘의 낯선 국면과 접할 때마다 마찰과 갈등을 불러일으킨다.

지금 우리 수필 문단에서 가장 절실한 것은 무엇일까? 갑작스레 밀어닥친 현기증 나는 변화 앞에서 정신을 가다듬고 앞으로 나아갈 방향을 설정하는 것이 무엇보다 중요하다. 이에 먼저 요구되는 부분이 다양한 수필이론의 확대·생산이 아닌가 싶다. 이론은 현실 세계나 대상을 바라보고 해석하는 창이다. 어떤 창으로 바라보느냐에 따라 대상의 의미는 달라진다. 이론의 다름이 의미 생성의 토대라는 뜻이다. 이론은 고정된 논리를 앞세워 실제 현실을 획일화하거나 이념화하는 것이 아니라, 현실의 의미를 다양하게 바라보는 길을 열어준다. 변하지 않은 고정불변의 이론은 없다. 대상을 새롭게 보는 욕망이 발동하는 데서 이론이 생겨나기 때문이다. 대상의 새로운 보기와 해석이 곧 이론이다. 이론은 고정관념을 깨고 세계와 현실을 새롭게 구성하려는 역동적인 의지의 발현이다. 변화를 두려워하고 지금을 지키려는 자는 이론을 배척한다. 그때마다 이론과 실제는 일치하지 않는다는 점을 이유로 내세운다. 우리 수필계도 마찬가지다. 이론에 대한 알레르기 반응을 보이는 풍토를 청산해야 한다. 탄탄하고 다양한 이론 생산 없이는 수필이 주변문학이라는 그릇된 인식을 깨뜨리기 어려울 것이다. 수필이 문학으로서 고유한 성격을 지닌다는 점을 이론적 논리의 뒷받침 없이 어떻게 주장할 수 있겠는가. 이론은 본질적인 원리에 대한 관심에서 출발하여 새로운 질서를 정립하려는 합리적인 논리의 산물이다. 이 책의 이름을 '수필미학'으로 정한 까닭도 수필 창작 못잖게 다양한 이론 생산에도 이바지하겠다는 뜻을 가졌기 때문이다.

다음으로 현재 우리 수필계가 안고 있는 심각한 문제가 비평 부재다. 많은 수필 전문지가 작품의 발표 지면으로서 역할만 할 뿐, 비평 기능은 거의 담당하지 못하고 있다. 그나마 작은 자리를 차지하고 있는 비평조차도 단조롭고 전문성이 부족하다. 물론 수필 이론과 비평을 생산할 수 있는 인프라가 충분히 구축되지 않은 현실에서 제대로 된 수필비평이 생산되기란 여간 어려운 일이 아니다. 하지만 이러한 국면을 타개하기 위한 노력까지 포기해서는 안 된다는 말이다. 창작을 따라다니면서 시시콜콜 간섭하고 작품의 작은 흠집을 확대하여 나무라는 것이 비평이 아니다. 비평은 수많은 작품 가운데서 보석을 가려내어 격려하고, 부족한 부분을 지적하여 보완할 수 있도록 조언하며, 바람직한 창작방법을 제시하여 창작의 새로운 길을 제안하고, 해석과 평가를 통해 작품의 의미와 가치를 발견하여 작품의 의미를 풍성하게 해주고, 수필 독서의 안내자가 되기도 한다. 비평은 창작의 적대자가 아니라 조력자이고 동지이다. 비평이 창작에 기생하는 것도 아니고, 일방적으로 도움을 주는 것도 아니다. 창작의 종속물은 더더욱 아니다. 작품은 비평을 만남으로써 자신의 넓이와 깊이를 더욱 키울 수 있고, 비평은 창작을 만남으로써 존재의 의미를 확대할 수 있다. 본지가 '창작과 비평의 열린 만남'이란 슬로건을 내건 까닭도 여기에 있다. 이는 선전을 앞세우는 말의 수사적 차원이 아니라, 좋은 수필비평 생산을 위해 다양한 방법을 강구하겠다는 뜻을 분명히 밝히는 것이다.

현재 우리 수필은 좋은 기회를 맞이했다. 문학의 전반적인 침체 속에서도 수필만은 더욱 생기를 발하고 있다. 단지 수필 인구의 팽창을 두고 하는 말만은 아니다. 수필 자체가 문학의 진수이고 매력적이기 때문에 팽창한다고 볼 수 없다. 급변하는 문화 환경에 그 원인이 있다. 우리는 지금 영상매체 중심의 디지털 문화 한가운데 들어와 있다. 수필은 문학이다. 문학은 문자 매체 중심 시대의 총아였다. 우리 앞에는 매체의 혁명적인 변화가 전개되고 있다. 새로운 디지털 전자문화 시대에서 문학은 주변으로 밀려날 수밖에 없다. 이는 운명이다. 그런데 아직도 이러한 문화 환경의 변화를 읽지 못하고 수필을 문학의 순결주의 속으로 가두려는 경향이 만연하고 있다. 착각이다. 논리가 없는 감상에 지나지 않는다. 수필이 제대로 호흡을 하려면 문학의 올가미를 벗어던져야 한다. 이 시대는 예술과 문학의 순수성만을 고집하는 수필을 원하지 않는다. 문학이 문자문화 시대에는 정상에 있었으나 지금 디지털 문화 시대에서는 아니다. 문학이 정상에서 내려오는 과정에서 수필이 부각된 것이다. 전성시대의 향수에 젖어 오늘의 문학과 수필을 인식해서는 안 된다. 문학은 변했다. 수필도 변했다. 어제의 수필과 오늘의 수필은 다르다. 문자매체 시대의 수필과 디지털매체 시대의 수필은 그 특성에서 큰 차이를 보인다. 이를 인정하지 않으려는 데 문제가 있다. 이제 디지털 시대 수필의 본질과 정체성이 무엇인지 깊이 생각해 봐야 할 것이다. 창작도 여기서 그 구체적인 방법을 찾을 수 있다. 수필의 본질에 대한 새로운 인식 전환이 요구되는 시점이다.

계간지 『수필미학』을 창간한다. 지금 우리 문단에는 수필 전문지가 많다. 많아 나쁠 것 없다. 하지만 적잖은 문제를 안고 있다고 한다. 수필 전문지 모두는 저마다 개성을 지니고 있지만,

대부분 그 형태와 내용이 엇비슷하다. 운영하는 시스템이나 담아내는 내용물도 별반 차이가 없다. 모두 재정적 열악함으로 궁색하기가 그지없다. 그러다 보니 문제점을 드러내고 있는 것이 사실이다. 수필계에 몸담은 수필가들이 수필 전문지의 문제점을 하기 좋은 말로 쉽게 비난하는 것을 본다. 사실이 그렇다 하더라도 비난에 앞서 잡지를 만들어 내는 사람들의 뜻과 수고에 관해 한 번쯤 생각해보았으면 한다. 이들 잡지가 그간 수필계에 이바지한 바는 절대 적지 않다. 겉으로는 개인 사욕으로 비칠지 모르나 잡지 발행의 중심에 있는 사람들의 수필 사랑과 자기 희생은 높이 평가하지 않을 수 없다. 이번에 출발하는 『수필미학』은 현재 우리의 수필 전문지가 안고 있는 고충을 잘 알고 시작한다. 형식이나 내용에서 앞선 수필 전문지를 능가하는 무엇을 내놓겠다는 욕심도 없고, 그럴만한 능력도 갖추지 못했다. 앞엣것을 길잡이로 삼아 내실을 다져가는 성실하고 개성 있는 수필 전문지가 되고자 할 뿐이다.

콘텐츠 구성의 몇 가지 측면에 무게를 둘 생각이다. 첫째, 수필에 입문한 지는 오래되지 않았지만, 수필을 사랑하고 창작 열정을 지닌 작가에게 작품 발표 기회를 최대한 넓히도록 노력할 것이다. 현재 수필 문단에서 유명세를 누리는 작가는 작품 청탁이 많아 불감당이나 나머지 작가 대부분은 사정이 정반대다. 이름보다 작품을 우선해야 할 것이다. 양극화를 조금이라도 해결할 길을 찾을 필요가 있다. 둘째, 수필이론을 생산하고 정립하는 차원에서 전문가를 발굴하고 양성하여 그들의 주장을 널리 알리고자 한다. 좋은 수필 이론과 비평을 확대하기 위해 그 필진을 수필계에만 한정하지 않고 학계나 다른 장르 전문가로 넓힐 생각이다. 셋째, 우리 현대 수필문학사가 기억해야 할 자료와 테마를 찾아내어 그 의의를 재조명하는 일을 지속해서 추진할 것이다. 그 대상은 수필작품이나 수필가가 될 수도 있고, 수필론이나 비평이 될 수도 있다. 넷째, 새로 발간된 작품집 자세히 읽기에 큰 비중을 둘 생각이다. 이는 한 수필가에 대한 평가가 개별 작품보다는 수필집 단위로 이루어져야 한다는 점을 반영함이다. 다섯째, 수필계 밖의 시인이나 소설가의 수필을 수록함으로써 수필에 관한 그들의 긍정적 이해를 조금이라도 이끌어내 볼까 한다. 마지막으로 『수필미학』에 수록하는 모든 글에 적지만 소정의 원고료를 지급할 것이다. 이는 수필 자체를 존중하고 작가의 노고를 기억한다는 뜻이다. 『수필미학』 발행의 주안점을 이렇게 제시하는 것은 개인의 욕심이 아니라, 수필 잡지를 만드는 사람이 해야 할 기본이라고 생각한다. 『수필미학』이 기본을 지켜나가는 잡지로 우뚝 서도록 노력을 아끼지 않을 것이다.

문학이 죽어가는 신음을 내는데도 시와 소설 중심의 우리 문단은 아직도 과거 문학주의 향수에 젖어 있다. 이것보다 더 큰 병폐는 대학에서 이루어지는 학문적인 제도나 관습이다. 수필은 문학 속에 넣지도 않는다. 수필론 강의는 전무하다. 대학과 학계의 문학 연구는 죽은 자의 무덤을 파헤치는 데만 골몰하고 있다. 수필은 연구 대상에서 아예 제외한다. 문학 연구자나 학자 대부분은 수필 연구를 외면한다. 수필이 과거에도 문학으로 있었고, 지금도 활발하게 진행되는데도 말이다. 그들은 과거 교과서에서 읽은 몇 편의 수필에 대한 기억을 가지고 마치 수필을 잘 알고 있는 것처럼 함부로 말을 뱉는다. 수필은 문학의 한 부분을 차지하고 있다. 수필을 외면하는 문학연구는 반쪽에 불과하다. 문학 연구자들이 수필의 현재에 관해서는 전혀 모르는데도 별로 개의치 않는다. 알려고 하지 않는다. 문학계나 학계의 이 같은 고질적인 수필 외면을 비판하고 바로잡아야 한다. 이는 『수필미학』이 수행해야 할 또 하나의 책무이다.

문학은 인간 존재와 삶을 탐구한다. 인간 존재의 본질과 삶의 구체적인 현실에 관해 말하는 것이 문학이다. 수필도 마찬가지다. 인간 존재에 대한 물음은 수필의 주요 테마다. 철학에 바탕을 두고 인생론을 펼치는 작품이 이런 계열에 속한다.

다음으로 수필은 일상의 발견이고 찬가이다. 삶의 현장에서 만나는 자질구레한 일상은 수필의 보고이고 집이다. 파도에 쓸려 묻혀버리는 바닷가 모래 위에 새겨진 흔적처럼 인간 삶의 흔적도 시간 속으로 사라지고 만다. 시간 속으로 사라지는 일상의 의미를 캐고, 그것으로 오늘의 삶을 정화하는 것이 수필 쓰기다. 일상을 담아내는 이러한 수필이 문학적 품격을 갖추지 못하면 개인의 넋두리로 전락하고 만다. 일상의 다양한 모습과 의미를 찾아 문학적으로 변용하는 일은 수필의 가장 주요한 의무이다.

인간 존재의 본질을 탐구하고 작은 일상의 의미를 엮어내는 수필이 제 역할을 다할 수 있는 방법을 탐색하는 것도 수필 전문 잡지가 해야 할 일이다. 여기에는 사명감이 필요하다. 관습과 제도에 빠져 막중한 사명감을 망각해서는 곤란하다. 우리 『수필미학』은 이런 측면에서 초심을 잃지 않기 위해 항상 긴장할 것이다.

수필 이론과 비평의 필요성

1.

　도시 지하철을 탄 사람들이 모두 고개를 숙이고 무언가를 보고 있다. 그것에 푹 빠져 주위에 관해서는 전혀 관심이 없다. 버스에서도 마찬가지다. 심지어 길을 걸어가면서도 무언가를 고개 숙여 열심히 들여다보고 있다. 스마트폰이다. 이 시대에 휴대폰이나 스마트폰을 사용하지 않는 사람은 미개인이 아니면 외계인이다. 21세기에 진입하면서 모바일 미디어는 기하급수적으로 늘어났다. 이렇게 많은 사람이 일제히 모바일 쪽으로 다가가리라고는 누구도 예상치 못했다. 지하철 안에서 각종 신문이나 책을 읽던 그런 시대는 아득한 옛날이 되었다. 우리는 모두 디지털 혁명의 한복판에 들어왔다. 인간의 노동과 여가와 커뮤니케이션의 방식이 확연히 달라졌다. 마음만 먹으면 언제 어디서나 누구하고든 소통할 수 있다. 전보를 치기 위해 전화국으로 달려갈 필요도 없고, 친구에게 전화를 걸려고 공중전화 부스를 찾을 필요도 없다. 시간과 공간을 뛰어넘는 이 기상천외의 네트워크는 우리의 일상을 바꾸어 놓았다. 이는 단지 통신 기술의 혁명이 아니라, 인간 삶의 방식과 문화의 특성까지도 새로운 국면에 놓이게 되었다. 오늘의 우리는 '호모 모빌리쿠스'이다.

인류 문명의 발전은 언어 매체의 전개 과정이라 해도 과언이 아니다. 구텐베르크가 활자언어 시대를 개막한 지 5백 년의 역사가 흘렀다. 그런데 21세기가 시작되면서 활자언어는 그 전성기의 영예와 자리를 디지털 영상언어에게 내어놓을 수밖에 없었다. 활자언어 시대의 중심에 책과 문학이 있었다면, 그 책과 문학은 이 시대에 이르러 종말의 내리막길을 걷고 있다. 활자의 시대, 책의 시대가 빠르게 저물어 간다. 지금 디지털 문화 시대의 책과 문학은 활자문화 시대에 꽃을 피웠던 그 책이나 문학과는 위상이 다르다. 즉, 우리 앞에 전개되는 그것은 새로운 책이고 새로운 문학이다. 수필도 마찬가지다. 한국 현대수필 백년사에서 지금의 수필은 문학 전성시대의 수필과는 많은 차이를 보인다. 우선 필요한 것은 양자의 거리를 인식하는 일이다. 이러한 인식이 전제되지 않은 상태에서 우리 수필은 한걸음도 앞으로 나아갈 수 없다.

수필의 존재 방식이 바뀌고 있다는 인식을 바탕으로 그 구체적인 변화 양상에 주목하는 것이 순서이다. 우선 수필문학에 대한 탐색은 문학 혹은 수필이 디지털매체 환경에 놓여 있다는 전제에서 출발해야 한다. 디지털 환경은 수필작품의 생산, 유통, 소비에 영향을 미치는 아주 중요한 요인으로 작용하고 있기 때문이다. 생산과 소비가 시장경제원리에 따라 적절한 균형을 유지한다면 문제가 될 것이 없는데, 현실은 그렇지 못하다. 소비되지 않는데도 생산은 확대되는 기이한 현상을 드러낸다. 만약 상품의 경우였다면, 시장에 엄청난 혼란이 일어났을 것이다. 그리고 소비되지 않아 손해 볼 것을 뻔히 아는데, 무리하여 생산할 리도 없다.

그런데 문학작품은 시장의 일반 상품과는 다르다. 문화상품의 생산과 소비가 경제적 손익만을 기준으로 해서 이루어지는 것이 아니기 때문이다. 여기에는 정신적이고 심리적인 가치가 개입한다. 창작 자체만으로도 만족할 수 있고, 이러한 만족감을 맛보기 위해서는 얼마의 경제적 비용도 감수하겠다는 것이다. 개인의 정신적 만족으로 말미암아 오늘날과 같은 복잡한 사회를 살아가면서 받는 스트레스를 완화하는 것만으로도 충분하다는 뜻이다. 전통적으로 문학은 독자와의 소통을 꿈꾸고 그 가치를 소중하게 여겼지만, 이제는 소통 이전에 창작 자체에서 얻는 심리적 카타르시스가 중요한 가치로 대두했다. 21세기에 들어와 수필이 확대되었다면, 그것은 수필작품이 널리 읽힌다는 말이 아니라 수필 창작 인구가 대폭으로 늘어났다는 말이다.

2.

독자와의 소통이나 작품 자체의 전통적인 문학적 가치 등이 작품 창작을 크게 구속하지 않는다고 해서, 창작이 무질서하게 활보해서는 곤란하다. 디지털 시대의 문화적인 여건과 맞물려 있는 수필 창작의 양적 확대는 긍정적인 것으로만 작동하는 것은 아니다. 독자를 의식하지 않으면, 창작은 나르시시즘이나 매너리즘에 빠지기가 쉽다. 외적 간섭과 통제 부재는 창작의 자유로움을 선물했으나 문학으로서 질적인 수준 저하를 가져올 수 있다. 이 같은 작품의 질적 저하는 독자의 이탈을 증가시키는 악순환을 되풀이한다. 여기에서 필요한 것이 창작의 진지한 자의식인데, 이 자의식을 발동시키는 계기를 마련 주는 것이 수필의 이론과 비평이다.

수많은 수필 전문 문예지와 동인지가 쏟아져 출간되고 있지만, 대부분 수필작품으로 채워지고 이론이나 비평은 겨우 명맥만 유지할 정도다. 동인지는 거의 비평을 수록하지 않는다. 전문 문예지에 게재되는 비평도 아마추어 수준을 넘지 못하는 단평이나 감상에 머무는 경우가 허다하다. 이렇게 비평이나 이론이 황폐화한 문학 장르는 없을 것이다. 일반 시민을 대상으로 수필 창작을 교육하는 단체와 공간이 많이 생겨났으나 대부분 창작 기법이나 문장 표현에만 주력하는 것 같다. 수필의 본질과 특징을 탐구하는 이론적인 논의나 작품을 제대로 평가하는 비평은 거의 외면한다. 수필 나무의 가지와 잎은 무성한데 뿌리와 줄기는 부실하기 짝이 없다. 이처럼 근간이 튼실하지 못하므로 외부의 작은 도전에도 쉽게 흔들리고 갈팡질팡한다. 수필 이론과 비평의 필요성조차도 인식하지 못하는 것이 현실이다. 이론이나 비평은 현학적인 지식을 등에 업고 창작의 자유를 제한할 뿐, 그 이상의 어떤 효용성도 없다는 것이 평균적인 시각이다. 이러한 실정에서 수필문학의 본질을 꼼꼼하게 탐색하고 창작이나 비평 방법을 모색하는 '수필에 대한 자의식'이 발동되기 어렵다. 작품만 쏟아놓고 그것을 풍성하게 해석하고 평가하는 이론과 비평 생산에 손 놓고 있다는 점이 우리 수필계의 가장 큰 문제점이다.

이론과 비평이 제자리를 채우지 못하자 거기에 문학 외적이며 한없이 가벼운 대중문화가 틈입해 왔다. 그룹을 짓고, 동인지를 출간하고, 출판기념회도 열고, 문학기행을 가는 등 이벤트성 행사를 통해 단체를 결속시켜 나간다. 여기에는 대중의 고급 문화 향유 욕구를 충족시켜주면서 자본주의의 얄팍한 상업적 목적을 달성하려는 의도가 감추어져 있다. 그 많은 수필 전문지나 수필 모임 중 자기만의 고유한 방향을 가진 경우가 얼마나 될까 의문이 간다. 확장 일로를 걸어가는 우리 수필계가 자기 정화를 거쳐 문학으로서 진정성을 회복하려면 이론과 비평을 통해 자의식의 깊이를 확보하는 일이 급선무다.

세월호 참사 이후 우리의 수필문학

1

세월호 참사가 2014년도 우리의 봄을 참담하게 구겨 놓았다. 집단 우울증을 유발할 정도였다. 나라가 나의 안전과 생명을 지켜 줄 능력을 상실했다는 점을 뼈저리게 느꼈다. 내가 어떤 궁지에 몰렸어도 마지막에는 국가가 나를 지켜줄 것으로 믿었는데, 그 믿음은 이번 참사로 무참하게 깨지고 말았다. 어처구니없는 사고나 사건이 언론을 통해 수시로 전해와도, 공직사회의 부패와 기업의 횡포를 심심찮게 들으면서도 나의 나라와 사회가 이 정도로 엉망진창인 줄은 예상치 못했다. 속물성과 천박함이 이처럼 깊이 뿌리박혀 있을 줄은 꿈에도 생각하지 않았다. 그동안 '경제협력개발기구' 소속 국가 중 자살률이 가장 높다는 이야기를 들을 때의 걱정도 우리의 경제 규모가 세계 10위권에 육박했다는 보도를 접하면서 눈 녹듯이 사라졌다. 그런데 이번은 아니었다. 암담, 참담, 우울, 비참, 부끄러움, 분노 등 그 어떤 언어도 우리 감정을 제대로 표현하기에 부족했다. 우리는 이번에 대한민국이 '세월호'임을 절실히 느꼈다.

우리 사회는 반드시 세월호 참사 이전과 이후로 구분되어야 한다는 말이다. 이번 사고를 계기로 국가와 사회와 시민은 모두 바뀌어야 한다. 이 엄청난 일을 겪고도 전과 달라지지 않는다면 우리에겐 희망이 없다. 우리 전부가 달라져야 한다. 제도적인 개혁이 이루어지고 국민 전체의 의식이 전환되어야 한다. 바뀌려면 무엇보다 자기 반성이 선행되어야 할 것이다. 그런데 우리는 어떠한가? 그간의 소위 '세월호 담론'은 비판과 비난의 말만 홍수처럼 쏟아놓았다. 예리한 분석과 단호한 비판이 진작 그렇게 이루어졌다면 이번 참사는 막을 수 있었을 것이다. 그런데 정부의 의례적인 사과가 있기는 했으나 세월호 담론은 자성보다는 밖을 향하는 비난으로 넘쳐났다. 하나같이 잘못은 내 밖에 있고, 나는 깨끗하고 문제가 없다는 식이었다. 말 잔치를 벌였던 언론에서도, 정의와 도덕과 공공성을 주장했던 그 숱한 지식인 누구한테도 진지한 자성의 목소리를 들을 수 없었다. 달라지려면 '내 탓이다'는 자기 반성부터 선행되어야 할 것이다.

'돈이 매뉴얼이 된 한국 사회'. 이는 어느 일간지가 세월호 참사 이후 공공성이 무너진 한국 사회를 이렇게 규정했다. 신자유주의 경제 체제의 승자 독식의 경쟁 구도는 우리에게 불안감을 안겨주었고, 아엠에프 이후 우리 사회 구성원은 자존감보다는 생계와 생존을 우선시하게 되었다. 그동안 일구었던 부를 하루 아침에 모두 날리고 집도 없이 길바닥에 내몰리는 일을 직접 겪거나 곁에서 지켜본 우리에게 돈은 생존의 절대적인 조건이고 신앙이 되었다. 인간적인 자존심이나 품격은 사치에 불과했다. 동물적인 차원으로 몰락하더라도 그 순간 사회적 지탄만을 피해갈 수만 있다면, 돈을 위해서는 무엇이든 하겠다는 각오를 굳혀 왔다. 인간적인 품격을 상실하고 동물적인 생존의 논리를 무의식적으로 체득한 개인은 공공성과 단절된 이기적인 속물주의의 길을 걸을 수밖에 없다. 점점 노골화되어 가는 천박한 속물주의에 대한 반성 없이는 아무리 제도를 보완하더라도 또 다른 세월호 참사는 멈추지 않을 것이다.

수필로 돌아와 보자. 문학은 원래 인간 삶을 훼손하는 것들에 대한 저항이다. 인간 존재의 근원적인 한계와 삶의 결핍에 대한 인식을 바탕으로 인간성을 옹호하는 것은 문학이 오랫동안 추구해온 핵심 가치다. 휴머니즘이 바로 그것이다. 수필도 그 지향점은 이와 다르지 않다. 더욱이 수필은 자기 성찰이라는 내적 형식을 통해 삶의 진정성을 찾으려는 문학이다. 윤리적인 자아가 전제되지 않은 수필은 가벼운 언어 유희나 잡다한 수다로 전락하기 쉽다. 문학이라는 우상에 구속되어 많은 수필가가 본연의 자리를 찾지 못하고 우왕좌왕하는 것을 본다. 윤리적 진정성을 외면하고 수필은 설 자리가 없다. 그런데 그 진정성은 밖에서 주어지는 규율이 아니라 작가가 자기 내면에서 획득할 수 있다. 즉, 자기 내면의 목소리에서 귀 기울이고 거기서 삶의 준거를 찾고자 하는 데에서 진정성이 발현된다. 그것은 바로 자기 성찰이라는 수필의 형식을 구체적인 작품 안에서 얼마나 진실하게 구현하느냐의 문제이기도 하다.

자기 내면의 진정한 목소리에 귀 기울이는 것이라면 수필보다 이에 더 몰두한 글쓰기는 없었을 것이다. 그런데 문제는 수필이 내면에 자리 깔고 앉아 밖으로 나오지 않는다는 점이다. 세상이 뒤집혀 엉망인데도 나 몰라라 하고 자기 안에 숨어 자기 성찰을 아무리 반복해도 그것은 진정성 구현이 아니다. "자기실현을 추구하는 진정성의 태도는 독백적이라기보다 대화적이며 타자와의 호혜적 관계에 기초한 역사적이고 사회적인 지평을 내포할 수밖에 없다. 주체는 이러한 지평으로부터 주어진 가치들을 선택하고 재정의하며 의미 있는 삶을 추구하게 되는 것이다."[50] 주체의 내면에 안주하는 경향이 수필의 내적 형식으로서 자기 성찰이 지니는 한계이다. 특히 수필의 진수로 오인되고 있

---

50) 심보선의 『그을린 예술』(민음사, 2013), 45쪽.

는 서정수필은 타자나 사회적 지평으로부터 거의 단절되어 나르시시즘에 갇혀 있다. 수필이 진정한 자기 성찰에 도달하려면 편안한 자기 감옥에서 벗어나 불편한 사회와 역사 현장으로 나와야 한다.

수필은 생활 실천의 문학이다. 작품 안의 자아와 작품 밖의 현실적인 자아는 일치해야 한다. 그런데 이 양자의 어긋남을 곳곳에서 발견한다. 문학 제도적인 측면이 더욱 그러하다. 제도적인 모순과 비리의 진흙탕에서 생산되는 문학이 건강할 수 없다. 오늘날 우리의 수필이 생산되고 유통되는 제도적인 측면이 너무나 반윤리적이다. 속물성을 노골적으로 드러내고 있다. 물론 문학도 사회적인 제도인 만큼 경제 원리를 외면하고 정신적인 이상만을 추구할 수는 없다. 하지만 문학이 마지막까지 지켜야 할 고유한 부분이 있다. 이 사회의 타락과 비인간화에 맞서 인간의 윤리적인 가치를 지키는 일이 그것이다. 이것이 무너지면 문학은 끝장이다. 깊이 침투한 수필 문단의 속물주의는 청산되어야 할 중대 과제다. 작품 안에서만 자기 성찰을 외칠 것이 아니라, 수필이 생산되고 유통되는 제도적인 측면에서도 자기 정화가 이루어져 한다. 이런 자정이 선행되지 않은 상태에서 수필은 거짓이거나 자기 치장에 불과하다.

수필 공부

1.

'폼만 잡는다.'는 말이 있다. 어떤 일을 진정으로 하지 않고 겉으로만 그렇게 하는 척하는 것을 두고 부정적으로 비아냥거릴 때 쓰는 말이다. 문학판에도 시인입네 소설가입네 수필가입네 하면서 폼만 잡고 거들먹거리는 사람이 적지 않다. 제 멋에 사는 세상인데 그런 사람을 누가 나무랄 것인가? 어디에든 염불보다는 젯밥에 마음 두는 사람이 있기 마련이다. 문학가라는 허울 좋은 이름만 내걸어 놓고 문학 아닌 다른 데 관심 쏟는 사이비와 키취가 존재하기 때문에 문학판이 재미있게 굴러가는지도 모른다. 더욱이 희한한 것은 얄팍한 겉 폼으로 욕망을 채우려는 이들을 적당하게 이용하는 단수 높은 자가 따로 있다는 사실이다. 그 고단수는 뛰는 놈 위에 나는 놈이지만, 그 나물에 그 밥이다. 자기를 과시하는 치장이나 동네 친구와 어울리는 오락판 정도쯤으로 문학을 생각한다는 점에서는 똑같다. 융통성 없다고 비난받는 순수함과 순혈주의가 새삼 그리운 시대다. 문학판이 놀이판이 아닌 공부판이 되어야 하지 않겠는가, 라는 생각에서 하는 말이다.

그래도 희망적인 것은 문학을 진지하게 공부하려는 사람이 우리 주위에 적지 않다는 점이다. 특히, 근래에 들어 수필계에도 공부 마당에 모여 수필을 진지하게 탐구해 보려는 사람이 늘고 있다. 창작의 길로 막 들어선 사람이나 기성 수필가가 공부 모임을 만들어 합평이나 토론 등 다양한 방법으로 수필 공부에 열정을 쏟는다. 온통 가벼움과 키취가 판치는 가운데에서 이러한 진지함은 청량제 역할을 하고도 남는다. 이들의 공부가 제대로 이루어진다면 수필의 미래는 밝다. 어쨌든 중요한 것은 대학이 아닌 시민 광장에서 창작이든 읽기든 간에 문학을 공부의 장으로 끌어들였다는 점은 칭찬받을 만한 일이 아닌가? 문학적 성취나 작품 창작은 공부의 산물보다는 타고난 재주의 결실이라고 생각하는 사람이 많았다. 문학을 깊이 이해하지 못하고 대충 소문만 듣고 짐작하는 사람일수록 더욱 그렇다. 이성으로 이해하기보다는 감성으로 느끼는 것이 문학이라는 선입견에 빠져 있기 때문이다. 다부지게 마음먹고 문학 공부에 뛰어든 사람은 이런 미망에서 벗어날 수 있을 것이다.

공부 이야기를 수필 부문으로 한정해 보자. 학교 아닌 시민 광장에서 이루어지는 문학 공부 중에서 가장 많은 사람이 참여하는 분야가 수필 창작 공부가 아닐까 생각한다. 2000년대에 들어와 디지털 문화 환경은 글쓰기의 대중화를 가져왔고, 그것을 주도한 것이 바로 수필 쓰기였다. 수필 쓰기는 대중의 문화 욕구, 특히 오랫동안 억압되어 왔던 문학에 대한 선망과 욕망과 취향을 해소해 주는 통로 역할을 했다. 이러한 대중의 욕망에 편승해 수필 창작 교실이 우후죽순처럼 생겨났다. 때마침 불어온 평생교육 및 사회교육의 확산, 지자체 제도의 정착과 함께 공공기관 주도의 다양한 문화 프로그램 운영, 백화점이나 언론 기관이 주최하는 문화교실의 활성화, 대학 평생교육원의 활발한 문화강좌 개설 등은 일반시민이 글쓰기에 참여할 기회를 주었고, 시민 개인의 고급문화 수용 욕구를 자극했다. 문학을 고상한 낭만성이나 순수한 감성으로만 이해하는 사람에게 수필 창작은 대단한 자부심을 심어 주었다. 수필 쓰기는 작가 스스로 생각해 봐도 천박하지 않고, 남 보기에도 고상한 일이었다. 누구나 쉽게 올라가기에는 높아 보이는 수필가라는 이름, 그것은 존재감을 확장해 주는 아주 매혹적인 명찰이었다. 수필 쓰기는 자기 만족과 성취감을 느끼게 해주는 접근성 좋은 매력 덩어리로 부각했다. 이상이 2000년대 수필 창작 공부 열풍의 풍경이고 진원지다.

공부에도 방법이 있다. 방법은 목적지를 향해 가는 길 찾기다. 어쩌면 공부는 방법에 의해 그 성패가 좌우될 수 있을는지 모른다. 그런데 이 방법이 본질적인 원리를 탐구하는 데에서 출발하지 않고, 결실을 성급하게 겨냥하여 기술이나 기법의 발견으로 편향되어서는 곤란하다. 오늘날 우리 수필계에 확산되는 수필 공부가 주로 기법 배우기에 매달려 영리한 재주꾼을 양산하는 것 같다. 빠른 시간 안에 가시적인 수확을 얻어야 한다는 조급함이 앞서면, 그 공부가 원리나 본질보다는 얕은 기술을 익히는 쪽으로 쏠리기 마련이다. 우선 그것이 매우 효율적인 길인 것처럼 보이기 때문이다. 그런데 속성 재배로 얻은 열매는 충실하기 어렵다. 우리 주위에서 이루어지는 수필 공부 대부분이 인문학이나 문학이란 넓고 튼튼한 밑돌을 놓지 않고, 꼭대기를 향해 위로만 자꾸 오르려고 한다. 사실 꼭대기에는 아무것도 없다. 높이 오르려는 것은 단지 욕망이고 허상일 뿐이다. 위로 쌓아 올리기보다는 깊이 파고드는 공부가 되어야 한다. 빨리 무엇을 얻겠다는 조급함을 버리는 것이 급선무다. 공부에서는 영리함보다는 우직함이 끝에 가서 승리한다. 수필 공부의 방법도 이와 다르지 않을 것이다.

성급한 결실을 추종한다는 것은 세속적인 명예나 돈 냄새를 좇는다는 말이다. 사실 문학으로는 돈벌이가 어렵다. 더욱이 수필을 써서 수익을 올리려는 수필가의 이야기는 듣지 못했다. 돈에 대한 욕망이 불가능하니, 이것이 왜곡되어 세속적인 이름 얻기로 전이되어 나타난다. 신춘문예나 각종 공모전 당선을 목표로 하는 글쓰기는 가시적인 성과를 얻어야 하기 때문에 기교와 기술을 우선할 수밖에 없다. 문학이나 인간 삶에 대한 공부가 전제되지 않았다는 것이 금방 글에 들어나지 않기 때문에 그렇게 해도 부끄러움을 느끼지 못한다. 자로 잰 듯한 구성, 기발하고 신기한 글감, 잘 다듬어진 문장 등 상을 받는 데 가장 적합한 상품을 제작하면 된다. 찬사와 영광은 순간이다. 순간적인 희열을 맛보려고 거기에 매달리는 것은 어리석은 일이다. 좋은 작품을 골라 상을 주어 칭찬하는 일은 창작하는 사람에게 의욕을 불러일으키는 데 큰 도움을 주는 제도다. 그런데 문제는 그것 자체가 공부의 목표가 되는 경우다. 상을 받는 일은 창작 공부에 부수적으로 따르는 것이어야 한다. 화려한 결과나 남으로부터의 찬사를 목표로 하는 공부는 특정한 기준에만 매달릴 수밖에 없어 틀 속에 갇히게 되고 창의성을 상실하기 쉽다.

수필 창작 교실에서 이루어지는 공부인 만큼 수필을 어떻게 쓸 것인가에 초점이 맞춰져야 하는 것은 당연하다. 수필작품을 창작하는 절차, 좋은 수필을 쓰기 위한 구체적인 방법, 정확하고 좋은 문장 쓰기 기술 등을 배우고 익히는 것은 필수적이다. 문제를 한꺼번에 해결할 수 없기에 순서대로 하나씩 차근차근 단계를 밟아가는 것이 공부의 방식이다. 그러하니 자연스럽게 수필 창작 공부가 문장 쓰기에서 출발할 수밖에 없다. 그러나 문제는 대부분 수필 공부가 문장 쓰기에 머물고 있다는 점이다. 문장 표현이 글쓰기의 전부로 착각하고 그 기술을 익히는 데에서 출발하여 그것으로 끝맺으려 한다. 이 단계에서 훈련을 많이 한 사람은 정확하고 잘 다듬어진 문장의 글은 쓸 수 있어도 감동을 주는 작품에는 이르지 못한다. 언어 표현도 문학작품에서 감동을 주는 요소의 한 부분이긴 하지만, 전부는 아니다. 문장 속에 담긴 사유의 깊이와 창의성 없이는 독자의 감동을 끌어내기 어렵다. 물론 어떤 글이든 문장이 정확하지 않고서는 글로서 자격 미달이다. 정확하고 아름다운 문장을 쓰려는 노력은 중요하지만, 창작 공부는 여기에만 머물고서는 발전이 없다. 문장 표현이나 맞춤법 공부에만 매달리는 수필 공부에서 벗어나야 한다.

남으로부터 배우는 일이 공부의 중심이라 할 수 있다. 나보다 앞선 사람의 지식과 지혜와 기술을 배워 익히는 데에서 공부는 시작된다. 배우지 않고는 공부할 수 없다. 그래서 나에게 가르침을 주는 훌륭한 스승을 만나는 것은 행운이고, 좋은 가르침을 얻기 위해 능력 있는 선생을 찾아나서는 것은 배우는 사람의 자연스러운 선택이다. 그런데 밖에서 무엇을 얻어 와 나의 빈 곳을 채우려는 공부는 온전하지 못하다. 밖으로부터 아무리 많은 것을 받아들인다 해도 그것이 모두 나의 것이 될 수 없는 법이다. 남으로부터 배운 것이 내 안으로 들어와 나의 생각과 만나 다른 체계로 변용되어야 비로소 내 것이 된다. 밖과 안의 만남, 타인이 나에게 주는 가르침과 나의 주체적인 사고가 대립 갈등을 통한 변증법적 통일을 이루어 내는 것이 진정한 공부다. 대부분 밖으로부터 받아들이는 공부에 쏠리고 있다. 남으로부터 배운 것을 나의 고유한 체계로 어떻게 변용시킬 것인가가 공부의 핵심임을 잘 모른다. 배우는 데만 매달려서는 안 된다. 주체인 나의 생각을 단련하여 체계화하기 위해 배우는 것이다. 우리의 공부가 너무 타인의 생각과 이론에 지나치게 의존하는 것은 아닌지 반성해 볼 필요가 있다.

수필 쓰기 공부가 단지 문학과 예술에 대한 이해를 바탕으로 좋은 작품을 생산하는 데 목표를 두어서는 안 된다. 그 공부의 최종 도달점은 독자에게 감동을 주고 독자의 생각을 변화시키는 것, 즉 그것이 독자에게 어떤 영향을 주느냐가 아니라는 말이다. 진정한 공부는 주체의 변화가 우선되어야 한다. 문학 공부 가운데 수필의 경우는 더욱 그렇다. 수필을 창작은 내 것을 드러내어 독자에게 어떤 메시지를 전달하고 정서적인 감흥을 불러일으키기 전에 내면에서 자기 자신을 성찰하고 자신의 마음을 닦는 작업이기 때문이다. 수필 작품에서 이야기와 진술을 이어가는 발화자는 어떤 의도를 전달하기 위해 만들어낸 가공의 인물이 아니라, 수필가 자신이다. 수필 속의 인격은 수필가의 인격이다. 그래서 수필은 예술적이고 문학적인 차원과는 일정한 거리를 유지하면서 작가의 인격과 내면의 정신을 진실하게 드러내는 특수한 글쓰기이다. 수필 공부가 문장 수사나 표현 기술에 편향되어서 안 되는 까닭도 여기에 있다. 수필 공부, 그것은 문학 공부 이전에 먼저 수필가의 마음 공부가 되어야 한다는 말이다.

우리의 수필 공부에 문제가 있다면, 그것은 읽지 않고 쓰기에만 집중한다는 점이다. 자신의 체험을 기록하고 해석하여 하나의 의미 있는 구성체를 만들어내는 것이 수필 쓰기가 아니던가. 인생 경험이 많든 적든 간에, 아무리 파란만장한 삶을 살았다고 하더라도 직접 경험에만 의존하는 글쓰기는 오래 가지 못한다. 체험과 기억의 창고는 빨리 고갈되기 마련이다. 고갈되면 그 순간부터 쓸 거리를 찾느라고 허둥댄다. 개인의 직접체험은 이미 이루어진 상태로 기억 속에 저장되어 있어, 글을 쓸 때 그것을 골라 적절하게 구성하면 되는 것으로 생각하기 쉽다. 그렇지 않다. 글거리로서 체험이나 기억은 현재 관점에서 만들고 해석함으로써 존재한다. 저장된 것을 끄집어내는 것이 아니라 지금 이곳에서 새롭게 창조하고 만들어가는 것이 글쓰다. 해석과 창조의 힘은 어디서 생겨나는가? 어떻게 해야 그 힘을 기를 수 있는가? 방법은 읽기다. 읽지 않고 쓸 수 없다는 말은 바로 여기서 나온다. 백을, 아니 천을 읽어야 제대로 된 하나를 만들어낼 수 있다고 생각하면 된다. 읽지 않고 쓰려는 것은 손 안 대고 코 풀려는 심사와 같다. 다른 사람의 글을 열심히 읽는 데서 나의 글쓰기 힘이 길러진다. 이는 남의 것을 내 안으로 무작정 받아들이는 것과는 다르다. 자기 해석의 관점을 만들기 위해서는 다양하고 입체적인 참조항이 필요하기 때문이다.

수필가

1.

  수필가는 수필을 창작하는 사람이다. 시 쓰는 사람을 시인으로, 소설 쓰는 사람을 소설가로 부르듯이 수필 쓰는 사람을 수필가라고 부른다. '수필가'에서 '一가家'는 그것을 전문적으로 하거나 직업으로 하는 사람이란 뜻을 가진 말이다. 수필을 전문적으로 창작하거나 수필 쓰기를 직업으로 삼는 사람을 '수필가'라고 부를 수 있다. 수필 창작을 업으로 하는 사람이 거의 없으니 수필가를 규정하는 근거는 전문성이라 할 수 있는데, 이 '전문성'이라는 것도 모호하다. 따라서 수필가를 어떠한 사람이라고 규정하기란 쉽지 않다. 일반적으로 문학 제도와 사회 관습에 따라 등단 과정을 거친 사람을 수필가라고 부르고, 그를 전문성 있는 작가로 인정하면 된다. 등단 제도가 얼마간 문제점을 안고 있으나 이를 사회적 관습의 하나로 받아들이는 것이 좋다. 수필가라는 이름은 사회 제도에 따라 붙여진 이름이므로 그것을 내용의 질적 수준을 담보하는 자격증으로 생각하지 말자.

이름값을 제대로 못 하는 자격 미달의 수필가도 많다. 그렇다고 이런 사람을 빌미로 전체 수필을 비난해서는 곤란하다. 이름만 시인이고 소설가인 사람도 마찬가지로 적지 않다. 수필가라는 이름을 달고 행세하는 대부분은 자기 스스로 이름값을 해야 한다고 생각하고 그러려고 애쓰고 있다. 어디든 뛰어난 사람이 있으면 모자라는 사람도 있기 마련이다. 모든 수필가가 훌륭한 작품을 창작할 수는 없다. 수필가의 이름값을 너무 높이 잡거나 수필가에게 너무 많은 것을 요구하지 말자. 예술성이나 문학성을 앞세워 좋은 수필, 훌륭한 수필가를 운운하는 사람은 대체로 수필이나 수필가를 깔본다. 수필가는 그냥 수필가일 뿐이다. 여기에 여러 가지 토를 달아 그 자격을 입에 올리는 것은 허접스러운 불평에 지나지 않는다.

21세기 디지털 시대를 맞아 수필은 대중문학으로 자리 잡았다. 새로 등장한 사이버 공간이 수필의 풍요로운 서식지가 되었다. 사이버 환경은 수필 융성을 가져온 일등공신이다. 사이버 공간이 열리면서 수필가가 대거 등장했다. 수필 쓰기를 가르치는 교실도 곳곳에 생겨났고, 그곳에서 공부한 사람이 앞다투어 수필가라는 명찰을 달았다. 여러 수필 전문 잡지와 동인지가 새로운 모습으로 나타났고, 각기 자기만의 정체성을 확보하려는 노력과 함께 자기 나름의 수필가 그룹을 결성했다. 21세기가 시작된 15년 동안 수필은 엄청나게 양적 영역을 넓혔다. 수필의 대량생산이 작품의 전반적인 수준 저하를 가져왔다고 평가하는 사람도 있다. 오해다. 양적 팽창이 있었기에 우수한 수필가가 대거 등장했고, 그들이 수필 전체의 깃발을 한층 드높여 주었던 것이다.

현대 자본주의 사회의 비인간화와 정신적 스트레스는 갈수록 가중된다. 이런 가운데 수필 쓰기는 개인의 마음을 치유하고, 이 사회의 오염된 풍속을 정화하는 역할을 한다. 왜냐하면 수필이 자기 성찰과 반성의 글쓰기이기 때문이다. 수필 쓰기는 예술과 문학이 되기 이전에 자기 자신을 표현하고 가다듬는 행위이다. 또한, 수필가의 실제적인 개성과 이념적 개성 사이의 거리는 다른 문학 장르와 비교하여 상대적으로 가깝다. 일반적으로 문학이나 예술작품에 드러나는 시인과 예술가의 예술적 소여는 그의 실제 경험적인 소여에서 멀리 벗어나 있다. 예술 창작에 표현되는 개성은 소소한 일상적인 개성을 넘어서서 이상적인 개성을 지향하기 때문이다. 하지만 일상의 의미를 발견하는 수필에서는 실제 수필가와 작품 속의 수필가는 거의 일치한다. 이처럼 자기 자신을 직접 이야기하고 자기 감정을 솔직하게 표현하는 수필은 마음 힐링에 가장 적합한 글쓰기다. 우리 사회에 수필가가 많으면 많을수록 좋은 이유가 여기에 있다.

현재 수필가가 양산되고 수많은 작품이 쏟아져 나온다. 일부에서 이런 수필 대부분이 독자에게 다가가지 못한다고 비판한다. 오늘의 수필가가 독자에게 읽히지도 않고 감동도 주지 못하는 작품을 창작하고 있다고 비아냥거린다. 수필가가 자기 이야기를 써놓고 자기 혼자만 만족하고 있다고, 극단적으로 말하는 사람도 있다. 괘념할 필요 없다. 시나 소설도 마찬가지다. 문학 전체가 그렇다. 디지털 시대, 지금의 문학은 어제의 문학이 아니다. 문학의 위세가 크게 위축되었음을 인정해야 한다. 읽히지 않는다고 작품으로서 가치가 없는 것은 아니다. 수필이 생산되는 것 자체만으로도 충분히 존재 가치를 가진다. 수필가가 작품을 창작하는 과정에서 내면의 자기를 만나 성찰의 시간을 갖는 것, 그로써 자신을 위로받을 길을 발견하는 것, 이것만으로도 수필 쓰기는 의의 있는 일이다.

이 세상에 똑같은 사람이 없듯이, 수많은 수필 중에서 똑같은 작품은 없다. 마찬가지로 모든 수필가는 제각기 다른 개성을 가지고 있다. 수필가는 자기 작품에 자신의 사고와 감정을 담는다. 작품에는 작가 개인의 정신적인 삶의 총체가 반영된다고 할 수 있다. 모든 예술 창작이 그렇듯이 수필 창작은 자기를 표현하는 일이다. 이때 자기 자신은 남과 다른 차이를 드러내는데, 이것이 개성으로서 그 사람을 규정할 수 있는 고유함, 즉 정체성이다. 그런데 어떤 변수에 의해 작가의 개성이 작품에 반영되는가? 개성은 인격화된 활동으로 드러나는데, 작품에 작가의 개성이 특색 있게 드러나도록 하는 개성의 일반적인 잠재력은 무엇인가? 창작 과정에서 예술가나 작가 내면의 어떤 잠재력이 자극을 받아 작품으로 표현되는가? 이 점에 관해 미학자 M.S.까간의 견해를 따라가 본다. 그는 그 잠재력을 다섯 가지로 구분했다. 인식론적 잠재력, 가치론적 잠재력, 창조적 잠재력, 소통적 잠재력, 예술적 잠재력이 그것이다.[51] 이 같은 잠재력은 예술가의 창조적 활동을 조종하는 힘으로 작용한다. 좋은 수필가가 되려면, 수필가로서 이름값을 다하려면, 이러한 수필가의 개성적인 잠재력을 키울 필요가 있다. 여기서는 두 가지만 짚어 본다.

첫째는 수필가의 인식적 잠재력이다. 대체로 정서적 감응을 예술이나 문학의 순수한 기능이라고 생각한다. 이런 생각은 예술의 인식적인 기능을 배제하는 편견으로 작용하기가 쉽다. 예술작품이 지식과 정보를 직접적으로 전달하는 데 주력하지 않지만, 예술가의 삶과 현실에 관한 인식은 작품의 내용 구성에 중요한 부분을 차지한다. 그것은 특정 분야의 단편적인 지식보

---

51) M.S.까간, 진중권 옮김, 『미학강의』 II (새길, 1991), 43쪽.

다는 전체를 통찰하는 능력으로 드러난다. 실재하는 것에 대한 작가의 다양하고 깊은 인식은 예술가의 정신세계를 구성하는 필수적인 부분이며, 이는 창작에 직접적인 영향을 미친다. 특히, 수필가에게 인식 지향적 잠재력은 수필 창작의 결정적인 요소라고 할 수 있다. 수필은 주제를 함축적으로 형상화하기도 하지만, 직접적인 진술로 설명할 때도 있기 때문이다. 이 직접적인 진술의 원천이 바로 작가의 인식적 잠재력이다. 수필가는 창작 과정에서 자기 자신에 대한 인식을 바탕으로 인간과 삶 일반에 관한 인식을 구현한다. 따라서 인간과 사회현실에 관한 깊은 인식이 전제되지 않은 수필은 무기력하고 가식적인 포즈에 그치기가 쉽다. 수필가의 인식적 잠재력은 일차적으로 자기 삶의 고유한 경험에서 형성된다고 볼 수 있다. 하지만 작가의 실제 경험은 한계가 있으므로 중요한 것은 간접경험의 축적이다. 수필 쓰기에 독서와 지적 훈련이 필수적인 까닭이 바로 여기에 있다. 독서를 통해 다른 사람의 생각과 경험을 수용하여 자기화하는 노력이 뒷받침되지 않고는 좋은 수필을 쓸 수 없다.

둘째는 가치 지향적 잠재력이다. 삶의 경험에서 획득한 수필가의 인식이나 지식은 작가의 현실에 대한 가치 평가 체계로 전환한다. 인간과 삶에 대한 작가의 인식이나 지식이 내면에 잠재력으로 존재할 때는 몰가치적이다. 각자의 인식을 재료로 삼아 작품으로 형상화하고 구조물로 제작하는 과정에서 어떤 모습으로든 가치 지향적인 작가의 태도는 드러날 수밖에 없다. 수필가는 궁극적으로 작품에서 세계와 인간에 대한 자신의 가치를 드러낸다. 이를 세계에 관해 작가가 취하는 모든 견해의 총합으로서 일반적으로 세계관이라 한다. 어떤 수필가든 살아가는 동안 자기 나름의 특정한 세계관을 형성한다. 세계관은 작가마다 다르다. 이 '다름'이 작가 개성을 특징짓는다. 수필가의 개성은 여러 측면에서 드러나지만, 가장 두드러지는 부분이 아마 세계관의 차이일 것이다. 세계관은 한 마디로 작품에 녹아나는 이념적인 지향이다. 그런데 한국 현대 수필에서 수필가의 이념적 지향은 밋밋하기 그지없다. 특히, 정치적인 입장에 대한 거부감이 크다. 수필이 진정한 문학이 되려면 정치적인 관점에서 벗어나야 한다는 선입견이 널리 퍼져 있는 듯하다. 물론 정치적인 태도를 날것으로 표방하는 것은 문학의 전통적인 방법이 아니다. 하지만 인간 삶과 그 현실을 이야기하는 것이 문학이 아닌가. 삶의 현실에 직결된 정치 문제를 외면하고서 어찌 문학이 제 역할을 다할 수 있겠는가. 오늘날 우리 수필 대부분은 뚜렷한 세계관이나 정치적인 입장이 부재하는 무풍지대에 머물고 있다. 거기에는 수필가의 주관적이고 사소한 일상의 조각들이 보편적인 의미를 만나지 못한 채 복닥댄다. 이 점은 우리 수필이 창작 방법상 극복해야 할 중요한 과제다.

문인이나 문필가, 여러 분야의 전문인도 수필을 쓴다. 그들도 여기저기 발표한 글을 모아 한 권의 수필집을 발간한다. 특히, 시인이나 소설가의 수필집 발간은 흔하다. 그들 중에는 전문 수필가 못잖게 수필을 많이 창작한다. 시인이나 소설가로서 얻은 명성을 등에 업고 그들의 수필집이 꽤 많은 독자를 확보할 때도 있다. 그런데 이들 중 누구도 자기가 쓴 수필을 수필이라고, 사신의 수필집을 수필집이라고 부르지 않는다. 주로 산문과 산문집이라고 칭하고, 더러 에세이라는 이름을 붙이기도 한다. 수필가라는 이름을 달지 않은 사람이 자신의 작품을 수필이라고 부르고, 이를 모은 책을 수필집이라고 부른 사람도 있기는 하다. 그 대표적인 사람이 작고한 장영희 교수다. 그런데 거의가 수필혹은 수필가라는 이름을 꺼린다. 여기에는 특별한 까닭이 있는가? 겉으로 표방하는 합리적인 이유는 없다. 하지만 그들의 내적 심리 정황은 알 만하다. 수필이 시나 소설과 비교하여 문학적인 수준이 떨어지고 누구나 쓸 수 있는 것이라고, 얕잡아 보는 심리가 작동하고 있다. 이는 문학의 하위 장르를 수평적인 관계가 아니라 피라미드형 계층 구조로 파악하고 있음을 말해준다. 아직도 우리 사회의 묵은 병폐로 남아 있는, 직업에 관한 귀천 의식과 조금도 다를 바가 없다. 겉으로는 직업에 귀천이 없다고 하면서도 속으로는 직업의 순서를 매기는 이중 의식은 수필 인식에서도 그대로 나타난다.

디지털 시대 도래 이전에는 문학을 창작하는 사람은 특별한 사람이었다. 시, 소설, 수필을 쓰는 문인은 소수였다. 특별한 재능을 가진 사람만이 작품을 창작할 수 있다고 생각했다. 그러나 디지털 시대에 들어와 문학 환경은 크게 변했다. 오늘의 문학이 어제의 문학이 아니라고 할 만큼 문학도 달라졌다는 말이다. 불변의 문학이 따로 있는 것이 아니라, 문학은 역사 흐름의 구체적인 맥락에 의해 그 위상과 의미가 결정된다는 점을 새삼 확인할 수 있다. 오늘의 수필가는 어제의 그들이 아니다. 수필가의 존재 방식이나 위상에서 큰 변화가 일어나고 있다. 시인이나 소설가의 몫이 있듯이, 수필가의 몫도 엄연히 있다. 그 관계를 수직적인 것으로 전제하고 수필을 얕보는 문인들도 문제지만, 의식적이든 무의식적이든 시와 소설가를 문학의 중심에 두고 그 가까이 다가가려고 용쓰는 수필가는 더욱 문제다. 이런 수필가가 우리 수필계에서 빨리 사라지기를 바란다. 수필가는 수필가로서 고유한 영역과 역할이 있다. 글을 쓰는 다른 전문가와 수직적으로 비교될 수 있는 존재가 아니다.

수필의 '문학주의'를 경계한다

1.

21세기에 들어와 인류는 디지털 환경의 한복판에 진입했다. 디지털 환경은 단순히 생활에 사용하는 도구의 변화만을 뜻하는 것이 아니다. 그것은 인간의 의식과 행동의 방법조차 바꾸어 놓았다. 지하철이나 버스 안의 풍경을 보라. 남녀노소 구분 없이 손바닥만 한 스마트폰 화면에 얼굴을 처박고 가상의 바다를 항해한다. 몇 년 전만 하더라도 승객 대부분은 책이나 신문을 읽었다. 그들은 지금 흔적도 없이 사라졌다. 눈 깜짝할 사이에 그 풍경은 바뀌고 말았다. 소위 '신인류'가 갑자기 밀어닥친 것이다.

이제 활자문화의 문자제국이 쇠망하고 디지털 문화의 이미지 제국이 강대한 전자기술을 등에 업고 이 세상을 지배하게 되었다. 책이라는 형식을 통해 생산되고 소비되었던 문학도 점점 그 세력이 위축되어 기본적인 존립마저 흔들리는 형편이다. 이에 문학은 이제 과거의 영광된 왕좌로 되돌아갈 수 없다는 점을 인정하고, 디지털 문화 국면에 자신을 적응시키는 방법을 찾아야 할 것이다. 과거를 빨리 떨쳐내고 지금의 디지털 환경에 맞게 자신의 체질을 바꾸지 않을 수 없는 시점이다.

현재 우리에게 주어진 과제는 위기에 처한 문학을 구해서 과거의 영광을 되찾는 일이 아니다. 문학도 시대에 따라 변화하는 제도이다. 거대한 역사의 흐름인지라 이를 특정한 문화운동이나 일부 개인의 주장으로 어떻게 조정할 수 있거나 그 흐름을 바꾸어 놓을 수 없다. 구체적인 해결 방법을 찾기 이전에 현재 처한 문화적인 환경과 그 현실을 제대로 인식하는 것이 필요하다. 문화의 시대적인 흐름은 구비를 돌아 새로운 길로 접어들었는데, 이 같은 변화한 환경과 맥락을 짚어내지 못하고 문학을 바라보는 관점은 아직도 지나온 옛길에 머물고 있는 실정이다. 그래서 우리에게 절실한 것은 문학주의의 청산이다.

플라톤이 '이데아'라는 영원불변의 진리를 상정한 것과 같이 문학의 순수한 본령이나 정령이 저 어디쯤 초월적인 것으로 존재한다고 가정하는 것, 이것이 바로 문학주의다. 활자매체가 문화를 주도하는 시대에 문학은 문화의 꽃이고 왕자였다. 이제 그런 시대는 지나갔다. 디지털 시대의 문학의 위상은 전성시대의 그것일 수 없음을 인식해야 한다는 말이다. 오늘의 문학이 과거의 문학이 아님을 깨닫지 못하고 문학에 대한 인식은 과거 문학주의 태도 그대로다. 급작스런 변화에서 오는 충격이 크고, 문학에 대한 애정과 향수가 크기 때문이라고 한발 물러서보지만, 그것은 하루 빨리 수정되어야 할 오류임이 분명하다. 순수문학주의의 미망에서 깨어나 현실을 바르게 이해할 필요가 있다는 뜻이다.

문학은 언제까지나 불완전한 것으로 남아 있다. 어떤 하나의 장소에 위치하지 않은, 문학은 고정된 사물이라기보다는 차라리 활동이다. 끊임없이 활동하고 변화하는 문학은 플라토닉한 이상적인 문학이 아니며, 시간의 과정 속에서 스스로를 드러내는 헤겔의 문학 정신도 아니다. 그것은 차라리 첫 번째 항과 마지막 항이 어떤 형식적인 특성도 공유하지 않으면서 다만 변화의 역사의 일부로서만 연결되어 있는 비트겐슈타인의 연속체와 더 가깝다. 문학은 과거의 일부를 보유하고 있지만 언제나 그것을 새로운 환경과 필요와 관심에 맞추어 변화시킨다. 한때는 시와 수사학으로 그 다음에는 아름다운 문장으로 이제는 문학으로 불리는 이것은, 아마도 머지않아 아직은 이름 붙이지 않은 다른 무언가로 불리게 될 것이다.[52]

문학은 고정되어 있는 어떤 실체가 아니라 활동하고 변화하는 유동적인 것이라는 주장이다. 문학에 관한 이론적인 논의를

---

52) 앨빈 커넌, 최인자 옮김, 『문학의 죽음』, (문학동네, 1999), 257쪽.

위해 어느 정도의 언어적 일반화는 피할 수 없으나 "명백하게 혹은 암암리에, 문학이라고 부를 수 있는 어떤 것이 있으며, 정확하게든 부정확하게든 그에 대해 서술할 수 있다고 전제"하는 것은 오류이다. 문학이 확고하고 단단한 그 어떤 것으로 고정되어 있지 않다는 뜻이다. "문학을 구성하는 가치판단들이 역사적으로 가변적이라는 사실뿐만 아니라, 또한 그 가치판단 자체도 사회의 이데올로기들과 밀접한 관계를 가지고 있다는 사실이다."[53]라는 테리 이글턴의 발언도 문학의 유동성에 주목하고 있다. 정제된 문학의 실체는 어디에도 존재하지 않는다. 흐르는 변화 가운데, "제도적인 형식으로 조직화된 파편적인 객체 속에 존재"할 뿐이다.

2.

21세기 디지털 시대가 열리면서 인간 삶을 둘러싼 각종 분야에서 일어난 변화는 형언하기 어려울 정도로 놀랄 만한 것이었다. 신인류의 탄생이란 언명에 걸맞게 새로운 세상이 열렸다고 해도 과언이 아니다. 한국문학의 지형도에 일어난 변화 중 가장 두드러지는 현상은 수필의 영역이 확장되었다는 점일 것이다.

---

53) 테리 이글턴, 김명환 외 역, 『문학이론입문』(창작사, 1986), 26쪽.

수필문학이 대중문화의 중심으로 부각했다. 그런데 수필계 일부에서는 이러한 변화의 겉면만 보고 '수필의 시대'가 도래했다는 선언을 남발하기도 했다. 시나 소설에 기죽어 지내던 시절에 대해 앙갚음을 하듯이 '수필의 시대'라고 목소리를 높였지만, 그 모양새와 논리가 궁색해 보였다. 그리고 문화의 시대적 흐름을 바로 읽어내지 못한 무지함이 드러나기도 했다. 즉, 디지털 시대에 들어와 수필문학의 부상은 수필의 내적인 에너지나 수필계 자체의 발전적 노력에 힘입은 것이 아니었다. 그것은 디지털 환경에 의해 만들어진 문화적 변화고 흐름이었다.

문화적 변화란 바로 주류 미디어의 대전환을 말한다. 활자언어 시대에서 디지털 언어 시대로 전환이 그것이다. 이는 인류 문화사에서 기념비적인 변화다. 우리는 그 변화의 한복판에 있기 때문에 오히려 변화의 충격을 제대로 감지하거나 인식하지 못했을 뿐이다. 미디어는 단지 도구나 기호에 불과한 것이 아니라 인간의 의식과 삶 전반에 영향을 미치는 하나의 환경이라는 입장에서 보면, 이러한 변화는 우리 삶과 문화의 대혁명이라고 할 수 있다. 대부분 오늘의 우리 삶이 어제와의 연속적인 흐름 속에서 이어지고 있다고 생각하지만, 그 변화 과정에는 엄청난 간극과 단절이 내재한다. 소위 세상이 바뀌었다. 삶의 환경과 토대에 대전환이 일어난 것이다.

우리는 이러한 미디어의 대전환을 전제하지 않고는 오늘의 우리 문학을 제대로 파악하기 어렵다. 무엇보다 두 가지 측면을 반드시 감안해야 할 것이다. 첫째는 활자언어 시대의 쇠퇴 자체가 문학의 지각 변동을 가져왔다는 점이다. 왜냐하면, 문학이 활자매체 시대의 황태자였기 때문이다. 활자언어의 쇠퇴는 곧바로 문학의 쇠퇴를 말한다. 둘째, 구미디어는 뉴미디어 환경 아래서 사라지는 것이 아니라 과거 자신을 전환하며 새로운 생존의 길을 모색한다는 점이다. 즉, 활자언어, 책, 문학 등은 디지털 시대를 맞이하여 어떤 식으로든 자기 자신을 바꾸어 나간다. 이렇게 볼 때, 활자문화의 한복판에서 전성기를 구가했던 어제의 문학과 디지털 문화 환경에 놓인 오늘의 문학은 그 위상과 성격이 바뀔 수밖에 없다는 점이다. 이는 오늘의 문학을 이해하고 판단하는 데 전제되어야 할 필수적인 요소다.

우리 수필계는 미디어 환경 변화가 초래한 문학의 지각 변동을 파악하는 데 그 시각이 무딘 것 같다. 미디어 전환으로 인해 가장 큰 변화를 가져온 것이 수필인데, 이에 관한 수필계의 인식은 초보단계에 머물고 있다. 매체의 변화와 디지털 환경을 전제하지 않고는 오늘의 우리 수필을 이해하고 판단할 수 없다. 아쉬운 것은 오히려 이러한 현실적인 변화에 역행하고 있다는 점이다. '문학주의' 관점에서 수필을 이해하려는 태도가 그것이다. 새로운 미디어 환경 아래 수필의 외연이 갈수록 확대되면서 수필은 다양하고 복잡한 혼종의 글쓰기 모습을 드러낸다. 이는 수필 자체의 본성이나 문화적 맥락으로 보면 너무나 당연한 현상이다. 그런데 이에 인식이 미치지 못하고 문학의 순수함을 지켜야 한다는 사명감에 불타는 주장과 논리를 마주할 때마다 억지스러움에 숨이 막힐 지경이다. 이는 문학에 대한 이해가 단세포적이고 독단적인 데에 기인한다. 문학은 자연에 속하는 것이 아니라 끊임없는 변화를 이어가는 문화 속에 있다는 점을 깊이 인식하지 못한 탓이다.

수필의 불변하는 실체가 자연으로 존재한다는 미망에서 벗어나지 못하고 있는 또 다른 모습은 '전통주의'에서 찾아 볼 수 있다. 현대 수필의 연원을 과거로 거슬러 올라가, 어떤 지점에서 수필의 근원과 모범을 발견하고 그것이 수필의 참모습이라고 믿는다. 그것을 훼손하지 않고 계승하는 것이 현재 수필가의 임무라고 여기며, 또한 거기서 창작의 원리를 세운다. 연암 박지원의 『열하일기』는 충분히 설득력이 있다. 삼국시대나 고려시대의 산문에서 수필의 근원을 찾는 것은 학술적인 입장에서 한 번쯤 가정해 볼 수 있다. 그리고 우리 수필과 서구의 에세이를 같은 자리에 놓고 서로 비교해 보는 것도 수필에 대한 이해를 넓히는 데 유익하리라 생각한다. 하지만 몽테뉴, 베이컨, 찰스 램 등과 같은 서구 문인들에서 우리 수필의 모범과 원리를 찾으려고 하는 것을 볼 때는 할 말을 잊는다. 몽테뉴와 찰스 램의 수필 및 이론이 바다를 건너와 오랜 세월 동안 우리 수필의 전통으로 이어지고 있다는 가정과 다를 바 없기 때문이다.

역사적인 흐름에도 변화하지 않고 이어져 내려오는 예술과 문학의 보편적인 요소가 있다. 그러나 문학의 전통은 이어지는 부분도 있지만, 더 많은 것이 변화의 과정 속에 있다. 전통의 계승은 현재까지 변하지 않고 이어지는 어떤 것을 수동적으로 물려받는 것이 아니라, 현재의 기준에서 가치 있는 것을 과거 역사에서 찾아내는 것이다. 과거의 축적이 오늘을 만들었으나 현재는 언제나 과거를 뛰어 넘어 변화한 모습으로 나타난다. 극단적으로 말해, 오늘의 우리 수필은 김진섭, 이양하, 피천득의 수필과도 그 성격을 달리한다고 보아야 한다. 현재의 문화적인 맥락에서 수필문학을 이해하는 태도가 필요하다는 말이다.

현재 우리 수필은 새로운 시대가 요구하는 글쓰기 혹은 문학 장르로 부상하고 있다. 여기에 맞는 원리와 이론을 정립하고 창작방법을 제시해야 한다. 그것이 구체적으로 어떤 것이라고 단정할 수는 없지만, 전통주의나 문학주의는 경계해야 한다. 수필은 다른 장르의 요소를 포용하는 혼종의 글쓰기다. 문학 순혈주의를 고집한다고 해서 순수한 수필의 경계가 지워지는 것도 아니며, 그렇게 된다 하더라도 그것은 아무 의미가 없다. 순수한 문학은 어디에도 없기 때문이다. 수필은 인문학적인 자기 수양과 공동체 의식을 고양할 수 있는 글쓰기에서 미래의 길을 열어야 할 것이다. 우선 머릿속에 깊이 박혀 있는 묵은 수필을 던져버려야 한다. 지금 시작해야 할 중요한 것은 디지털 시대에 요구되는 수필 쓰기가 어떤 것인지 깊이 고민하는 일이다.